The Berserker
Rises to Greatness.

黒の召喚士 12

迷井豆腐

Illustration
ダイエクスト、黒銀(DIGS)

決着を
ジルドラ
Jilldora

ケルヴィン
Kelvin
アイリス
Iris
「大風魔神鎌（ボレアスデスサイズ）！」
黒杖ディザスターに大鎌を施す。
さて、いつもの準備は整った。
「神への祈りは終わりましたか？

ジェラール
Gerard
憎しみの連鎖に終止符
そして、因

黒の召喚士 12

天穿の黒

The Berserker Rises to Greatness.

登場人物

ケルヴィン・セルシウス

前世の記憶と引き換えに、強力なスキルを得て転生した召喚士。強者との戦いを求める。二つ名は『死神』。

〈ケルヴィンの仲間達〉

エフィル

ケルヴィンの奴隷でハイエルフの少女。主人への愛も含めて完璧なメイド。

セラ

ケルヴィンが使役する美女悪魔。かつての魔王の娘のため世間知らずだが知識は豊富。

リオン・セルシウス

ケルヴィンに召喚された勇者で義妹。前世の偏った妹知識でケルヴィンに接する。

クロト

ケルヴィンが初めて使役したモンスター。保管役や素材提供者として大活躍！

メルフィーナ

転生を司る女神（休暇中）。ケルヴィンの正妻を自称している。よく食べる。

ジェラール

ケルヴィンが使役する漆黒の騎士。リュカやリオンを孫のように可愛がる爺馬鹿。

シュトラ・トライセン

トライセンの姫だが、今はケルヴィン宅に居候中。毎日楽しい。

アンジェ

元神の使徒メンバー。今は晴れてケルヴィンの奴隷になり、満足。

ベル・バアル

元神の使徒メンバー。激戦の末、姉のセラと仲直り。天才肌だが、心には不器用な一面も。

シルヴィア

シスター・エレン捜索のため、奈落の地へと訪れている。シュトラと和解できてうれしい。

エマ

大剣でぶった切る系女子にして、シルヴィアの冒険者仲間。シュトラと和解できてひと安心。

神皇国デラミス

教皇が頂点に立ち、転生神を崇拝している。
西大陸の帝国と十字大橋で結ばれているが険悪。

コレット

デラミスの巫女。勇者召喚を行った。信仰上の病気を患っている。

神埼刀哉 かんざき とうや

日本から召喚された勇者。二刀流のラッキースケベ。恋心にはとても鈍感。

志賀刹那 しが せつな

日本から召喚された勇者。生真面目で、刀哉のトラブルの後処理係。

水丘奈々 みずおか なな

日本から召喚された勇者。火竜のムンちゃんを使役する。ほんわか。

黒宮 雅 くろみや みやび

日本から召喚された勇者。ロシアとのクォーターで不思議系帰国子女。

神の使徒

エレアリスを神として復活させ、世界に降臨させることを目的に暗躍を続ける組織。

序列第１柱『代行者』

実名はアイリス・デラミリウス。
神の使徒として役立つ人材を転生させる、エレアリスの代行者。

序列第３柱『創造者』

実名はジルドラ。
『永劫回帰』なる固有スキルを持っており、ジェラールとの因縁が深い相手。

序列第４柱『守護者』

実名はセルジュ・フロア。
固有スキル『絶対福音』を持つ前勇者。
ケルヴィンらを奈落の地へと招待した。

序列第２柱『選定者』

実名は不明。代行者のみが所在を知り得るらしいが、実際のところは定かではない。

序列第５柱『解析者』

ギルド長であったリオの正体であり、実名はリオルド。固有スキル『神眼』を有している。

序列第９柱『生還者』

実名はニト。固有スキル『帰死灰生』を有しており、聖域への案内人を務める。

CONTENTS

イラスト／ダイエクスト、黒銀（DIGS）

第一章 ▼仇

――邪神の心臓

神話世界から誤ってこの世に降りて来てしまった。邪神の心臓の東側では、そう思わせるほど現実離れした生物達が対立していた。古き神々である神竜ザッハーカ、神蟲レンゲランゲ、神蛇アンラを率いるは使徒第10柱『統率者』のトリスタン・ファーゼ。対峙するは火竜王ボガと光竜王ムドファラク、そして――

「久しぶりね、トリスタン将軍。今の私には全然覚えがないけど、おっきな私がお世話になったみたいね」

「これはこれは。可愛らしいお子様が現れたかと思えば、シュトラ様でしたか。申し訳ありません。不肖、このトリスタン。僅かばかり見抜くのが遅れてしまいました」

黒き騎士型ゴーレム、魔改造シュバルツシュティレ改め『ロイヤルガード』10機を引き連れたシュトラが、ムドの背に乗る形で現れる。全てのロイヤルガード達には風を生み出す風牢石がふんだんに背と足裏に装着されており、ムドのいる空までシュトラを乗せて飛んで来たようだ。

『シュトラ様よ、別に応援は必要なかったぜ？　おでらだけで片付けちまうからよぉ！』

自分の背に乗ってもらえなかった事をちょっと残念に思いながら、ボガが念話でまくし立てる。ボガなりのアピールなんだろうが、これにシュトラは待ったを掛けた。

『ストップ。ボガ、倒す順番をちゃんと考えて。あの虫さんと蛇さんを先に倒しちゃったら、神柱の特性でトリスタンが乗る竜さんが強くなっちゃうわ。その時点で逃走されたら最悪よ？』

『私達が取り逃がすとでも？』

『可能性はゼロじゃないでしょ？　現に貴方(あなた)達、生還者のニトさん逃がしちゃってるし』

『『う……』』

　2体の竜王、痛いところを衝(つ)かれ声が詰まる。

『事前の報告通り敵を圧倒しているなら、召喚士であるトリスタンを第一に倒すのが定石でしょ。使徒の中でもアレは一番逃がしたら面倒な類の人間よ、きっと』

『だ、だがよ……そんな弱い奴(やつ)から倒すなんて、ケルヴィンの兄貴に幻滅されねぇかな？　相手が全力で戦った上で、それをぶっ壊す。それがうちらのポリシーだろ？』

『うんうん。主(あるじ)はきっとそう言う』

『言う訳ないでしょうが！　ケルヴィンお兄ちゃんは確かにそんな愚かなところもあるけど、仲間を危険に晒(さら)さない範囲で趣味に興じているのっ！　或(あ)いは別の事情があったりするのっ！　その辺り、勘違いしないようにっ！』

『『は、はい……』』

今日のシュトラ様、ちょっと怖い。ムドとボガは内心ドキドキだった。

『さっきも言ったけど、トリスタンもしくは竜さんを最優先で倒す事。召喚士が死ねば、配下との契約も途絶えるわ。そうなれば向こうの連携も瓦解するし、上手く事が運べば無駄に全部と戦う必要もなくなるの。術者との絆が余程深まってない限り、配下は敵討ちをしようとも考えないと思うわ。少なくとも、トライセンに仕えていた頃のトリスタンは人間至上主義でそんな風ではなかった。なら、答えは簡単よね？』

『い、いや、理屈は分かるんだが……何かしっくりこねぇ』

『シュトラ様、本当にいいの？　敵大将から倒すなんて勿体ない事をしても？　やっぱり主なら、相手が本気を出すまで無駄に引き延ばしたりすると思う』

『良いの！　私が許しちゃいます！　トリスタンの首級をあげたら、私からケルヴィンお兄ちゃんに説明します。責任も取ります。シュトラ・トライセンの名のもとに、今ばかりは全身全霊で私の命に従いなさい！』

バッと一息に手を空に掲げ、有無を言わさぬ王女の威厳を振りかざすシュトラ。外見は幼い子供なれど、その威風は国を担うまでの気迫が備わっていた。少女ならざる凄みを間近で受けた若き竜王達は、一言でその命に従う。

『『ハ、ハッ！』』

……若干ビビりながら。

これまでの会話は念話を通してのものだったので、向かい合うトリスタンとしては唐突にシュトラが手をかざしたように見えただろう。しかし、トリスタンもまた召喚士であり、意思疎通を可能とする者。相手が不意に動こうとも、こちらも一斉に命令を下す事を可能としている。神蟲レンゲランゲ、神蛇アンラがトリスタンを守護するように立ち塞がった。

『私が手前の邪魔者2体を引きつけるから、その間に全速前進！　あれは無視していい！』

『りょ、了解！』

『な、なあ、シュトラ様ってこんなんだったか？』

『若干、セラ姐（ねえ）さん成分も混じってる気がする』

『あー、子供って親兄弟の影響受けやすいからなぁ……』

『2人とも、無駄口はあとっ！』

『『サー！』』

シュトラが糸を操作してロイヤルガードを5機ずつ神蟲、神蛇の前に押し出すと同時に、ボガとムドファラクは最高速でその横を通り過ぎる。ロイヤルガードを操りつつ、シュトラの視線は眼前のトリスタンを見据えていた。

「やはり私を狙ってきますか。相変わらずシュトラ様には無駄がない。しかし多少なりは遊びがなければ、人生つまらないものですぞ？」

　自らが騎乗する神竜ザッハーカを全力で後退させながらも、トリスタンの余裕に満ちた表情が変わる事はなかった。お得意の口上も健在だ。その様子を確認したシュトラは、僅かに口元を緩めていた。

「トリスタン将軍、信頼できる仲間とは多いほど良いものよ。自害させるなんて以ての外、生きたまま有効に活用するべきだわ。命あっての物種だもの、大切にしなくちゃ」

「……？　ええ、そうですね？」

　トリスタンはシュトラの何気ない言葉に、当たり障りのない言葉で返したつもりだった。だが、今のシュトラを相手にして、それは致命傷になり得た。

（うん、肯定を確認。『報復説伏』を発動。仲間の自害を封殺）

　この時シュトラは自らの固有スキル、報復説伏を使って理詰めを行っていた。とはいえ、これは一般論を述べただけの言葉で誰でも頷いてしまうような話だ。しかし、能力の作動中に1度でも頷いてしまえば、その者にとって覆す事のできない世界の理となってしまう。これによりトリスタンは如何なる時も神柱を自害させる事ができなくなり、頭数を減らすという手荒い手段による、神柱の強化が図れなくなってしまった。

　ケルヴィンはシュトラのこの力を外交面で暴力的なまでに活躍すると評価したが、その実態は戦闘においても機能する。何せ、会話をするうちに選択肢が減っていってしまうのだ。事前にシュトラの力を知っていれば対処のしようもあるが、そうでなければ知らず知らずのうちに丸裸にされ、あらゆる手を封殺されてしまう。それも、当の本人は何の疑問にも思わないのだ。事情を知るムドファラクとボガは、仲間でありながら冷や汗ものだった。

「それとね、トリスタン将軍。貴方はトライセンが没落した原因であり、間接的にとはいえ父を殺したようなものだわ。言わば、貴方は憎っくき父の仇。おっきな私だったら、『自害せよ』とこの場で言っていたでしょうね。国を裏切ったと知った民達だって、皆そう思うでしょう。トリスタン将軍、貴方は自ら死を選ばなければならないほどの業を背負っていると、そう思いませんか？」

「……」

ここでシュトラの言葉を肯定すれば、トリスタンは躊躇する事なく自ら死を選ぶだろう。シュトラの言葉は、一歩間違えれば死の宣告ともなり得る凶器なのだ。

「今日はやけに饒舌ですな、シュトラ様。よろしい、本心からお話し致しましょう！　全くそのようには考えておりません！　生とは楽、即ち楽しんだ者勝ちというやつです。亡き人を憂うよりも、今を生きる者が優先されるは当然の事。人生を骨の髄まで味わい尽くす私が、他人を考慮して死ぬ？　面白い冗談です！」

心の底から笑いがこみ上げるのか、トリスタンは腹を抱えている。この問いに対しては最初から期待薄としていたシュトラであったが、その反応にはやや眉を吊(つ)り上げてしまった。そして、彼女の表情はより冷酷なものとなる。

「……ところでシュトラ様。貴女(あなた)、記憶が戻っているのでは？」

トリスタンがその言葉を口にした瞬間、高速で動いていた戦場が止まったかのような錯覚を、ムドファラクとボガは覚えた。背に乗せたシュトラから、ただならぬ気配が放たれ始めたからだ。殺気とは違う。どことなく落胆しているような、そんなニュアンスのネガティブな空気。これは決して幼いシュトラが放つようなものではなかった。

「おやおや。面白半分に話してしまいましたが、まさか正解でしたか？」

「……ハァ、そのまさかです。ケルヴィンお兄……ケルヴィンさんにも悟られぬよう振舞っていたつもりでしたが、まさかトリスタン将軍に悟られるとは思いませんでした。自分の無能さが嫌になってしまいます。それとも流石(さすが)と褒(ほ)め称(たた)えるべきでしょうか？　貴方は昔から観察力が優れていましたからね、トリスタン将軍？」

「……案外、すんなりとお認めになるのですね」

それは幼い少女の声ではなく、美しい女性の声だった。失意の感情を含み、暗い雰囲気を醸し出してはいるが、紛れもなく暗部将軍であった頃のシュトラ・トライセンの声だった。

本当に記憶が？　後ろを振り向いてこの目で確かめたい。ムドとボガはそんな思いで一杯になるも、仮にも今は使徒を相手にした戦闘中。敵から視線を逸らすそのような行為は、主から叱られてしまう事柄であった。

『シュトラ様、マジで記憶が!?』

『それに何で今まで黙っていたの？　アズグラッドが心配していた』

妥協案として念話を飛ばす。これであれば時間が掛からず、瞬時に状況を把握できる為だ。

『申し訳ありません。自分の気持ちを優先してしまった結果とでも言いましょうか……詳しくは後で説明致します。今はどうか、戦いに集中してください。トリスタンは侮れない相手です』

偽装の髪留めが淡く光り出し、幼いシュトラの姿を包み込んでいく。光は直ぐに消えていき、次にそこへ現れたのはトライセン城でよく目にしていた、あの頃のシュトラの姿だった。白を基調とした生地に金の装飾を施したディサンドレス、その気品溢れる佇まいを忘れる筈がない。もしムドファラク達が振り向けば、そう考えた事だろう。

気品だけでなく、王者然とした力強い雰囲気も漂っている。ケルヴィン達と長い時間共に過ごした事で、人間の枠を超えて進化してしまったのが原因だろうか。それは実の父、ゼル・トライセンのかつてのそれよりも気高く、威厳に溢れていた。

「ええ。貴方が私如きに注目してくださったお蔭で、準備が整いましたから」

「――っ！」

　ぐんと、飛行する神竜の体が何かに引っ掛かった。巨体である竜がもがくも、そこには何もない。だというのに、宙に停止したまま一向に動けそうにないのだ。

「これは……!?」

　如何に使徒になろうと、トリスタンの魔力ではそれを見抜く事は敵わないだろう。問答を仕掛けたシュトラの目論見は、報復説伏によるトリスタンの行動制限。そして、この仕掛けを悟らせない為のものでもあったのだ。神竜の進行を邪魔する不可視の正体は、シュトラの魔糸であった。

　以前悪魔四天王の1人であるベガルゼルドに敗れたシュトラは、人形を扱う他に自身にできる事はないかと模索していた。その際に行き着いた1つの答えが魔法である。これまでシュトラは魔力の全てを糸に込めていたのだが、その割合を下げる代わりに糸へ魔法による付加価値を加える事にしたのだ。魔王城での滞在中に、メルフィーナより密かに教わるは青魔法。3000オーバーを有する莫大な魔力と、魔糸を扱う並外れた操作能力で、彼女はこの短期間に凄まじい成長を見せたのだ。

今魔糸に込めている魔法は、メルフィーナも得意としている虚偽の霧（フォールスフォッグ）。対象を視認できなくする幻影の霧は、彼女ほどに魔法に精通した者でもない限りは見破る事ができない。しかし、いくらトリスタンを出し抜き神竜を捕らえようとも、シュトラの力では神竜を押さえ付ける事など不可能だ。やるならば他から力を持ってくる必要がある。そして、シュトラはその力を維持する原動力を既に用意していた。

「戦場での一秒は金貨をいくら積もうと、買えるものではありません。それでも私のお喋（しゃべ）りに付き合ってくださるとは、トリスタン将軍もお人が好（よ）いのですね」

シュトラの後方には、魔糸と同じく虚偽の霧（フォールスフォッグ）で偽装されたゴーレム達（たち）がいた。神蟲（しんちゅう）、神蛇の相手をしていた筈のロイヤルガード、その4機である。ロイヤルガード達にはシュトラの魔糸が幾本も結び付けられており、4機がそれぞれ網を引くような形で神竜に対抗していた。その様子は網漁業のようである。

「それは、ジルドラさんの押収されたゴーレム……確か、最初に10機全てを出していた筈ですが？」

「その様子を見るに、トリスタン将軍から神々に命令はできても、神々から意思疎通を使っての連絡はないようですね」

「……」

ロイヤルガード達はボガとムドファラクが神竜を追い掛けた後、4機のみ早々にその場を放棄してシュトラを追い掛けていたのだ。単純なスピードならロイヤルガードも相当なもので、こうして密かに合流し、静かに機を窺(うかが)っていたという訳だ。もちろん、神蟲レンゲランゲと神蛇アンラは離脱したロイヤルガード達を見ていた。だが、彼らはトリスタンの『亜神操意』で半強制的に従っている気高き神柱の一柱達だ。命令にあったロイヤルガードと戦いはしても、逃げたところで連絡はしない。

「召喚術で神を従えようとも、そこに確かな絆(きずな)がなければ真なる強さは発揮できません。それこそ、トライセンで貴方(あなた)が用いた首輪がそうであったように」

「懐かしいお話ですな。そして民に慕われるシュトラ様からそのような言葉が出てくるとは、実に嘆かわしい事です。トライセンとは人を至上とし、他種族を迫害する事で栄えた国なのですぞ？　ゼル国王がこれを耳にしたら、どれほど悲しまれる事か」

「それは魔王となってしまった後の話です。お父様はもとより中立的な立場でした。腐敗した制度を見直し、時間を掛けようとも民草を導くのが王族貴族本来の務め。尤(もっと)も貴方にとってはそれさえも、自らの人生を楽しむが為の口実なんでしょうね、トリスタン将軍。これより問答は無用、悪(あ)しき風習に囚(とら)われたまま死になさい。下種(げす)め」

シュトラが手をかざして合図を送る。既に受け手であるムドファラクとボガが息吹(ブレス)を放つ準備は整っていた。糸の中で暴れ続ける神竜も、苦し紛れに息吹(ブレス)を放とうと大きく息を吸い込んでいるが、竜王2体が相手では勝負にならないだろう。

「ふむ、確かに今の私は退路を断たれた袋の鼠（ねずみ）。さて、どう切り抜けましょうか……おっと、そういえば私は召喚士でしたね」

顎に手をやり芝居がかった仕草をした後、トリスタンは振り向いてシュトラを見る。

「これは読めましたか？　起爆大王蟲」

ボガ達が息吹（ブレス）を放とうとする眼前に、魔法陣が浮かび上がる。そこから出（い）でたのは風船型の虫であった。ムドファラクは目を見開く。このモンスターを見た事があったのだ。かつてトライセン城でエフィルとトリスタンが戦った際に、突如としてエフィルの背後に現れ自爆した、あの虫だ。しかも、その時よりもかなり大きく凶悪なフォルムに変貌している。恐らく、自爆の威力も以前と同じという事はないだろう。これほどの至近距離、自分達の息吹（ブレス）で誘爆すれば、状況は悲惨なものとなる。

だが、それでも、シュトラが表情を崩す事はなかった。

「読んでますし、自害も自爆もできませんよ。生きたまま有効活用する、貴方の信条に反しますものね、将軍？」

「む、確かに。なぜ私は起爆大王蟲を召喚させ――」

竜王の竜咆超圧縮弾（サジタリア）と活火山創造の息（ラーバクレータブレス）が、虫と竜もろともトリスタンを呑（の）み込んだ。

神竜ザッハーカの最後の足掻き、神の息吹での対抗。しかし、勝ち目など元からありはしなかった。数秒と拮抗する事もなく、神柱の一柱は葬られてしまったのだ。轟く息吹が全てを無に帰した後、バラバラと地上に降り注ぐ肉片。それすらも許さないとボガの体から追躡砲火がミサイルとなって放出され、対象の残骸を追撃する。数度に亘る爆発。結果として、空中には塵の1つも残っていなかった。

「終わってみれば呆気なかったな、トリスタンの奴」

「ボガ、油断しない。トライセンの時も、あいつは呆気なく死んでいった。死んだ振りをして、不意に出て来るかもしれない」

「ああっ？　おでらの全力息吹を食らったっていうのにか？　流石に無理だろ。それっぽい気配もねぇぞ」

「いえ、その可能性はゼロではありません。かつてトリスタン将軍は、配下であるゴーレムの特性を利用した召喚術を使い、ケルヴィンさんの追撃から逃れた経験があります。仮にその時と同様の力を持った者が配下にいるとすれば、生き長らえていると考えても不思議ではないでしょう。それに、残りの神柱はまだ戦意を持っているようですので」

油断なくロイヤルガードに周囲警戒をさせるシュトラ。トリスタンの気配らしきものは感じられない。ボガとムドファラクもそれに続くが、やはり発見する事はできなかった。

トリスタンを追い掛け、邪神の心臓東部から大分西に進んでしまった。真下は大空洞の真っただ中、これ以上探索するのならば、降下してくまなく探すしかない。

「いねぇな」

「死んでいるに越した事はないのですが……常に最悪を想定して動くとしましょう。まず処理すべきは残った神柱ですね」

「まだロイヤルガードと戦ってる？」

「ええ、付かず離れずで時間稼ぎをしています。ここで竜の神柱を倒してしまいましたから、恐らくは強化されている筈。急ぎましょう」

ボガが翼と背の噴火口から炎を燃やし出し、ムドも高速飛行の体勢に。シュトラは兄のアズグラッドがそうしていたのを真似、自身を魔糸で固定。飛行による衝撃に備えるのであった。しかしそんな時、不意に念話が届く。

『おっと、その必要はないぜ！　たった今、この俺様が蛇と虫を討ち取ったからな！』

『えっ？』

その声は久しく聞いていないものだった。手紙だけを残して忽然と姿を消した、どこか行動原理が主に似てしまった、彼の声だ。

『待たせたなっ！　このダハク様が帰って来たぜ！』

闇竜王の息子にしてケルヴィンの第一の舎弟、ダハクである。ロイヤルガード達のところにいるのか、姿は見えない。

『ああ、おかえり。やっと帰って来たか、この不良息子め』

『どんだけ時間掛けてんだ、って感じだよな。あのヤンキー』

『出迎えの第一声がそれかよ……てめぇらちょいと調子に乗り過ぎなんじゃねぇか？　もとはと言えば、光と火は俺が目指す道じゃなかったんだ。だから仕方なく！　てめぇらに譲ってやったんだぜ？』

『世迷いごとをほざいてる。あの時、最も早く私が止めを刺した。ただそれだけの事』

『火竜王を倒す時だってそうじゃねぇか。そもそもダハクは肉食えねぇし。端っから除外されてるし』

『ふん！　竜王になっても本質を摑めねぇとは、情けねぇ連中だ。肩書が泣いているぜ！』

『『……ぶっ殺！』』

　久しぶりの再会に竜ズは喜びを隠し切れないようだ。再会した子犬達のように、ただただじゃれ合いたい。ダハク達はそんな心境なのだろう。ただ、このまま放っておくと奈落の地がやばい。

『はいはい、見えない相手と喧嘩しないでください。ロイヤルガードで神柱の停止を確認しました。まずは合流しましょう』

『その声、シュトラか？　何だ何だ、すっかり大人びちまったな。記憶を取り戻したのか?』

『そんなところです。私がロイヤルガードで先導しますから、付いて来てください』

『おう、頼んだぜ!』

指から出でる魔糸を操るシュトラが、護衛のゴーレム達に案内をさせる。魔糸は引き寄せられるようにシュトラの指先へと戻って行き、ロイヤルガードの移動速度を僅かながらに上昇させるのであった。ボガがその様子を珍しそうに眺めていると、東の空に影らしきものが見えてきた。

影は小さなものが複数、大きな影が1つだ。複数あるのはシュトラの人形だろう。となれば、残る大きい影はダハクになる。

「どうよ、一新した俺の偉容はよ!」

それを一言で言い表せば、闇であった。巨大な竜らしきシルエットはうっすらと目に映るのだが、その周囲に暗き闇が広範囲に広がって、ダハクの姿を隠してしまっている。その闇は隣を飛行するロイヤルガード達にまで行き届き、黒の鎧が溶け込んで更に見辛い。

「ん、闇?」

「ダハク、闇竜王を継いだの? 親孝行とか意外……」

「馬鹿、ちげぇーよ! これは闇じゃなくて黒土の粉末を漂わせてるんだよっ! 俺は歴とした土竜王、進化する事で得た新たなスキル『黒土滋養鱗』を使ってんだ! どうだ。

親父の姿から発想を得てやってみたんだ。かっけぇーだろ？」

「そ、そうですね。自然の香りが漂って良いと思います」

「何だ、闇じゃなくて土なのかよ。そう考えると格好良さは半減だな」

「道理で土臭いと思った。納得した」

「よし、ムドとボガはそこに並べ。順番にその喧嘩を買ってやる！」

ダハクの感情の起伏に繋がっているのか、黒土の闇が激しく唸り出す。隣のロイヤルガード達がかなり迷惑そうにしている。

「あのう、喧嘩は後で――」

「ダハクは黙ってフルーツだけを作っていれば良い。この優良農家……！」

「い、今更褒めたって遅いんだぜ？　俺はキレちまったからよぉ」

「ですから、それは事を済ませてから――」

「肉を食わない竜は半人前だぜ？　野菜だけじゃなく、好き嫌いしないのが一番だ！　エフィル姐さんもそう言ってた！」

「おま……！　姐さんを引き合いに出すのは卑怯だろ！　それを言ったら、ムドだってデザートが主食じゃねぇか！」

「わ、私は食べようと思えば食べられる。ただ、甘味を優先しているだけ」

「それを好き嫌いしてるっつーんだよ！」

「……スゥ」

言い争いが止まらない竜ズの喧嘩。こうなった3体は、主のケルヴィンが止めるかエフィルが叱るか、彼ら以上に格上とされるジェラールやセラが間に入らない限り終わらないのだ。そんな彼らの様子に、シュトラは静かに息を吸い込んだ。

「――だから、喧嘩は止めなさいって言ってるでしょ！！！」

「「「びくっ！」」」

邪神の心臓全域に響き渡るような大声。それは信じられない事にシュトラの口から発せられたもので、なぜか彼女は幼き姿に戻っていた。そして、見るからに怒っている。プンスカしている。

「ねえ、私言ったわよね？　今は喧嘩をしている場合じゃないって。ケルヴィンお兄ちゃん達は使徒と戦っている最中なのよ？　その辺分かってるの？　馬鹿なの？」

幼き姿に戻っても、王者としての威圧感は変わらない。むしろハッキリと怒っているのが分かる辺り、撒き散らす重圧は強まっていた。

「あ、いや……それはこいつらが……」

「馬鹿なの!?」

「……はい。馬鹿ッス。すんませんッス……」

土竜王、少女の怒りに心折れる。

「ムドファラクもボガも、久しぶりに会えて嬉しいのは分かるけど、もう竜王なんだから自制心を持ちなさい！　もう——馬鹿なのっ!?」

「ご、ごめんなさい……」

「すんません……」

「謝る暇があるなら、周囲探索！　手を動かす足を動かす翼を動かす！　時間は有限、早くっ！　エフィルお姉ちゃんに言い付けるよっ！」

「「「は、はいっ！」」」

　こうして竜王達による必死の捜索が開始された。

「トリスタンのクソ野郎を探せば良いんだな？　よっしゃー！　そんなら、まずは生まれ変わった俺の力を見せてやりますかっ！」
　意気揚々と大声を張り上げたダハクは大空洞の中心部、その上空に留まって腕を広げ始めた。
「ダハク、何をする気？」
「まあ見てなって。今の俺にかかれば、この程度の瘴気何でもねぇからよ」

　ダハクの周囲を覆っていた闇、もとい黒土の粉末が、激しく震えながら大空洞へと舞い落ちていく。黒土はダハクの鱗から飛散しているもので、よくよくダハクを観察してみれば、うっすらと鱗の表面から絶えず黒土が放出されているのが確認できた。

「この黒いのは見た目が格好良いだけじゃねぇ。『黒土滋養鱗』を粉にして振り撒けば、どんな土地だって俺の体で育てたみたいに元気な植物が育つんだ。言わば、大地を甦らせる活性剤みたいなもんよ」

「わぁ……！」

　ダハクの黒土は瞬く間に大空洞の全方向へ、全深域へと降り注いでいった。あれだけの黒土を散布させたというのに、ダハク自身は全く意に介していないようだ。シュトラはセラの血のようなものなのかと考えつつ、その幻想的な光景を目に焼き付ける。

「土台が完成したら、お次は種蒔きだ。土竜王の旦那と奈落の地中を駆け巡って勝負した、野菜コンクール5連勝負。その時に採取して集めた屈強な植物達の特性を、俺の『異種交配』で品種改良！　こいつは朱の大渓谷で使った浄化作用の比じゃないぜ？　昔エフィル姐さんが嘆いていた、某S級冒険者が作っちまったダークマターだって解毒しちまう代物よ！」

「ええと、最後の比較対象の喩えがよく分からないけど、兎に角凄いのね？」

「そう、兎に角凄い！」

誇らし気なダハクは、両腕を腰の辺りからゆっくりと上げていく。すると、見通しの悪かった瘴気が途端に薄れていき、透き通った空気の奥に緑が点在するのが見えてきた。信じられない事に、どのような雑草さえも生えない死の大地とされていたこの邪神の心臓に、植物体がどんどん生い茂りつつあるのだ。

「ほ、本当に凄い……！　あの植物達が、大空洞の毒気を浄化しているのね？」

「土に栄養さえあれば水も必要なく育っちまう『不死食草』、それに最強の解毒植物達を掛け合わせたからな。奈落の地や地上のどこを探したって、これ以上の秘草はねぇさ」

「おかしい、ダハクが活躍している」

「明日は槍が降るかもな……」

「っ……！　ふ、ふん、まだまだこれからだぜ？」

ムドとボガの驚きっぷりに噛み付きたいダハクであったが、またシュトラに怒られそうだったので何とか堪える。それ以上に、ダハクにはやるべき事があった。

「これで大空洞は結界なしでも問題なく行き来できる筈だ。けど、その辺をかなりの数のモンスターが徘徊してやがんな。鬼強化した『災厄の種』も植えとくか。こいつらなら大抵のS級モンスターも余裕だろ」

「ゴルディアーナさんとの戦いで使った食人植物ね？」

「うっす。なんつうか、色々と思い入れの深い奴だかんな。俺の愛を全てこれに注ぎ込んだと言っても、決して過言じゃねぇ！」

　ダハクが腕を上空に突き上げると、漆黒竜の愛を称えるように、地上の各所で蕾達が数百の牙を咲かせ舞い踊っていた。そして食らう、食らう、食らう――大口を開けた災厄達は、大空洞のモンスター達をことごとく打ち破っていた。

「信じられない、ダハクが輝いている」

「明後日は隕石が降るんじゃねぇの？」

「もうっ！　ムドもボガも大人になりなさい！　そういう事は思っていても口にしちゃ駄目なのっ！」

「……」

　地味にシュトラの言葉が一番効いている。

「――最後は生物の体温や気配に敏感な植物体を育てるぜ。こいつが発見したもんは俺とも情報を共有させてるから、不審な動きをしている奴がいたら1発で分かる筈だ。流石にセラ姐さんやアンジェの奴までとはいかねぇが……」

　再度拳を振り上げるダハク。連鎖的に生えてきたのは、美しくも儚い印象の白き花々。邪神の心臓周辺はもはや不浄の大地などではなく、緑が生い茂る全く別の場所へと生まれ変わっていた。

「私が見た事もない草花ばっかり……！」

「俺が交配させたオリジナルだからな。しっかし、トリスタンらしき奴はいねぇみたいだ。ケルヴィンの兄貴達が突入した、使徒の隠れ家にでも逃げ帰ったんじゃねぇか？」

「その可能性もあり得るわ。下手に私達まで乗り込んだとしても、やれる事は少ないし危険かな。ケルヴィンお兄ちゃん、わざと私を遠ざけてくれた節があるし……意思疎通で情報だけ共有して、私達は神域の外を固めましょう。いざとなった時、他の使徒が逃げられないように。ダハク、もっと防衛に適した植物はある？」

「なくたって、注文さえしてくれれば俺が応えてやるよ。安心しな！」

「そう、なら手始めに――」

自らの能力に太鼓判を押すダハクに、シュトラが次々と戦略上必要である要素を注文していく。自信満々な様子のダハクであったが、徐々に徐々にと容赦のないシュトラの要求に額に汗を流してメモを取り始めた。

「第一弾として、まずはこれだけをお願い。できるかしら？」

「お、おう、余裕、今の俺なら余裕だぜ。余裕余裕……」

割とギリギリらしい。

「ふん、まあ竜王ってのは然(しか)るべき巣を持つもんだからな。手始めにその要望にお応えして、この場所を俺好みの巣に、奈落の地(アビスランド)を漆黒竜の地(ダハクランド)に変えてやるぜ！」

半ば自棄糞(やけくそ)である。

「良かった、いつものダハクだ」

「あのネーミングセンスは絶望的だよな」

「それな」

「ムド、ボガ、何やってるの。貴方(あなた)達にも仕事を割り振るわよ？」

「「えっ？」」

幼き姿の賢女によって竜王達は酷使され、大空洞の再構築は着々と進んでいった。

  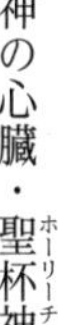

――邪神の心臓・聖杯神域(ホーリーチャリス)
（シュトラ達、面白い事をしてるわね）
シュトラより配下ネットワークへ送られてきた報告書を読み上げ感心するのは、使徒の神域内を駆けるセラであった。邪神の心臓南部の殲滅(せんめつ)を終えたセラ。彼女は昂然(こうぜん)として神域に乗り込んだのだが、迷宮のように入り組んだ場所に転送されてしまい、以降こんな調子で出口を探していたのだ。ただただ白いだけの同じような通路ばかりに歓迎され、セラは少し退屈気味であった。
（分かれ道……）

何十回と繰り返してきた選択。またかと心の中で呟くも、選ばない訳にはいかない。持ち前の察知能力と豪運で、当たり前のように正解を選んでいく。尤も正解を選択したところで、セラにとってはどこに繋がっているのか分からないのだが。

(もう少しな気はするんだけどねー。その距離感がいまいち掴めない。んー、感覚が狂ってるのかしら？　この結界内、厄介極まりない事この上ないわー……)

そんな愚痴をこぼしながらも、セラは走る。走る以外にできる事がないのももどかしい。

「ハァ、そろそろ派手なバトルと洒落込みたいんだけど……」

「全くもって同感だよー。一番ここに詳しい筈のアンジェさんが迷子だなんて、笑い話にもならないよー」

「「……ん？」」

面と向かって逆方向の通路から走って来たのは、ケルヴィンと共に侵入した筈のアンジェだった。セラとアンジェ、意図せず合流。

「誰かと思ったらアンジェじゃない。どうしたの？　迷子？」

「うぐっ！　しっかりとさっきの台詞を聞かれちゃったようだね……恥ずかしながら、その通りだったりします、はい……」

通路でバッタリと出会ってしまった2人。アンジェはぽりぽりと頬を指でかきながら、居心地悪そうに少し俯く。

「どうもこの結界内、私の察知能力を阻害する力が働いているみたいでさ。構造も見慣れない形になってるし、私がいた頃とはまた別物なんだよね」

「ああ、道理で私も調子が悪いと思ったわ。でも、こうしてアンジェと同じ場所に行き着いたって事は、それでも正解を引けたのかしらね！」

「自信満々だね〜。残る道は——」

2人はお互いが正面になるように、向かい合わせに走って来た。合流した地点はちょうど十字路に当たる箇所になっており、2人が通った道を除外すれば、残る道は2つある。

しかし、セラとアンジェは口裏を合わせていたかのように、同時に同じ道の方へと振り返った。

「こっちな気がするわ！」

「うんうん、アンジェさんも同意見」

セラは勘で、アンジェは弱まった察知スキルを限界まで強め、正解のルートへと答えを見出す。その後は再び駆ける、駆ける、駆けるである。

「この道、いまいち距離感が摑めないのよねー。蜃気楼みたいに揺れちゃって、本当に見辛い！」

「うーん、代行者の仕業だろうね。普段はこんなに幻めいてなかったもん。セラさん、もうちょっと速く走れる？」

「競走？　競走なのね!?　ふふん、いくらスピードに自信があるからって、簡単には負けてあげないわよ？　その昔、私はリオンやメルフィーナとも駆けっこで良い勝負を演出したんだから！　ええっと、何を賭けたんだったかしら？　ケルヴィンに関連したものだった気がしたけど……」

「あはは、今本気でやったら大変な事になりそうだね。ま、もちろんこのアンジェさんが優勝を掻っ攫う事になるだろうけどっ！」

「言ったわね？　それじゃあ、そろそろ本気を出すとしましょうか！」

競走開始の宣言。セラが床へ大きく踏み込むと、アンジェは身を低くしてスタートダッシュに備える。嵐の前の、ほんの僅かな静けさと、試合前のピリピリとした独自の雰囲気が場を支配する。そして、２人の視線の先にはそれがあった。

――『廊下を走るな。廊下は静かに』。そう書かれた看板が。

「な、なあっ！　何てこと!?　これじゃあ、競走ができないわっ！」

「セラさん、本気で言ってる？」

看板の文字に目を見開くセラに、アンジェが呆れながらツッコミを入れた。セラは存外に道徳心が高いのだ。

「卑劣な罠ね！　こんな所でも、マナーを指摘されたら躊躇するに決まってるじゃない！　何よりも、良心が痛むわ！」

「う、うん、罠とも呼べない代物なんだけどさ……でもこの看板があるって事は、解析者、リオルドの部屋が近いって事かも」

「えっ？　そんな事、分かるの？」

「うん。リオルドって結構神経質なところがあってさ、ギルドでも自分の部屋の近くにこんな立て看板作ったりしてたの。ベルりんとエストリアが口喧嘩したり、創造者のゴーレムが出す騒音も嫌っていたから、もしかしたらこの結界内にもあるかもって」

「なら、この走るなはアンジェの事かしら？」

「私は音を殺して走るから、きっとベルっちの事じゃないかなー。うん、きっとそうだよ。風を出して爆走してたし！」

「ふーん？　まあ、逆手に取った罠かもしれないし、今は無視しましょうか」

　看板を横切り、非常時と割り切って駆け続ける2人。やがて、幾つもの扉が左右に並ぶ通路に行き着いた。通路の先は気が遠くなるほどに長く、終わりが見えない。ずらりと並んだ扉も全て同じ作りになっていて、違いという違いが見当たらなかった。

「うわー……あからさまに罠だろうね、これ」

「間違いの部屋を選んだら、ドカン！ってやつ？」

「爆発するかは分からないけど、何かしらのトラップは仕掛けてあると踏んだ方がいいね。でも、これは元暗殺者の私に対する挑戦なのかな？　よーし。セラさん、私が『遮断不可』で通り抜けながら確認するから、慎重に行動――」

「ここが怪しいわね！」

――ガチャリ。

セラは手前から3番目の扉に手を掛け、そのまま開けてしまった。その行動と瞳に宿る意思には一片の迷いもなく、またアンジェが止める暇もないほどであった。迂闊（うかつ）にもアンジェは、セラが直感で動く感覚派だという事を忘れていたのだ。

「セ、セラさんっ!?　慎重に、慎重にっ！」

「あら、誰かの部屋みたいね？」

「えっ？」

セラが選択した部屋は正解であった。バアル一族が偏（ひとえ）に直感で動く理由、それが大いに発揮された一場面である。

アンジェが部屋の中を覗（のぞ）いてみると、確かに誰かの私室のようなレイアウトになっていた。仕事用のデスクが奥に置かれ、資料棚が壁際に連なっている。そして、アンジェはこの部屋に見覚えがあった。

「……これ、パーズのギルド長室と同じ部屋だ。机から棚まで、全部配置が同じ」

「リオルドの部屋って事かしら？　んー、確かに見た覚えがあるわね！」

「たぶんだけど……ちょっと待ってもらえるかな？　先に入って罠を確認するから」

リオルドほど神経質であれば、長い時間を過ごしたギルド長室と同じ家具の配置にしていたとしても、何ら不思議ではない。或いは、この部屋を模してギルド長室ができたのか。

（今更、そんな事はどうでもいいか）

頭を振り、アンジェは思考を切り替える。罠がないかと注意しながら部屋へと足を踏み入れ、ゆっくりと歩を進める。透過しながら粗方のチェックをし終え、部屋の中にトラップはないと判断。入っても大丈夫と、セラを招き入れる。

「さて、使徒の部屋を見つけたはいいけど、肝心の本人はいないようね。残念だわ！」

「使徒の全員が根城にいる事はないし、何かの任務で出払っているのかも。ピンチはチャンスと考えようか。リオルドがいない今だからこそ、この部屋から重要な情報を探し出せるって」

「宝探しみたいなものね。重要な情報か……ギルドと部屋の構造が同じなら、大事なものをしまっている場所も同じなんじゃない？」

「セラさん、本当に鋭いね……」

リオルドが重要としていた書類などを保管していた場所。アンジェの記憶が正しければ、その場所とはデスクの上から2段目の引出しだ。

「やっぱり、ギルドと同じで鍵穴がある」

リオルドのデスクの引出しは全て鍵付きのものとなっていた。もちろん、どれもが普通の鍵ではなく、引出し自体も大金庫のように強固なもの。ニトの鞘にも似た空気を2人は感じた。

「リオルドの聖鍵に対応してるっぽいかな。鍵開けするにはかなり難解そう」

「なら、壊す？」

「ううん、私なら関係ないよ」

アンジェは透過した右手を正面から引出しに差し込み、内部に入り込んだ指先だけを実体化。引出しに隠していたものに触れると、それと共に再び透過処理を施す。

「このまま引き出せば――はい、奪取完了だよ」

「いつも思うけど、その能力狡いわよね！」

「セラさんに言われたくはないかなぁ……で、問題のものなんだけど」

「それって？」

「本だね。几帳面に日記でも書いてたのかな？」

デスクの上に本を置き、パラパラとめくっていく2人。どうやらアンジェの予想の通り、リオルドの日記のようであった。アンジェは仕事柄慣れたものであるが、他人の日記を覗く背徳感にセラはそわそわしている。だがその落ち着きのなさは、次第に別のものへと変わっていった。

「「これって――」」

◇　◇　◇

「どっ……せいっ！」

――ガシャーン！

鋼鉄の扉を蹴り破ったのはジェラールであった。そしてその背後に控えるは、矢先に燃え盛る炎を灯(とも)した火神の魔弓(ペナンブラ)を持つエフィル。セルシウス家で古参に入る2人も、セラやアンジェのように結界内を彷徨(さまよ)っていたところで合流したようだ。

しかしその探索方法は真逆を爆走していて、怪しいところがあれば粉砕・爆撃して自ら道を作るといった、大変大胆な行動を取っていた。

「うーむ、ここも外れのようじゃな。行き止まりじゃわい」

「でしたら、更に壁を破壊していきましょう。上手(うま)くいけば、結界に歪(ゆが)みが生じるかもしれませんし」

「よ、良いのか？」

「良いのです。私達の第一の使命はご主人様から離れない事。ご主人様との連絡が取れない今、こちらから打って出るのが最上です。さあ、壁を破壊しましょう！」

普段お淑やかなエフィルであるが、ケルヴィンが絡むとどうも暴走気味になってしまう。今が正にその状態だ。そんな孫の我が儘をついつい聞いてしまうのが孫煩悩なジェラールで、ここに来るまで言われるがままに破壊を繰り返していたという訳である。

（しかし、このままではこの場から脱却できぬ気もするのう。エフィルの王を想う気持ちは分からないでもないが、そろそろ別の手立てを考えんと……）

ズガンズガンと容赦のない連続爆撃を繰り出すエフィルに、流石のジェラールも注意しようかと考え始める。しかし、そんな時――

「ジェラールさん、大きな空間に出たようです」

「……マジで？」

――道は開かれていた。忘れがちだが、エフィルは『悲運脱却』によってかなりの幸運を授かっている。こういった力押しも、正解を引き当てる要素に繋がったりするのだ。

「むう、かなり広い空間じゃな。それに、今までと空気が違うわい」

「はい。これまでは魔力をふんだんに取り入れた迷宮といった感じでしたが、この場所は実に無機質……鉄と油、薬の臭いで充満していると申しましょうか」

ジェラールとエフィルが中を覗き込むと、その穴は空間の天井部に繋がっていたようだった。空間の中は薄暗く、されど広大。中に緑色の液体が入ったガラスケースが並び、用途不明の機械が雑多に置かれている。明らかにこれまでの世界と乖離した場所だ。

「兎も角、何らかの重要な施設に間違いはなさそうじゃな」

「そうですね。壊しましょう」

「えっ？」

ジェラール、耳を疑う。如何に屈強な武人といえど、年齢的にはお爺ちゃんもお爺ちゃん。そういえば最近耳が遠くなった気もするなと、まずは自らの耳を疑った。

「すまぬがエフィル、今なんと？」

「壊しましょう」

「ちょ、ちょっとそれは早計ではないかのっ!?」

「破爆白――」

ジェラールが制止するよりも早く、エフィルの矢が白く輝き出していた。

「――無礼なる侵入者よ、不躾な行動は慎んでもらおうか」

「「っ!?」」

暗闇の向こうから、声と共に何かが飛来した。エフィル達は咄嗟に穴から飛び降りてそれを回避。直後、さっきまで立っていた穴の付近で大きな爆発が巻き起こる。威力とその向かう方向からして、爆発の余波は通路にまで届きそうだ。躱す方向を誤って後方にしていれば、手痛いダメージを食らっていたかもしれない。

「それで、侵入者の諸君。私の工房に何の御用かな？」

「貴殿は……」

闇の中から、白衣を羽織った男性が現れる。片手には刃に筒が付属された異質な剣を携えており、その筒の先端からは薄く煙が吹いていた。恐らくはあの道具を使って攻撃されたのだと、2人は瞬時に読み取る。その剣はこの世界において周知されていない形状を取っているが、もしケルヴィンかリオンがこの場に居合わせていたとすれば、銃剣、或いはガンブレイドと喩（たと）えていた事だろう。

だが、それよりも注目すべきは白衣の男の顔だ。2人がその顔を見たのはこれが初めての事である。しかし、それでもジェラールはその顔付きに見覚えがあった。かつてトライセン城にて一騎打ちをし、共に戦った戦友、ダン・ダルバの面影がしっかりと残っていたのだ。

「貴殿はもしや、ジン・ダルバ殿ですかな？」

体はそうでも中身が違うという事は、ジェラールもエフィルも分かっている。しかし、元々の体の持ち主の確認はしておかなければならない。場合によっては後に、ジンの生死をダンに報告しなければならないからだ。

「時間が惜しいな。諸君らが欲する情報を端的に教えてやろう。この体の持ち主は鉄鋼騎

士団の副官、ジン・ダルバ。そして私はジルドラという者だ。これだけ情報を与えてやれば、もうやる事は1つであろう？　今は亡きアルカールの騎士、ジェラール・フラガラック。そしてルーミルの娘にして我が娘でもあるエルフ、エフィルよ」

「「……っ！」」

全てを見通しているかのように、ジルドラの言葉が突き刺さる。結果として、小さくない衝撃が2人を襲った。

「貴様、なぜワシの名を、それもファミリーネームまで……？」

「私としてもとても遺憾です。なぜ貴方が父になるのでしょうか？」

「時間が惜しいと言うに、質問ばかりだな。まあいい、答えてやる」

溜息の後に、ジルドラは2人を見据えたまま口を開く。

「ジェラールについてはその声に聞き覚えがあったのでな、記憶を掘り起こして思い出したまでの事。アルカールの酒場で得意気に英雄譚を語る輩がいた、田舎騎士団の長の地位にあった、これだけでも十分な情報だ。特定さえすれば、今でも鮮明に覚えているよ。特に、お前は最後まで抵抗していたからな。娘の亡骸をその手に抱いたまま、な」

「貴様っ！」

「ふん。次はなぜアルカールを滅ぼしたのか、という質問でもするか？　その口で聞けば教えてやらない事もないぞ？」

「要らぬっ！　もう、ワシの心は貴様を倒す事で合致しておる！」

　ジェラールから放たれる怒気がどんどん膨らんでいく。しかし、それをエフィルが鎮めるような事はなかった。少なからず、エフィルからも同様の感情が漏れていたからだ。

「その狂犬が飛び出さぬうちに、エルフの娘についても話しておこうか。お前がどこまで母を理解しているのか、それは私の知ったことではない。だがな、今のお前の容姿はルーミルに瓜二つなのだ。トライセンにて一戦交えた際、私は娘であると確信した」

　トライセンでの一戦。蒼き巨大なゴーレム、ブルーレイジと戦った時の事だ。そしてジルドラの話は、エフィルの母であるルーミルに移る。

「かつて、ある研究で私は竜王の血を必要としていた。ちょうど手頃な所に頭の弱い火竜王がいたのでな、少しばかり細工をして血を頂戴したのだ。すると奴は怒り狂い、周辺のエルフが住まう森を所構わず焼き払った。恐らく、その時の私の姿がエルフであったからそうしたのだろう。全くもって短絡的な事だ」

「……火竜王には、然るべき罰を与えました」

「そうか、気が晴れたか？　どうでもよい事ではあるがな」

「……」

「ルーミルはその災厄を回避する為の、エルフ達が火竜王に捧げた供物であったのだ。彼女は竜に連れ去られ、奴の巣へと運ばれた。竜王に狙われていた私は奴を監視していてね、そこで私はとある実験を思い付いたのだよ。白魔法には呪いを裏返し、加護に変える魔法がある。ならば、生まれながらにして強力な呪いを授かった者を量産すれば、それは強力な生命体になり得るのではないかと」

ジンの、ジルドラの口が醜く歪んでいく。

「生まれながらにして恨みを背負った子を作る為、私は奔走した。エルフの姿でわざと殺されかけ、予め用意しておいた炎に耐性を持つ人間に体を移したのだ。抜け殻となったエルフの死骸を見つけた竜王は、暫く余韻に浸っていたよ。その間に新たな体を得た私は奴の巣へと忍び込み、ルーミルを攫った——さて、これ以上の説明は必要かな？」

「……いえ」

「お前がハーフエルフである理由、考えた事はあるか？　エルフと人間との間に生まれる種族だ。子さえ生まれれば、母体に用はなかった。感謝を込めて火竜王に送り返してやったよ。その後の事は知らないし、尤もその子も呪いに馴染むまでコストが掛かり過ぎるのもあってな、適当に捨てた覚えが——」

爆発音が鳴り響いた。エフィルが射った矢を、ジルドラが銃で迎撃したのだ。

「——もう、説明の必要はありません。それに、やはり貴方は私の父ではない。私はもうハーフエルフではなく、ハイエルフです。父の血は捨てましたから……！」

「そうか、興味深いな」

ジェラールが前進し、エフィルが次なる矢をつがえた。

◇　◇　◇

エフィルが射った極炎の矢が一直線にジルドラへと飛来する。ガチャリと銃剣を構えるジルドラは、フンと鼻先であしらいながらこれを迎撃。赤き弾丸はまたも灼熱の矢と衝突し、ジルドラの工房内で激しい爆発を巻き起こした。

『どうやらあの筒先から、高速で魔力の塊を発射するようですね。私が矢を放った直後に対応している辺り、発射まで時間を要さず、威力も同等――これより、弓につがえる矢は全て『蒼炎』を付加致します。ジェラールさん、飛び火にお気を付けください』

『ワシにはエフィルから貰い受けた『火竜王の竜鱗外装』がある！　気にせず全力で射れぇい！』

『承知致しました』

火神の魔弓の炎が赤から蒼へと転換、魔力の全てを火力へ。エフィルが持つ矢の矢尻に、凄まじいまでの濃縮された蒼と翠の魔力が纏われていく。

「ほう、呆れるまでの魔力量。自らの炎での自滅など毛ほども気に留めぬ胆力、いや、火竜王の加護が働いてこその戦法か。面白い」

「じっくり分析とは、随分と余力があるようじゃのう！」

ジルドラへと接近するジェラールは、もう直ぐそこまで迫っていた。携えた魔剣ダーインスレイヴの刀身からは、既にこれまで吸収し、貯蔵してきた魔力を解放させている。全てはこの時の為に、そう思わせるほどの力が呻り、その剣先がジルドラへと向けられている。だが、ジルドラはジェラールに銃剣を向けようともせず、ただ口元を歪ませた。

「当たり前だ。ここは我が工房、歓迎の準備など疾うにできておる」

「――っ！」

ジルドラの背後から現れた巨大な影が2つジェラールの視界に映った。でかい。そのどちらも、途轍もない大きさを誇っている。

『……トライセンで戦った巨兵ほどはあるか』

無駄に広いと思われた工房の広大さには理由があった。ジェラールが見上げるほどの巨体、これらを収納し、実際に動かせるスペースを確保する為のものだったのだ。1歩進めば地響きが轟き、2歩目にはその姿の全容が明らかになる。

ゴーレムというよりは、機械兵と喩えた方がしっくりくるデザインの装甲。片やブルーレイジと同色のメタルブルーが施された、四つ足を持つ人型。俗にいうケンタウロスを模したマシンであった。右手に塔を空想させる大槍を、左手には重厚なる盾が装備されている。

もう片方は巨体ではあるが、ブルーレイジと比べれば細身に感じられる灰色の人型。こちらは武器らしきものも持っていない。しかし、その右手だけは大きく肥大化し、背には翼のような機材が取り付けられている。

「これらはブルーレイジを始めとした試験機のデータを踏まえ、我が技術と異世界の英知を集結させた最新鋭機『シアンレーヌ』と『デゼスグレイ』だ。ジェラール、試験機とも呼べぬ代物ではあったが、生前の貴様には私のゴーレム達（たち）が何機か世話になっていたな。その礼だ、とくと味わうがいい」

ジルドラの言葉の直後、2機のマシンが一斉に動き出す。それまでの歩みとは異なり、四つ足をやや屈（かが）んで見せたかと思われたシアンレーヌ。気が付けば、そのケンタウロスは眼前にいた。シアンレーヌはその図体（ずうたい）でありながら、1回の跳躍で、それも目にも留まらぬ速さで移動していたのだ。

「ぬうっ！」

騎槍（きそう）を構えた突撃を繰り出され、咄嗟に盾で防御するジェラール。大戦艦黒鏡盾（ドレッドノートリグレス）に施された物理反射能力を使う暇などなく、その肉体の力のみで堪える。足場を激しく損傷させながらも、ジェラールは攻撃の第一波を防ぎ切り、シアンレーヌはそのまま横を通り過ぎて走り続ける。

『エフィル、でかぶつが行ったぞ！』

『見えています！　それよりも、次が来ますよ！』

シアンレーヌの攻撃を防いだのも束の間、今度は上空よりデゼスグレイが詰め寄っていた。背の羽から青白い光の粒子を発生させながらかなりのスピードで、それも非常に滑らかな動作で飛来している。飛行能力が余程高いのか、ジェラールの斬撃や蒼炎の矢が放たれても、最低限の動きで全てを回避。火竜王が見せた飛行術と似ているが、その正確無比な能力は生物のものとは思えない。

同時に、エフィルはシアンレーヌにも攻撃の矢を射る。工房内に設置された気味の悪い液体を内包するガラスケースを、ガランガランと蹴り壊しながら突貫するシアンレーヌは、盾を突き出してそれに応じた。

――カァッ！

シアンレーヌの眼前で、眩くも多彩の色を発する光が爆発。彼のゴーレムが持つその盾は、恐らくは刀であるニト自身が収められていた鋼鉄の鞘と同様の素材で作られたものだ。叩こうとも曲がらず、斬ろうとも傷1つ付かない代物。だが、絶対に壊れないという訳ではない。現にその盾はジルドラによって加工され、現在の形を成しているのだ。魔力を火力に全振りし、母ルーミルの魔力宝石による強化を施したエフィルの矢は、シアンレーヌの腕ごと盾を吹き飛ばす。

『左腕は爆砕しましたが……戦闘不能には至っていないようですね』

『破壊できると分かっただけでも勲章もんじゃ！　彼奴(あやつ)の片腕もまた、同じ材料じゃろうて！』

矢を射ったエフィルは、この時多首極蒼火竜(メルトパイロヒュドラ)を生成して騎乗し、天井部付近に陣取っていた。その千里を見据える美しい緑の瞳で、ジルドラの様子を含めた戦場の動きを把握する為だ。シアンレーヌの槍が届かないであろう距離を保つ目的も含まれるが、優先すべきは何をするのか予想のつかないジルドラの動向だ。全ての敵を注視しつつ、エフィルは常に戦況を意思疎通でジェラールへと渡す。これにより、ジェラールの視界外で起こっている出来事も情報として共有できる。

ジルドラは今のところ2機のマシンに戦いを任せるばかりで、銃剣をジェラールやエフィルに向けようともしていない。まるで重要な研究を観察しているかのように、ただただ戦いを眺めているだけなのだ。ただ、頻(しき)りに口を動かして何かを呟(つぶや)いているようだった。

「エルフの炎なら――の破壊も可能――別のプロセスで――」

――グォン。

エフィルの頭上、天井部からそんな機械音が聞こえてきた。何事かと見上げると、工房の天井が物音を立てながら左右に開かれていく。天井の先がまた別の空間となっているのを確認したその時、ポツリポツリと顔に水滴が付着したのを感じ取った。

『これは、雨？』

そう思った直後には、雨は激しく叩き付ける量となり、最早それはスコールといっても差し支えないものになっていた。滝の如く降り続ける水は視野を狭め、一寸先も見通せない状況を作り出してしまう。

『いけない……！』

エフィルにとって最悪なのは、このスコールによって炎の威力が弱まることに止まらない。雨の中でも燃え盛る炎の光は、どこにいるのか分からない敵に位置を知らせる事に繋がってしまうのだ。

『エフィル！　鳥の翼が出す光がそっちに向かったぞ！　位置を送る！っと、今度はワシに人馬か！』

『ありがとうございます……！　そちらの盾は破壊していますが、油断なさらずっ！』

視界の悪い工房の中で、剣戟が鳴り爆発が続く。今度は相手を替えての戦いとなり、一進一退の攻防が繰り広げられた。

「さて、そろそろ工房全域に満ちる頃合いか……我が最新鋭機と互角なのは素直に称賛しよう。だがな、あまり時間を掛けていられる場面でもないぞ、ジェラールよ？」

ジルドラの呟きは、雨の音に掻き消された。

◇　◇　◇

天井部より絶え間なく降り注ぐスコール。これによりエフィルは不利な戦況に追い込まれていた。矢の威力減少、視界の阻害、それらに加えてデゼスグレイの機動力の高さは変わる事がなく、むしろ更に速くなっているようにさえ感じられる。エフィルの体感通り、実際にデゼスグレイのスピードは増していた。実はこの機体には陸上、空中、海中の全てに対応できる能力があり、だからこそ激しいスコールの影響を受け付けず、むしろその水を用いて背より排出し、加速に利用する事ができていたのだ。

「シッ！」

蒼(あお)き炎に包まれた多首火竜(パイロヒユドラ)の7つの首がデゼスグレイを追い掛けるも、この状況下ではスピードに翻弄されるばかり。かといって、エフィルが放つ矢も決定打になり得るものではない。直撃さえすれば、シアンレーヌの盾と同じく爆砕させるのは可能だろう。しかし、当てるまでが一番厄介なのである。常に百発百中の矢を射ってきたエフィルは、的があんなにも巨体であるのに当てられない現状に、もどかしさを募らせていた。

デゼスグレイも防戦一方という訳ではない。細身でありながら一部肥大化した強靱(きようじん)な片腕で、神速で迫ったすれ違いざまに攻撃を放ってくるのだ。エフィルのみであれば、雨の中で光る輝きを捉えて躱(かわ)す事も可能な一撃。だが、多首火竜(パイロヒユドラ)はそうもいかない。体格が大きい為(ため)に、振るわれる腕の猛撃を回避し切れずに食らってしまい、炎の残滓(ざんし)となって散ってしまう。触れる直前に炎で呑み込んでしまう策で対抗もしてみたが、その腕にはスコールで得た水が流動していて、それだけでは破壊するに至らなかった。

（最悪の相性、最悪の状況と申しましょうか。アレを確実に破壊するのなら、極蒼炎の焦矢をピンポイントで直撃させる必要がありますね。ともすれば、まずはこの雨からどうにかしませんと……）

他の多首火竜の頭上に乗り移り、新たに火竜を生み出しながら思考するエフィル。そんなエフィルの思考を読み取ったのか、デゼスグレイは宙を旋回しながら、別の行動を取り始めた。背の翼から出る光の粒子の形状を変化させて巨大な刃を生成、更には光の球体をいくつか作って随伴させている。

「多重炎鳥」

その様子を確認したエフィルは、周囲に幾千にも及ぶ炎鳥の大群を生み出した。数は多くともこの雨の中では形を保つのも危うく、攻撃力に期待はできそうにない。しかし、炎の光源を散らす事で攪乱はできる。エフィルの推測は的中し、これまで一直線に向かって来ていたデゼスグレイがあらぬ方向に向かって行った。

（自身の推進力と光の剣で全てを切り裂く戦闘法ですか。あの球体からは……魔法による攻撃、でしょうか？　炎鳥を正確な射撃で撃ち落としていますね）

この光の球体も、ケルヴィンやリオンが目にすれば某シューティングなゲームの追加装備じゃないかと目を輝かす場面である。されどエフィルにとってはそうは映らず、超精密な砲台程度の認識でしかなかった。よって、そこまで引き込まれない。

（さ、今のうちにです）

天井目掛けて弓を構えたエフィル。炎の大翼が宙に広げられ、上方から迫るスコールに反逆するように牙を剝く。

『ジェラールさん、落石その他諸々に注意してください。この雨を破壊します』

『なぬっ!?』

地上でシアンレーヌと戦っているジェラールに一応の注意喚起。落石の直撃程度でジェラールの鎧に傷がつくとは思えないが、メイドとしてその辺りは徹底する。

「全身全霊、真心を尽くしてっ！」

ヒュン、と寸前までの異様さからは考え付かないような、軽く綺麗な風の音が鳴った。エフィルが矢を射ったのだ。そしてその数コンマ秒後に、耳を覆いたくなるほどの爆音が轟く。遅れてきた反動として、弓の両端から蒼炎の爆発が巻き起こる。このフィードバックだけで幾千の炎鳥の輝きなど些細なものに成り下がり、デゼスグレイもエフィルの位置を特定したようだ。同時に、スコールを降らせていた天井部が決壊したのも確認された。

――ズガガガァ――――ン！

エフィル渾身の矢は天井を突き破り、機能の中枢部で大爆発。ダムが崩れたが如く、水という水が流れ出でる。最早これはスコールではなく、押し寄せる大波だ。あら？　と、少しばかり予想と違った結果に驚くエフィル。しかし、そんな逆境の中でも柔軟に対応できるのがメイド長なのだ。

「極蒼炎城壁！」

あろう事か、エフィルはそれらの波を四方に広げた蒼炎の壁で押し返した。触れる毎に液体から気体へと変化する大量の水。エフィルの炎が消える事はなく、ぐんぐんと天井の最上段にまで迫る壁は、遂には新たな天井として成り代わる。清々しいまでの力押し、敬愛するケルヴィンから賜った伝家の宝刀、困った時の何とやら、である。

『ご主人様のお蔭で何とかなりましたね。流石はご主人様です』

『エフィル、落石！　落石っ！』

額の汗を拭ったのも束の間、今度は炎の壁を乗り越えて破壊された天井の瓦礫が降って来ていた。瓦礫はどれも蒼い炎に包まれ、宛ら隕石のように落下している。地上のジェラールはもちろん、空中にいるエフィルにもその隕石群が襲い掛かる。

『これは──良い環境です』

『ワシは悲惨じゃがの』

瓦礫に引火した炎は元々はエフィルのもの。ならば、これら全ては味方である。エフィルは拡大解釈して、隕石の雨を好機と捉えたようだ。スコールがなくなった事で炎鳥に燃え盛る炎が強まり、多首火竜も本来の動きを取り戻している。さっきまでの立場が逆転して、デゼスグレイに水による有利性は最早ない。

降り注ぐ隕石に矢を射れば、瓦礫内部の爆発で破片が広範囲に吹き飛ぶ。赤から蒼へと変貌した炎鳥が群がり、宙の色を変えていく。退路を1つ1つ丁寧に塞ぎ、獲物を追い込むようにデゼスグレイを狩る準備を整える。

（エリィの戦い方を真似てみましたが、嵌れば面白いものですね。射るにしても必中が全てではない、という事ですか。調理と同じく、狩猟も奥が深いものです）

囲いに7体の多首火竜が加わり、追い立ては更に苛烈なものとなった。デゼスグレイが連れる球体が迎撃しようとするも、エフィルの矢によって全て射られ、光のブレードでの処理も追い付かない。今や空は炎で覆い尽くされていて、デゼスグレイの機動力が活かせる隙間もないのだ。

「申し訳ありません。チェックメイトです」

エフィルの髪留めが輝いた直後に本日2度目の極大爆音、矢を射ったエフィルが弓ごと大きくのけ反る。音を感知したデゼスグレイは、躱せないと判断したのか異形の腕を迫る矢に向け、ブレードを盾代わりに進行上へ並べた。その間も光の球体と迎撃のレーザーを放ち続け、矢の威力を削ごうとする。が、発射されたレーザーは矢に纏った炎によって逆に弾かれるのみで、一向に矢の威力が衰退している様子はない。それどころか威力を増しているようにも思えた。

やがて並べられたブレードへ至った矢は、これも溶かすようにして軽々と突破。着弾による爆発さえせず、そのままデゼスグレイの腕へと迫る。いよいよ本体まで近付かれたデゼスグレイは、腕に張り巡らせた水を逆側から放出、所謂(いわゆる)ロケットパンチが繰り出された。

ケルヴィンやリオンがいれば――

「――ですから、もう詰みです」

エフィルの視線の先は、もはやデゼスグレイには向かっていなかった。矢はデゼスグレイの腕ごと攻撃を完全に押し返し、本体へと直撃。デゼスグレイの体と腕を纏めて巻き込んで、蒼翠(そうすい)の業火は最新鋭のゴーレムを消滅させたのであった。

エフィルが上空にてデゼスグレイと戦闘を開始したその時、地上にてジェラールもケンタウロス型の兵器、シアンレーヌとの激戦を繰り広げていた。暴れ馬の如く猛(たけ)り狂うシアンレーヌを相手に、ジェラールは巧みな剣術と盾を用いて渡り合う。

シアンレーヌの基本戦術は、軌道の読めない破天荒な走りからのランスチャージだ。重厚な盾とそれを持っていた片腕はエフィルによって爆破されたが、軽量化した分、単純なスピードとパワーは増している。しかし、ジェラールとてケルヴィンのパーティ内で最高峰の力と耐久性を持つ猛者。シアンレーヌの突進と突き出される槍を完璧に捉え、すれ違い様にカウンターまで当てていた。ブルーレイジ以上に頑丈であるシアンレーヌのボディーには、夥しい数の剣の爪痕が残されている。

「グゥオオオン……」

降り注ぐ雨に当てられながら、シアンレーヌが排気ガスを吐き出す。奇しくもそれは、シアンレーヌが悲鳴を上げているように聞こえた。

「ふむ、どうやら生前の借りは返せるようじゃの。このまま此奴を片付けさせてもらおう。その後はお主じゃ、ジルドラ！」

「随分と威勢が良いな。だが、それでシアンレーヌを攻略したとは思わない事だ」

「何？」

ジルドラの言葉の後、パキパキという音がした。シアンレーヌの周囲からだ。見れば、スコールに塗れた床が凍結し、雨氷を形成している。シアンレーヌから噴き出されるガスを浴びたものが、例外なく凍て付いていたのだ。

「これまでのデータを見るに、我が娘と貴様には生半可な高熱ガスは通用しないようだったのでな。だからこそ、趣向を変えてみたのだ。その機体には高熱とは真逆である、強力な冷却装置が備え付けられている。さて、どうなるかな？」

シアンレーヌが再びランスチャージを繰り出す。過ぎ去った場所の全てが氷の世界と化し、目を凝らせば槍からも同様のガスが放出されていた。

「ふんっ！」

だからどうしたと、突進して来た敵にジェラールが魔剣で斬り付ける。突き刺しを放った大槍を薙ぎ払い、返す刀で胴体部分に強烈な一撃。金属が破裂したような、甲高い音が響き渡る。だが、想定していたよりも浅い。

（これは……）

ジェラールの鎧の関節部、そこを動かす度にバキリバキリと何かが砕けた。

「思ったよりも体が動かないものだろう？　鎧の隙間に入り込んだ雨水が凍り、貴様の動きを制限しているのだ。早く決着を付けなければ、更に体が鈍くなるぞ？」

「ぐっ……！」

凍て付いた氷を馬の蹄で粉砕しながら、シアンレーヌが再接近。あれだけのガスを撒き散らしながらも、シアンレーヌ自身が行動を制限されている様子はない。恐らくは、この状況を想定して造られたマシンなのだろう。しかし、ジェラールの鎧にそのような機能は付いている筈もなく、今も降り続けているスコールは容赦なく凍り付いてしまう。

「だから、どうしたぁ！」

「……ほう」

　ガキンガキンと続けられる剣戟は一進一退。機敏さには欠けるものの、それでもジェラールはシアンレーヌと互角に渡り合う。鎧の隙間に入り込んだ氷は確かに厄介なものではあるが、生身の体でこの凍て付く世界に置かれるよりかはマシなものだ。寒さを感じる事もないし、手の感覚が麻痺する訳でもない。不利を想定した戦など、この世には幾らでも存在する。激しい修練を積んできたジェラールにとって、この程度の苦境は動揺を誘うには値しなかったのだ。

「はぁ！」

　そして、鎧であるが故に疲れ知らず。幾度剣を交えようと、それ以上に剣筋が狂う事はあり得ない。

「シアンレーヌ」

　それは合図だったのか、名を呼ばれた人馬の槍に魔力が集束する。槍に辺りを漂う空気が、雨が吸い込まれていき、何か大掛かりな事をしようとしているのは明らかだった。

「ジェラール、兎も角も貴様の力は把握できた。素晴らしいものだな、トライセンの頃とはまるで別人だ。しかし、その程度の速さでは、これは避けられまい？」

　シアンレーヌの槍が、これまでより遥かに多いガスを噴き出す。更に槍先から根元にかけて4つに分離して、分離した隙間から刺々しい氷が溢れ出した。次の攻撃が奴にとっての必殺、ジェラールはそう感じ取る。

――この数秒前、ジェラールはエフィルから念話を受け取っていた。

『ジェラールさん、落石その他諸々に注意してください。この雨を破壊します』

『なぬっ!?』

このタイミングでかっ！　と叫びたくなるも、雨が止めば鎧に雨水が入る事もなくなる。ジェラールは逆にこれが好機であると考える事にした。そんな風にジェラールが追い風を感じていると、天井部からとあるものが落ちて来た。

――蒼く燃え盛る隕石、である。

『エフィル、落石！　落石っ！』

それまで平常心を貫いていたジェラールも、流石のこれには焦り出す。だが雨は確かに止み、落下してきた瓦礫の熱でジェラールを阻害していた氷も全て溶けた。

「む、いかんな。シアンレーヌ、構わず放て」

「グゥオオオ！」

炎の熱気は大槍の氷にまで及び、鋭利であった氷を溶かし始めていた。これ以上時間は掛けられまいと、ジルドラの号令の下、シアンレーヌが槍をジェラールへと突き立てる。膨れ上がった氷が次々と槍先に押し寄せ、歪な形の氷槍となってジェラールへ迫った。

「焦りからの奥の手か。威力はありそうじゃが、隙もでかいな。――天壊！」

魔剣ダーインスレイヴの刃に黒く渦巻く魔力。振り抜かれた大剣から放たれた漆黒の斬撃が、氷槍を呑み込みながら突き進み、丸呑みにしたそれらを破壊力の向上とサイズの膨張に回す。遠慮とは無縁な怪物がシアンレーヌの右腕に到達すると、次の瞬間には巨体を誇っていた人馬の姿はなく、床に張りついた4つの蹄のみが残されていた。工房の壁に衝突した天壊は更なる獲物を求めて、壁を食らい続けて闇の中へと消えて行く。

「ふーむ。あのまま走り続けられては当たらんと思っておったが、何が起こるか分からんものじゃな。のう、ジルドラよ？」

魔剣の剣先をジルドラに向け、ジェラールが睨みを利かせる。

「貴方ご自慢のゴーレムは爆殺しました。これ以上は勝ち目がないと思いますが、まだ抵抗を続けるおつもりですか？」

上空で戦っていたエフィルも勝利を収めたようで、8体の多首火竜の頭と共に降下してくる。

「ふん……私は勝利など求めていない。私はデータを採取し過程を検証したいのであって、勝敗には拘らない。勝てば更なる発展を、負ければ別の方法を試すだけの事だ」

「随分と研究以外に無関心なようじゃが、それは神の使徒として、か？」

「いいや、私個人の思想だ。幸いにも代行者が私に下したオーダーは、既に達せられている。ならば、後は好きにやらせてもらうだけだ。神に並ぶ生物をこの手で作り上げる為に、私はこれまで生きてきたのだからな」

「……なら、それもここで終焉です。貴方は個人の欲望の為に、人々の感情を蔑ろにし過ぎてきました。仇を取らせて頂きます」

「観念するのじゃな、ジルドラ」

燃え盛る矢と漆黒の剣を向けられるジルドラ。しかし、彼は笑っていた。エフィル達がとてもおかしな事を口走っていると言うかのように。

「クックック……実に、実に面白い事を言うのだな。感情を蔑ろにする？　逆だ。私は感情を蔑ろにしている訳ではない。むしろ、その力に大いなる可能性を感じている。長く生き過ぎた私だからこそ、そのケースも多く知っているのだ。特に心の結びつきが強い者ほど、大切な者が傷付けられた時に力を発揮するとな」

「……何が言いたい？」

「私に見せてほしいのだ。己の限界を超えた、理から外れた力を。さすれば、私個人では考え付かぬような発想が生まれるかもしれんのでな」

「貴様――」

ジェラールが言い掛けたその時、エフィルが吐血した。「……え？」と、エフィル自身も何が起こったのか分からない様子だ。ジルドラはただただ笑っている。

「病とは怖いものだ。如何に屈強な戦士であろうと、偉大なる勇者であろうと、その最期の殆どの原因になる。シアンレーヌが蹴り飛ばしていた緑のガラスケースがあっただろう？　さあ、ジェラール。あれは何であろうな？」

◇　◇　◇

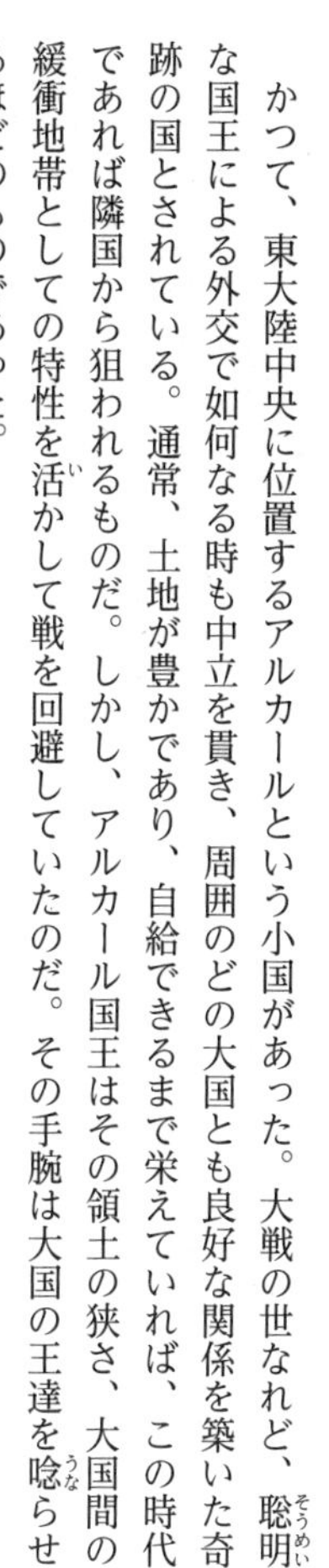

かつて、東大陸中央に位置するアルカールという小国があった。大戦の世なれど、聡明な国王による外交で如何なる時も中立を貫き、周囲のどの大国とも良好な関係を築いた奇跡の国とされている。通常、土地が豊かであり、自給できるまで栄えていれば、この時代であれば隣国から狙われるものだ。しかし、アルカール国王はその領土の狭さ、大国間の緩衝地帯としての特性を活かして戦を回避していたのだ。その手腕は大国の王達を唸らせるほどのものであった。

ジェラールは生前、この国の騎士団に所属していた。元々は農民の出であったが、国王の先見と機会に恵まれ、1代にしてアルカール騎士団団長の座に就任する事となる。隣国の騎士団に比べれば、それこそ田舎騎士団と揶揄されても仕方のない小規模なものだった。だが、それでもジェラールはこの騎士団の長を務める事に誇りを持っていたし、これ以上の名誉はないと思っていた。それくらいにアルカールという国が好きだったのだ。

ジェラールは歳の離れた美人な妻、ベティと最愛の娘、コニーに囲まれ、幸せな生活を送っていた。この人が人を裏切る暗黒の時代の最中に、争いのない理想の国を作り上げたアルカール国王。またこの国を今以上に素晴らしいものにしていこうと、国王を支え合う仲間、国民達。彼らは、あと僅かでアルカールが滅ぶとは夢にも思っていなかっただろう。

突如として国中で発生した謎の病はアルカール国王を最初の犠牲者として、城内へ、街へ、国中へとその毒牙に掛けられる犠牲者を増やしていった。発症してしまえば治療法はなく、急激に衰弱して1日のうちに死に至る。偉大なる指導者を失った混乱の中、ジェラールはまだ上手く立ち回った方であった。そう、最後まで。妻や娘、友人、部下達が亡くなるまで足掻き続けたのだ。

「私の記憶によれば、最後は死にかけた娘を抱えて国外へ出ようとしたんだったな。あの末期的状態で、貴様はよくやった。あの時に今ほどの力があれば、もしかすれば脱出できたかもしれないな。まあ、娘や貴様が死ぬ運命は変わらなかっただろうが」

「ジルドラ貴様、まさか、あの病をっ⁉」

「く、う……体が……」

エフィルは多首火竜の頭の上で膝をつき、口元を手で押さえていた。指の間からは鮮血が滴り、青白い顔をしている。彼女の体に何かが起こったのは明白だった。

「そうだ。あのガラスケースに入っていたのは、アルカールを滅ぼした病原体だ。この広い工房に蔓延するのと、女神が与えたとかいう神器の耐性のお蔭で時間は掛かったがな。何、安心しろ。あの頃よりも改良を加えた強力なものだ。耐性があろうと時間を掛けて、苦しみながらしっかり死に至る」

「貴様ぁ……！」

視界が赤くなっていくのを感じながら、ジェラールの怒気が高まっていく。それに呼応するかのように、手に携えた魔剣ダーインスレイヴを取り巻く魔力も激しく渦巻いた。

『ま、待って……ジェラールさん、私は大丈夫ですから、冷静になってくだ、さい……！』

『じゃが――』

『――じゃがも、ヘチマもありません……死ぬまでに時間が掛かるなら、まだ望みは、あります……今は迅速に、最短でジルドラを、倒すのが先決、です……！』

足を震わせながらも立ち上がり、弓に矢をつがえるエフィル。しかしその手に力はなく、とてもではないが火力のある矢を放てる状態ではない。周囲の火竜の首や炎鳥達も、心なしか心配そうにしているように見える。それでも健気(けなげ)に前を見据えるエフィルに、ジェラールの心は僅かに冷静さを取り戻した。

『分かった。じゃが、エフィルは護(まも)りを固めて回復に専念しておれ。クロト、クロトは大丈夫か？』

ジェラールの問いかけに、クロトは言葉ではないが肯定の意を示す念話を返した。どうやらこの病は鎧(よろい)の身であるジェラールと同様に、スライムには意味を成さないようだ。

『よし、クロトはエフィルを護れ。回復薬の出し惜しみはするな、最上級品をバンバン飲ませよ。何、王からのお叱りはワシがまとめて受けるのでな。我が仮孫、任せたぞ？』

『ジェ、ジェラールさん——』

決意を胸に灯(とも)した様子に、エフィルとクロトはそれ以上何も言わなかった。クロトが自身の体を薄く伸ばし、エフィルを隠すように周囲を覆っていく。エフィルもそれに伴い、蒼き多首火竜(パイロヒュドラ)達を毛糸玉に似せて絡み合わせ、炎の結界を構築。更にその周囲を炎鳥達が舞う、力強くも幻想的な要塞を作り上げたのであった。その中心で、エフィルはクロトによる献身的な介抱を受けている事だろう。

「ほう、まだそんな大掛かりな魔法を使う余力があったか。我が娘ながら、恐ろしいものよ」

「黙るがよい」

「……何？」

それは普段陽気であるジェラールの声のトーンではなかった。とても静かで、それでいて全てを突き刺すような冷たい声。ガチャリと金属音を鳴らしながら正視する兜(かぶと)の闇の奥で、赤い光が見えたような錯覚にジルドラは陥る。

「黙れと言っておるのじゃ。永き時を生きて耄碌(もうろく)したか？」

「ほう……！」

ジェラールは先ほどまでの怒りに任せて暴れるような様子ではない。怒ってはいるが、的確に力の根源へとエネルギーを回しているような、そんな印象を受けるのだ。そしてその観察対象の変化はジルドラの望むところであり、彼はより一層ジェラールへの興味をそそられた。

「ふむ、黙れと言うか。ならば、それからどうする？　エルフが死ぬ前に、私を殺して抗毒血清でも探すかね？　残念だが、そんなものは用意していない。この病は特殊なものでね、殺傷力と伝染の速度には特化しているが、病自体の死滅も早いのだ。感染者さえ死んでしまえば、ものの数日でその猛威は止む事だろう。まあ、我が娘が死ぬよりも早く、病原体が先に死ねば問題は――」

「――黙れと言っている」

ジェラールが言葉を発した時、魔剣の刀身は既にジルドラの体、その肩までを斬り裂いていた。

「ぬうっ!?」

殆ど反射的に銃剣の引き金を引いたジルドラ。偶然にも銃口は魔剣の根元に当たり、爆発。真っ二つにされる紙一重の差で、魔剣を弾き返した。

（スピードがシアンレーヌと戦っていた時の比ではない。奴め、何を……？　む？）

思案しながら目を細めたジルドラは、ジェラールの鎧の隙間から紅と漆黒が混じった色の魔力が噴き出しているのを確認する。あんなもの、さっきまではなかった筈だった。

（……あの剣が原因か。面白いものだ）

傷口は深いが特に気にする様子のないジルドラ。そのまま薄気味悪い魔力の大本を辿り、行き着いたのは魔剣ダーインスレイヴだった。その剣から放出される魔力がジェラールの鎧に入り込み、爆発的に能力を向上させている。ジルドラはそう読み取った。

「そうじゃな、まずは貴様の言を否定しておこうかの。あの子は貴様の娘ではなく、ワシの仮孫よ。仮孫を虐げる輩に、我が剣は手加減を知らぬ。覚悟せい」

ジルドラは固有スキル『永劫回帰』を使い、他人の体に精神を移し変える事でこれまでの永き人生を生き長らえてきた。ジルドラ自身が何の種族であったのか、何十何百何千の年月を歩んで来たのかを知る者はおらず、ジルドラにとってもそれはどうでもいい事であった。恐らくは元より外道の才はあったのだろう。この能力を使うに際しての戸惑いは一切なかった。

精神を移し変えると一言でいっても、この能力はそこまで万能である訳ではない。対象が一定以上の知能を有していなければならない、発動から能力再使用までにある程度の期

間を必要とするなどといったものもそうだが、自身のステータスが完全にその肉体に依存してしまうのが、ジルドラにとっては何よりも耐え難い事だった。

鍛えたステータスを失う喪失感、代わりに得た見知らぬスキル構成。今でこそ異様にまで達観しているジルドラも、能力を使い始めた時は酷く落胆したものだった。永劫回帰によって変えた肉体には、それまで築いてきた能力は加算されない。維持されるのは記憶と経験、スキルを度外視した地力の技術だけだったのだ。

それでも2度3度と体を替える度に、改めてその肉体を鍛える努力はしていた。新たに能力を使う際も、可能な限りその時のステータスが再現できるよう、厳選もした。だが、所詮他人の肉体は他人のもの。自らのステータスと全く同じ者など存在しない。幾ら鍛えようと、幾らレベルを上げようと、日に日に達成感は薄まっていった。

自分は何の為に生きるのか？　その問いの中で、奇しくもジルドラの人生は自らを鍛え、高みへと登る道を選択していたのだ。偽りであれど、肉体を移していくうちに確かに強くなっていたステータスは、あるレベルを境に頭打ちを迎える。どんなに努力しようと、どんなに強敵と戦おうと、肉体を変えてしまえばステータスの格は下がり、その肉体が同等のレベルを迎えるうちに限界を迎える。このままでは次の段階へは至れない。このままでは何かが間違っている。感情の起伏が薄れ、ただただ作業的に繰り返される毎日。常人であれば狂うであろう歳月を過ごし、それでも能力を使い続けた。

最早ジルドラの心にあるのは執念のみ。繰り返し繰り返し、いずれその限界を突破できると信じて繰り返した。何人の人生を犠牲にした、何度目の人生だったか。ふと、ジルドラは考えた。現存する種族では成長に限界がある。ならば、自らの手で新たな種族を作ってしまえば良いのではないか、と。

人の手によって高次元の種族を作り出すなど、神に仇なす所業である。しかし、幸か不幸かジルドラにそのような倫理観はなく、時間だけは膨大に有り余っていた。この頃のジルドラにはまだ学はなく、どちらかと言えば武闘派で考えが浅かったのもあったのだろう。それでも彼は、この選択に新たなる喜びを見出した。

それまで犠牲にしてきた人生で味わう事がなかった知識への欲求。自らの糧とする事に貪欲なジルドラは、狂ったように書物を読み漁り、それだけで幾つかの人生を終わらせた。この間に彼を喜ばせたのは、ステータスは引き継がれなくとも、記憶の中の知識は引き継がれるという事実だ。肉体を如何に鍛え強くなるか、それしか考えてこなかった彼の精神に、麻薬的に広がる幸福感。書物を文字を英知を貪り、自身の見聞を広げていく。数字だけのステータスは完全に捨て去り、兎に角それを可能とする人物に成り代わっていた。

やがて彼は、培った知識で野望への一歩を踏み出す。大国の研究施設、非合法な裏の世界、邪神を崇拝する邪教、必要だと考えた場所は全て活用した。とある帝国の技術開発室も、とある小国の滅亡も必要だから活用したまでの事だった。１００年でも無理であろう非現実的な研究も、１０００年ともなれば現実となる。知識は裏切らない。ひょんな事から アイデアは生まれ、どんな無能もヒントとなり得る。ジルドラの世界はドス黒いながらも、彼にとっては輝かしい人生。彼の目標は、あと少しのところにまで至っていたのだ。あと少し、あと少し――

『興味深い研究をされていますね。私にお手伝いできる事はありますか？……あと、貴方(あなた)は神を信じますか？』

それはここ最近の、ほんの数百年のうちに起こった出来事。彼の前に、思わぬスポンサーが現れたのだ。一般的には美しいと区分される銀髪の女が、彼が長年隠し通してきた研究所に。あまりにその台詞(せりふ)が面白かったので、ジルドラは作製中の試作機を女に差し向けた。ならば、この機体の調整相手になってくれと。

『そんな事でよろしいのですか？　異世界の知識や技術、神々が禁忌とする術もありますが。まあ、それで良いのであれば、お相手をしましょう』

『うわ、これ自力で作ったの!?　二足歩行とか現実でやれるもんなんだね～。そこはかとなく浪漫(ロマン)を感じちゃう！』

『――この者が、ね』

それからジルドラは、その永き時をもってしても見る事ができなかった、別次元の領域を体験した。女達(たち)は本当に魅力的で、解体してデータを取りたいくらいだった。しかしながら、協力者となってくれるのであれば話は別。手が届く筈もなかったであろう知識まで手に入れたジルドラの研究は、瞬く間に進んでいった。

そして、発令されたジルドラのラストオーダー、最後の使命。神の名において、彼の望みが叶う事は約束された。だが、それはこのジェラールとの戦闘とは全く別の話になる。今において、ジルドラは別の手段を講じなければならなかった。

今代のジルドラの体、トライセンが誇る鉄鋼騎士団の副官、ジン・ダルバは偉大なる父に幼き頃より鍛えられ、S級クラスの剣術など優秀なスキル、そして鍛えられた屈強な肉体を有している。あくまでも、平凡な視点から見れば、の話ではあるが。確かにこの肉体は優秀だった。それまで研究に没頭するあまり、記憶の彼方に葬り去られていた闘争心を僅かに思い起こす程度には役立った。

だが、この肉体でケルヴィン一行と戦うのは可能であろうか？　否、真っ向の勝負では戦いにすらならない。ジン程度の実力を持つ者であれば、世界の上澄みを掬えば幾らでも出てくるだろう。自らの工房で戦う地の利を活かし、この肉体と知識を最大限に活用できる装備、要素が絶対不可欠となる。

対して、ジェラールの動きはそれまでとは別物であった。渦巻く魔剣の魔力、瘴気とも見て取れる漆黒が鎧に入り込めば、ジルドラが辛うじて認識できるかといった速度を生み、振りかざす魔剣のパワーは銃剣を一撃で弾くまでに上昇していた。ある程度のダメージが見込めていた銃撃も、ジェラールの装甲の前では全くの無力。確かこの銃撃はエフィルの矢を迎撃していた筈なのだが、鎧には傷1つ付ける事ができない。元々備わっていた圧倒的な攻防両能力が更に進化し、そこに全身鎧には不釣り合いな機動力が加わってしまった——といった感じだろうか。単純な速さだけを抜き取っても、セラ並みなのである。どちらにせよ、このままではジルドラに勝ち目はない。

「言い忘れていたが、私の歓迎はあれだけではない。最新鋭機『クラレットハンガ』、『アイビーリス』、出ろ」

ジルドラの声に反応し、工房の床が一部上方へと上がっていく。タワー式の立体駐車場のように姿を現したエレベーターの中には、シアンレーヌやデゼスグレイと同等のサイズを誇る緑と紫の機体があり——

「ならば、手荒く返させてもらおうかの」

——両機体の胸元には巨大な太刀傷が残され、一瞬にしてスクラップと化してしまった。これは両機が1歩を踏み出そうとしていた直後の出来事である。そして、この攻撃にジルドラは全く反応できなかった。まるでセルジュと対峙(たいじ)している時のようで、ない筈の感情が心の底から這(は)い上がってくる。

「貴様、まだ余力がっ……！」

「安心せい、お主を倒す時は全力じゃ。それに、殺し方も考えておる」

まるで実体がないかのように、ジェラールの体がゆらゆらと揺らめいていた。

ジェラールが放つプレッシャーに押され、ジルドラは1歩、また1歩と思わずたじろいでしまう。ジェラールと互角に渡り合っていたシアンレーヌと同じ最新鋭機が、2機も同時に瞬殺されるとは、完全に想定外だったのだ。予備の機体なら、まだ工房内にゴマンとある。しかし、今のジェラールを相手にするには些か力不足、幾ら数を当てようとも勝利できるビジョンが思い浮かばない。これ以上ゴーレムで勝つ手段に出るには、分が悪い賭けだ。

「私の、殺し方だと……？　ク、ククク、私の殺し方と言ったのか？　これはまた面白い事をほざくではないか。この身はダン・ダルバの息子、ジン・ダルバのものだ。貴様とダンに親交がある事は知っているのだぞ？　そのダンの息子の体に、貴様は剣を向けられると言うのか？」

ならばと、ジルドラは即座に戦法を変化させる。何も力だけが世界の全てではない。精神への揺さぶり、自滅への誘導、身を蝕む病――そういった要素が形勢を逆転させると知っている。慈愛に満ちた者ほど善人には手を出せず、身内に甘い。悠久の時を生きるジルドラは特にそういった手段に長け、利用してきたのだ。

――ズッ。

「ぬうっ！」

「舐めるなよ。1度騎士として仕えたのならば、国の為に命を捧げる覚悟は疾うにできておる。ダン殿も、ジンもな」

気が付けば、銃剣を持っていた片腕が斬り飛ばされていた。ジェラールに躊躇する様子は一切なく、その兜の奥の眼光は赤く輝いている。

「そうか！　ならば私も心痛める事なく、これを打てるというものだ！」

斬られた腕に見向きもせず、ジルドラは全力で後退した。その瞬間にさっきまで自分が立っていた場所、現在のジルドラの立ち位置の周囲の床から、手を模したアーム型のゴーレムが4機駆動する。囲い込むようにして現れたそのロボットアーム達には銃口や光のカッターが取り付けられており、その駆動も実に速いものだった。

だが、所詮は時間稼ぎの為の代物、工房内での実験器具の一部である。先のシアンレーヌらに比べれば、その性能は極端に落ちる。ジェラールの魔剣の一振りによって、それらは悉く両断された。

「無駄な足掻きをっ！」

ジェラールはジルドラを追い掛ける。瞬く間に2人の距離は縮まり、あと少しで剣が届くところまで接近していた。ジェラールは魔剣を構え、ジルドラは注射器を自らの両断された腕の根元に突き刺す。

「――っ！」

この世界では見慣れぬ半透明の道具に眉をひそめるも、ジェラールが止まる事はない。ただ、注射器の中身は既に空になっており、怪しげな液体の残りが針先から滴っているのが見えた。

「無駄ではないさ。見るがいい……！」

耳障りな音と共に皮膚が弾け、異形が形を成していく。突如、ジルドラの腕の切断面が膨れ上がったのだ。ブクブクと沢山の風船が連なったような醜い形状、それなりに端整な顔つきをしているジンには不釣り合いなその腕は、今も尚細胞の増殖を続けて大きくなっていた。

脂肪の塊のようにも思える腕が、ジェラールに向かって振るわれる。

「フンッ！」

真っ向から迫る腕を、拳の先から魔剣で両断、両断、両断――腕は魔剣の切れ味によっていとも簡単に真っ二つにされるも、次から次へと新たに根元から増殖されていく。気が付けば、最初に斬った拳の先がトンボ返りして戻ってきていた。まるで腕自身に意思があるように、切断された断面を再生しながらジェラールに迫るのだ。それさえもジェラールは斬り伏せるが、一向に死滅する気配のない腕に囲まれ続け、このままではキリがない。

「この体に覚悟があって安心したぞ。心置きなく弄ってやろうではないか。そして最後には、貴様の体を貰い受けるとしよう」

ジルドラの永劫回帰が条件を満たすモンスターにも有効なのは、過去に検証済み。人型であり、知能を有するジェラールはジルドラにとって打って付けの肉体だった。後はこの変異した腕の一部がジェラールの頭部に触れれば、能力発動の条件は整う。そうなれば、無理な再生能力を使い命を燃やしているこの体にもう用はない。これまで乗っ取ってきた肉体の中でも、ジェラールのそれは最上級に値するものだ。残るは瀕死のエルフとスライムだけで、残存戦力での鎮圧は他愛もなく終わる。最高の肉体を手に入れ、更には呪いから解き放たれたエルフ、優秀な遺伝子を会得。やるべき事が増えるばかりなのだ。最新鋭のゴーレムが破壊されようと、補って余りある利になるだろう。ジルドラはジンの顔を歪ませ、心から笑っていた。

「さあ、終わりにしようかっ！」

再生速度を最大にした腕の増殖、最早工房一帯は腕だらけになっている。ジルドラの命令が下され、一斉にそれら肉塊がジェラールへと集結。上下左右前後、３６０度全てに幾重にも折り重なった腕が押し寄せた。ジンの生命力の全てを搾り尽くし、この攻撃で終わらせる気だ。

「これが、この程度が貴様の最後か、ジルドラよ。些か拍子抜けじゃわい」

ジェラールの盾、大戦艦黒鏡盾(ドレッドノートリグレス)が変形し、醜い腕を映しだす鏡が顔を出した。選択するは、物理攻撃を全て反射させる防御術。固有スキル『自己超越』によって強化されたその能力は、盾だけではなくジェラールの全身にまで効果を及ぼす。奇(く)しくもこの力は、元々はジルドラが作り出したゴーレム、タイラントミラに備わっていた能力であった。

――グンッ！

ジェラールを締め付けたと思われた瞬間に、工房全域に弾け飛んだ異形の腕。ある腕は壁に衝突して肉塊となり、ある腕はエフィルの炎に焼かれて消滅。まあどこに行くにせよ、悉くが死に絶えた。

「なっ、ぐうっ!?」

「その腕、貰うぞ」

幽霊の如(ごと)くジルドラの視界から消え去ったジェラールが、ジルドラの背後に現れ魔剣を右肩に突き刺した。変異していた腕を斬り離し、魔剣ダーインスレイヴの能力で力を吸い取る。薬物による力も、魔力も、何もかも。

「ぐ、が、はぁっ……！　ば、か、めがっ！」

突き刺された魔剣を抜かれぬよう、僅かに体に残った薬の力で筋肉を増強、剣を固定。ジルドラが突き出すは、残っていた片腕であった。武を志した者の片鱗(へんりん)なのか、その拳は達人のそれに匹敵する速さだ。直ぐそこにあるジェラールの兜へと拳は向かい、心の内で「取った」と叫びをあげる。

しかし、その拳はジェラールの兜をすり抜け、空を切る。ジルドラは開いた口が塞がらなかった。ジェラールはそこにいる。いる筈なのだ。しかし、その手が兜に触れる事は最後までなかった。

「な、なぜぇ……！」

「哀れじゃな」

ジェラールら、ケルヴィンの仲間達はジルドラの能力をアンジェやベルから知らされている。ならば、前もって対策を打つのは当然の事だろう。ましてや、ジェラールにとっては家族の、国の仇である憎っくき相手だ。この時の為、入念に準備を整えてきたのだ。

新たに得たスキル『幽体化』。『実体化』の真逆であるこのスキルは、元より実体化している全身鎧を非物質にする能力だ。神聖な魔法などの影響は多大に受けてしまうこの状態であるが、物理的な影響は全く受け付けないのだ。ジルドラの達人程度の突きであれば、ジェラールはオンオフを自在に調整して回避できる。言ってしまえば、先の全方向攻撃もこれを使えば躱せていた。

「そこまでワシの兜が欲しいのなら、ほれ、くれてやろう。今なら貴様がばら撒いた毒も、兜の中に充満しておる。共に返してやろう。何、遠慮するでない。間違えて装備扱いをして、ワシの力で少しばかり強力になっておるくらいじゃ。貴様だけ特効薬を服用しておろうと、効果はあるじゃろうて」

「な、止め——！」

ジェラールは自らの頭、兜を持ち上げ、ジルドラへと無理矢理被せた。ジルドラは頭を左手で掻き毟る。だが、その手が兜に触れる事はなく、アルカールを壊滅させた毒だけが体内へと入っていった。

ジルドラの研究によって生み出された病原菌、かつてアルカールを数日で滅ぼした災厄の体現である。当時よりも致死性、感染率、魔法による耐性と様々な要素が強化されたこの生物兵器は、ジェラールの鎧の中で更なる変化を遂げ、最早手が付けられない代物へと生まれ変わっていた。

「グ、グガ、あ、あぁァ……！」

例えば、それは痛み。一瞬で死に至るであろう苦痛が、激痛が、苦悶が、全身を掻き毟る。死に至るであろうが、死ぬ事ができない。意思を持つかの如く絶妙に匙加減されたそれらが、1秒という一瞬を延々と引き延ばし、全身を拷問に掛けているかのように蝕んでいく。

「私が、私ガ私デナくなル……！」

例えば、それは記憶への侵食。永久を生きて溜め込んだ知識の宝物庫が荒らされ、次々とジルドラの財宝が強奪されていく。それは歳を重ねる毎に物忘れが激しくなる脳の老化にも似ていて、これまでのツケが一気に回ってきたかのようであった。

「肉ガ、落チる。落チテ逝ク……！」

例えば、それは肉体の損傷。体の内より発せられた高熱は、瞬く間に人の限界を超えて制御不能な領域に陥る。比喩表現などではなく、本当に肉が焼け、体内の水分が沸騰する。自分が熱いのか、外気温が暑いのかも判断できない錯乱状態。どうする事もできず、ジルドラはただただ転がり回るしか手立てがない。

――それらは、ジルドラに起こった極一部の症状でしかない。それ以外にどのような断罪が待っているのかなど、当の本人、無限の責め苦を受けるジルドラにしか分かり得ない事だろう。

「兜は返してもらおうか」

地面を転がり回るジルドラを足で止め、自らの兜を引き剝がすジェラール。まさかここまで強力なものに仕上がっているとはジェラールも思ってはおらず、ほんの僅かにジルドラに対して同情してしまうのは、ジェラールの人の好さ故の事だろう。だが、それ以上は何もしてやらない。助けを乞おうと、どれだけ丁寧に謝罪しようと、その苦しみから逃すつもりはない。長年の仇であったジルドラのその姿を、ただ目に焼き付けるだけだ。

（しかし、この病は恐ろしいのう。もうジルドラは完全に病魔に冒されておる。ああ、そうじゃ。装備は解除しておくとするか。エフィルに移っては事じゃわい）

鎧と兜の中に入っている分の病原菌は、ジェラールの装備から外れた瞬間に『自己超越』による強化が解除されて元に戻った。但し移ってしまった者は別で、発症してしまったジルドラの症状に変わりはない。

「グゥうう－ッ……！　コレガ、ここガ私ノ最期だトいうノカ……!?　馬鹿ナ、バカなっ……！」

「ああ、お主は馬鹿じゃ、大馬鹿者じゃ。それだけの力があれば、もっと世の為に使う事もできたろうにのう」

「ふゥー、フぅー……世ノ為ダと……？　ソンなもノ、一体何の益ニなるとイウのダ……！　戦ハ新たナ技術ヲ作り出シ、革命は犠牲の上ニ成り立ツ……！　所詮この世ハソンなものナのだ……！　ぐぅガぁッ……！」

「……悲しいな。お主はいつまでも独り、どこまでも孤独なのか。仲間と呼べるものはいるだろう？」

「利益ヲ、搾取スる関係を、ソウ呼ぶ……ノナラば、ナぁ……！」

血反吐を撒き散らしながら言葉を吐き出すジルドラは、どう見ても死の瀬戸際にいた。病に冒される前から無理な再生能力を使い、ジンの生命力で代用していたのだ。回復できる見込みなど、ある筈がなかった。

――チャリン。

苦しむジルドラの懐から、何か金属のようなものが床に落ちた。複雑な形状をした鍵、それは聖鍵であった。

『……っ』

「む？」

聖鍵から、僅かに音がしたようにジェラールは感じられた。よくよく耳を澄ます。ジルドラのもがき苦しむ声が聞こえた。

(気のせいか？……いや)

気のせいではない。小さな雑音が次第に大きくなっていき、少しして雑音は明確な言葉に変換されていったのだ。

『……繋がりましたかな？　おお、繋がりましたか。実に良い事です。苦労が報われる瞬間とは甘美なものですな』

鍵から聞こえてきたのは、妙に芝居がかった台詞だった。

『お話は聞かせて頂きました。ジルドラさん、冷たいではありませんか。貴方には私という仲間がいます！　1人で思い悩む事はないのですぞ！』

「……」

その者はさっきまでの会話を盗み聞きしていたようで、執拗に仲間という言葉を強調していた。不審に思ったジェラールよりも早く、ジルドラが息が絶え絶えながらも声を発する。

「グぅ……統率者カ……？」

『ええ、その通りです。こちらも神柱を幾つか落とされるまでに追い込まれましてね。何とか逃げ帰ったまでは良かったのですが、戦力の再編成に時間が掛かりまして。いやはや、逸早くお助けする事ができず、非常に心苦しい。断腸の思いとはこの事ですな』

ジェラールは配下ネットワークにて情報を整理する。統率者、トライセンの元将軍トリスタン・ファーゼは、少し前にシュトラ達の手によって屠られたと報告されていた。ただ、トリスタンの死体は確認されていなかった為に、生き延びている可能性も有りと記されている。どんな手を使ったのかは分からないが、彼はシュトラ達の監視網を掻い潜って生き延びていたらしい。

「貴様ガ、私ヲ助けるト……？　クハは、ガハァ……！　一体、何の冗談ダ……!?」

『ハッハッハ、何を仰いますか。大切な仲間は生きてこそ、生きてこそなのです！　私は仲間が生きている限り、決して見捨ては致しません！――ですが、どうもジルドラさんの体はもう殆ど死んでいるご様子。と言いますか、死んでいると言っても過言ではない。おまけに私の力ではお助けする事ができないなんて、運命とは何と非情なのでしょうか。ええ、残念至極、本当に断腸の思い。治療できるとすれば代行者、守護者あたりが適当なのでしょうが、彼女らも暇ではないのです。仲間を助けたいが、他の仲間は危険に晒す事ができない……ああ、何と悩ましい取捨選択！　ついでに言ってしまえば、その病が私に移る可能性もありますので、救助はご遠慮させて頂きます』

「グぅ……」

『まあまあ、そんなに消沈する必要もありません。要は生きていれば良いのです！　良き友であるジルドラさんの為とあらば、この私が一肌脱ごうではありませんか！　そう、貴方と私は良き仲間なのですから、遠慮する必要はありません。ですから、今は思う存分貴重な体験を楽しむとよろしい！』

「貴様ハ、最後まデ……」

次から次へとトリスタンが言葉を放っているうちに、ジルドラの体力は限界になったようだ。生命力が希薄に、呼吸と心臓の音が小さく萎んでいく。傷口から流れる血の勢いは衰え、止まる。そして最後には、遂に瞳から命の光が消えた。

『――さて、ジルドラさんが死んでしまっては、この聖鍵も間もなく機能を停止させる事でしょう』

「……仲間であった割には、随分と平常心なのじゃな？」

『ジェラールさんでしたかな？　残念ながら、貴方と口論している時間はもうありません。ですから、最後にちょっとしたアドバイスだけ、サービスで致しましょう。仇を討ったのならば、お仲間をお助けになっては如何かな？　私と違い、貴方はまだ間に合うでしょうから』

エフィルが作り出した炎の城塞が、その色を蒼から赤へと変色させている。それはジルドラの残した病によって、エフィルの体が弱まっている証拠でもあった。

『さてさて、ジルドラさんのその病魔を治せる方がいらっしゃれば良いのですが……陣営を共にしていない私は、こうして彼方から祈る事しかできません。まあ、個人的にそのメイドさんには借りがありますので、この程度の事で死んでほしくはないですなぁ。それでは――』

「むっ、待てぇい！」

ジェラールが声を張り上げるも、聖鍵は既に力を失った後だった。

◇　◇　◇

聖鍵を通して送られていた声が途切れ、ジェラールはその力が失われた事を確認する。

但し、念の為に聖鍵自体はクロトの保管に回収。ジルドラの死体を一睨みした後、赤き炎に護られているエフィルの下へと向かう。

『エフィル、ジルドラは討ち取った！　お主の容態を確認したい。この防壁を解除できるか!?』

ジェラールが念話にてそう話すと、渦巻く炎に群がる炎鳥達が道を空け、浮かび上がっていた紅玉が次第に地上へと降りて来た。エフィルを取り巻く炎は下から上へと徐々に消えていき、その中から薄い膜を展開するクロトが姿を現す。

『護衛ご苦労。それで、姫様の薬は効果あったか？』

クロトはプルルンとした身を震わせる。この震え方は状況が芳しくない時のものだ。薬の効果はあったが、思ったよりも症状が抑えられず、病の進行が早いといったところか。聞くよりも実際に見ればいいと、クロトは薄く伸ばした膜を解除した。クロトはそのまま簡易ベッドに早変わりして、エフィルを支える。

「ハァ、ハァ……」

「……不味いかも、しれんのう」

クロトに横たわったエフィルの息は荒かった。雪のように美しかった白の肌は全身が赤らみ、かなりの熱を保っているのが見て取れる。

「ジェラール、さん……私……」

「あまり話すな。体に障るぞい」

高熱で衰弱しているせいか、エフィルの意識もどこか朧げだ。それでも手に持つ弓を放さなかったのは、メイドとしての矜持だろうか。しかし、エフィルがジルドラの病に冒されている事に変わりはない。クロトが持つ回復・治療系アイテムで場を持たせるにしても、どこかで確実に病魔を治療する必要があった。

（やはり、最上級の白魔法で治すしかないんじゃろうか？　我らがパーティの中であれば、使えるのは我が王と姫様か……む、そういえば、今はどちらも念話が届かんのじゃったな。……むむ？　それは不味いのでは？　とんでもなくピンチなのでは？）

現在、ケルヴィンとメルフィーナとは連絡が取れない状況にあり、それは意思疎通での念話も同様であった。どこにいるかも分からず、そもそも戦闘中かもしれないケルヴィン達を探すのは、あまり現実的ではない。他にいるとすれば、メルフィーナより青魔法を教わったシュトラがいる。が、青魔法は白魔法ほど治療に特化した魔法という訳ではないので、メルフィーナの薬でも治らないこの病に対抗できるかは怪しい。

（うおお！　考えろ、考えろワシ！　この灰色の脳細胞を十全に活かす時が今じゃて！　うおおぉー！）

焦るジェラール。戦闘中の面影は既にそこにはなく、かなり混乱している。そんなジェラールの姿を見かねてか、クロトが頭を抱えるジェラールの肩をちょんちょんと叩いた。

そして、自身の体で宙に文字を描き出す。

「な、何じゃ？　リオンに同行しているコレットも、白魔法が使える……？　使えるっ!?」

更に文字を綴るクロト。すいすいすいと、実に達筆な文字であった。

「守護者との戦闘も終わって、今ならまだ間に合う。なぜかデラミスの教皇もいるから、治療できる可能性大。コレットの力なら、この聖域の一部を操作して道を繋げる事も可能。自分の分身体を通して、今リオン達に連絡中――クロト、クロトぉー！　お主は天才かぁー！」

勢いよく抱きつこうとしたジェラールを複数の手で止めるクロトは、保管蔵の中から氷枕と冷えたタオルを取り出して、エフィルの首回りや脇の下にセットしていく。元々は旅先で何かあってはと、エフィルが準備していた看病セットだ。まさか、自分自身が看病される側になるとは思っていなかっただろうが、その準備は無駄ではなかったようだ。

そしてクロトはベッドの形態を維持したまま、極力エフィルが揺れないよう配慮しながら移動を開始。器用に地面と接する部分だけを動かして、驚くべきスピードを叩き出していた。もう道も分かっているらしい。

「ふう……ワシだけじゃったら、マジで役に立たなかったのう。仲間に感謝じゃわい。さて――」

　ジェラールはクロトを追い掛ける前に、もう1度ジルドラの死体と、いや、ジンの遺体に向き直る。戦友であるダンは、行方不明となったジンを少なからず気にしていたようだった。ならば、もう遺体となった身であろうと、持ち帰って供養したいという気持ちがある。ただ、その体はジェラールの力によって強化された病で冒された、最悪の毒壺だ。迂闊に持ち帰れば、またアルカールの悲劇を呼び起こしてしまう可能性がある。

「シュトラにはそのような思い、させたくないからのう……」

　代わりに形見になるものはないか？　グルリと辺りを見回すと、ジルドラが使っていた銃剣が離れたところで視界に入った。銃剣はジン自身の所有物ではないにしろ、何もないよりはマシか。そう考えたジェラールは銃剣を拾う。エフィルの治療が終わり次第、この銃剣をコレットに祝福してもらえば、万が一に病の欠片が付着していたとしても問題はないだろう。

「ジルドラが死に、各所で破竹の勢いで勝利が続いておる。じゃが、敗走はしたもののトリスタンは健在、一方でエフィルは暫く戦えまい。まだまだ油断はならんのう……」

　ジェラールは魔剣の魔力を体に通わせ、クロトを追い掛け出した。

『うん、うん……分かった！　待ってるね！』

使徒最強の実力者、セルジュ・フロアに勝利したリオンは、ジェラールから改めて念話を受け取っていた。エフィルの病を治療する為、今こちらに向かっている事。その為に、この領域に直通の通路を作ってほしい事。また、病の蔓延を防ぐのに適切な結界を張ってほしいとの連絡である。

「ジェラじいとクロトに運ばれて、エフィルねえがもうすぐ来るって。……コレット、大丈夫？」

「区画を整備、んぐ……なだらかに、なだらかに、ゴクリ……されど最短で。状態異常防止用に最上級の秘術を使用、ぷはぁ……の、のーぶろぶれむ、です、ケプッ！」

ジェラールよりお願いされた仕事の殆どは、というか全ては、巫女の秘術を扱えるコレットにしかできない事であった。今彼女は下された使命に魂を燃やしながら、懸命にMP回復薬を飲み続けている。

「いやー、僕は秘術が使えないからねぇ。こればっかりはコレットに頑張ってもらうしかないんだ。父親として、とても心苦しいよ。ふふふ」

教皇、フィリップ・デラミリウスは自身の魔力を受け渡す特殊な魔法を使いながら、コレットの背を擦っていた。言葉では憂いているようであるが、その表情はどこか楽しそうで。久しぶりに愛娘とスキンシップを取れたお父さんの顔であった。かいつまんで言えば、

ご満悦である。

「あの、エフィルさんの病、治せそうなんですか？」

「心配しなくても大丈夫だよ、刹那。戦闘では大して役に立たない僕らだけど、これでも世界最高峰の癒しを司る者達なんだ。たとえそれが呪いの混じった病だろうと、千年の怨み妬みの折り重なった呪詛だろうと完治させて見せるよ。教皇と巫女の名に懸けて、ね」

「あの……コレットさん、また吐きそうになってますけど……」

「それについても問題ないさ。デラミスの巫女は鋼の精神を持っているからね！」

　父親としてはどうなのか。そして、今更ながらその娘を前にして、母以外の女に告白する行為も如何なものだったのか。

「あはは……えっと、僕達はこのままここにいても力になれないし、パーティを分けてあの神殿に進んじゃう？　たぶん、そこにケルにいとメルねえがいると思うけど」

「ん、お母さんもいると思う」

「ならば、我々が巫女殿を御護りしよう。それが良い男の務めですからな」

「……護るのは、得意だ」

　話し合いの結果、セルジュが護っていた神殿内にはリオン、刹那、シルヴィア、エマが進み、それ以外のメンバーがこの場所で待機し、エフィル達を迎える事となった。

第二章 ▼ 神堕とし

――最後の聖域・揺り籠

デラミス大聖堂、英霊の地下墓地最下層。ここはそんな印象を受ける場所だった。神秘的で、神聖な魔力が溢れていて、どこか夢の中にいる光景のように現実味がない。大聖堂の造りにはなっているのだが、天井が吹き抜けで青い空が広がり、その空には黄金色の太陽が浮かんでいるのだ。太陽はとても鮮やかで、だけど少しも眩しくない。床のタイルも一部分だけ迫り上がっているものが幾つかあり、むき出しとなった断面には紋章がびっしりと刻まれていた。奥のでかい祭壇だってそうだ。神聖な魔力を可視化させて、どうやってか祭壇の中へと取り込み、中心に置かれた揺り籠にそれらを送っているようなのだ。どれもこれもが、どこか浮世離れしている。

「そして、目の前にも絶世の美女がいると。何なんだろうな、やっぱここは夢の中なのか？」

「いいえ、ここは確かに現実です。ですが、神々の技法がそこかしこで見受けられます。エレアリスから授かったものを流用しているのでしょう。ところであなた様、美女とは誰を指して言った言葉でしょうか？　まさか、まさかとは思いますが――」

「――まさかも何も、メルの事に決まっているじゃないか。ハッハッハ」

「ですよねぇ。ウフフ」

小粋な死神女神トークをのっけにかましたところで、俺達は眼前の元巫女様に視線を移す。祭壇の前にはかつてのデラミスの巫女、いや、使徒達を統率する神の代行者、アイリス・デラミリウスがいた。地面にまで着いてしまいそうな長い長い銀の髪、白と銀を基調とした清廉潔白な風貌、どことなく巫女をしている時のコレットと似た雰囲気が、そうであると教えてくれる。

「まずは初めまして、でしょうか？　貴方とお会いするのは初めてですものね。メルフィーナの使徒、ケルヴィン・セルシウス。貴方は神を信じますか？」

ほう、シリアスブレイクに定評のあるこのトークを無視して、それどころか宗教の勧誘までかまされるとは思ってもいなかった。やるな、この代行者。

「ああ、初めましてだな。大食いを司る神ならここにいるぞ」

もう少しジャブを打ってみるか。ポンとメルの肩を叩く。

「ふふん」

……おい、何誇らし気にしてるんだ。もしかして満更でもないのか、お前。

「だけどさ、そのメルフィーナの使徒ってのはどういう意味なんだい？　メルは俺の仲間であって、俺はお前のような信者になった覚えはないぞ？」

「あなた様、仲間ではなく私は妻、妻ですからっ！」

「……」

　アイリスはピクリとも笑わない。駄目だ、これはシリアスを強要する輩だ。女神様、少しお黙りくださいませ。もう、そういう空気が伝わる相手じゃないってのが分かりましたので。

「仲間も信者も妻も、同じようなものですよ。エレアリス様復活の為に、どれだけ役立てられるかの問題なのです。私達使徒も、敬虔な信者は私や『選定者』くらいなものですから。それに信仰とは強制するものではなく、心の拠り所にするもの。私はエレアリス様を復活させる行為とそれらを、結びつけようとは考えておりません」

「ま、少なくともジルドラやベルはそんな風には見えないからな。その復活の儀式を手伝う事で、何かしらの恩恵を与えて、餌をぶら下げていた訳だ」

「はい。言わばこれはビジネスのようなものです。あの方々を纏め上げるのは、使徒の長として苦労したものでしたが、幸いにも私は『導き救い手』という固有スキルを生み出す事に成功しました。個々の願いを聞き届け、その後の働きによって対価を支払う。当然の行いをする事で、使徒達は皆、同じ目標に向かい歩み出したのです」

「使徒に至上命令を与え、達成した者の願いを叶えるってやつか？」

「あら、暗殺者や断罪者から聞いたのですか？　ならば、私の力についても多少なりは知っているでしょう。ええ、そうです。『導き救い手』は言わば、働きにおける対価の契約。エレアリス様のお力が届く範囲で、絶対にそうなるよう世界に影響を与える代行の力なのです。『神の十指』は私にこの力を与えてくださいました。信じる者は救われる。ええ、ええ。正しくそうでしょうとも！」

両手を握り、祈り出すような仕草をするアイリス。

「その願いが、酷く破滅的なものであったとしても、か？」

「その点もご安心ください。代行者たる私が、責任を持って精査致しましたので。もちろん、使徒達の願いは良識の範囲内。故郷を守りたい、大切な人も守りたい、運命の人と出会いたい、若くて綺麗な弟子がほしい――どれもが人として当然な、美しい願いです」

う、うん……？　後半の願いはやけに俗っぽいですね。一体どこのおじさんなんだろうか。

「まあ、その影響が出るのはエレアリス様が復活されてからなのですが……お蔭様で、最後の使命の殆どは達成されました。使徒達の純粋なる願いが叶えられる日は近い。ところで女神メルフィーナ、随分と下界を楽しんでいるようですね？　それに、神が私情を挟むとは何とも珍しいものです。どうやら長らく神の職務から離れているようですし、そのまま新たな神に地位を明け渡しては如何でしょうか？　貴女もこの世を謳歌する事ができますし、私の目的も無血で達成できます」

「それは魅力的なお話ですね。ですが、今の私は有給休暇を取ってのバカンス中。仕来りを守った上で現界しているのです。楽しまなければ損でしょう？　まあ、でも――それが前神であるエレアリスでなければ、僅かに交渉の余地があったかもしれません。最愛の夫も見つけた事ですし」

　手をにぎにぎされる。

「……と、言いますと？　ああ、ご安心ください。この場所は神々の世界と現し世が入り混じった状態です。恐らくは、義体だから口にできないという事にはならないでしょう。ええ、そうです。私はエレアリス様を追いやった貴女と、本心での語り合いをしたいのですから……！」

　む、少しだけアイリスの瞳が、コレットが錯乱している時のそれに似てきている。理性はあるものの、本質は狂信者なのかもな。数々の心の傷跡を想起してしまい、俺、ちょっと動揺。

　いや、大事なのはそこじゃないか。どうもこの空間は神々の世界でもあり、俺達が住まう世界でもあるらしい。義体でも話せるのなら、アイリスの話は本当なんだろう。俺からは何も言わず、メルフィーナの次の言葉を待った。

「どんなに厳かで、そして慈愛に満ちていた神も、気が遠くなるような時間を経て、後任の神へと替わりゆくものとされています。それはなぜか？……神の肉体は不滅であっても、精神は不変ではないからです。ある世界の神は長い時を神として生き過ぎ、暇を弄ぶようになりました。彼は管理する世界の命をゲーム盤の駒として見るようになり、国同士を争わせる、異常者に力を付与するなど、執拗に世界へと関与してしまった。その結果、世界を滅びへと導いてしまい、更迭されました。こういった事例は1つや2つではありません。ですから、そうなる前に神としての役割に終わりがくるようになったのです」

「それが、エレアリス様にも当て嵌まったと……？」

「世界を護るシステムであった筈の神柱を暴走させ、混沌に陥れようとした。そして、それを機に天使の間で次の神が選定され、私が選ばれた——それが理由では不十分ですか？」

「不十分、ええ、不十分です。エレアリス様はそれが必要だったから、神柱をお使いになったのです。世界を滅ぼすような様子なんて、微塵も見られなかった……！　きっと、嵌められた、騙された、裏切られた、そう、そうだ！　だから、私が代行者となって、世界を正しき方向へと導くのです！……ケルヴィン、貴方はどちらが正しいと思いますか？」

　アイリスの瞳は完全に狂乱モードのコレットになっていた。エレアリスだってそうかもしれない。道を踏み外せば、メルフィーナやコレットもこうなってしまうのだろうか？　でも、今はそれどころじゃないか。

「ああ、そういう問答はいいや。俺の立場は最初から明確だ。俺が問いたいのはさ——アイリス、お前は強いのかって事だけだ。半分神様になってるんだったっけ？　そいつは良い。ちょっと俺と遊ばないか？」

　俺の言葉にアイリスは残念そうに首を振った。

「……詰まりそれは、メルフィーナ側に立つという事ですね？　残念です。エレアリス様は貴方を高く評価していましたのに。やはり貴方はメルフィーナの使徒、互いに平和を願いながらも、道は違えなければならぬ運命にあるのでしょうか……ですが、ケルヴィンの命は決して無駄にはなりません。その気高き魂は再び転生され、今度こそエレアリス様の素晴らしさに気付く事になるでしょう」

「あなた様、街で女性を引っ掛けるような今の文句は少々どうかと思います。まるでナンパするチャラ男のようではありませんか。私、妻として許しませんよ！」

　あかん、どっちの女神サイドも人の話を聞いていない。アイリスに至っては勝手に人を転生させようとしているし、それってもう洗脳の類じゃないですかね？　俺も大分コレットで慣れたつもりだったけど、やっぱり狂信者って怖いわー。瞳に一切の迷いがないもん。俺みたいな一般市民には決して理解できない思想だな、全く。もう話を進めてしまおう。

「だから問答はいらないって。どっちにしたって、俺を転生させるには殺さないといけないんだろ？　なら、目的は違えど過程は一緒じゃないか。さあ、得物を取れ。代行者！」

「フフ、私が半神の身であると知って、なお戦おうとしますか。良いでしょう。義体という不完全な形で顕現しているメルフィーナと、一体どこまでの信仰心を示せるか見物ですね」

　アイリスが薄く笑った次の瞬間、奥の祭壇から青白い魔力が噴き出した。同時に、祭壇がゴゴゴと音を立てながら動いていく。いや、変形していく？　内部から鍵盤や金属パイプが出てきた。

「これは――パイプオルガン？」

「ええ、その通りです。ここは大聖堂、オルガンがあっても不思議ではないでしょう？　まあ、少々規模は大きくありますが」

　大きいなんてもんじゃない。写真やテレビで見た事はあるかもしれないが、こんな馬鹿でかい楽器を直接目にしたのは初めてだ。セラが趣味で買ってたグランドピアノどころの話ではないぞ。この聖域の壁一面を覆い隠すほどに雄大、金属パイプは天を衝くまでに高く、鍵盤までもが何段にも積み重なっている。明らかに人が弾く設計じゃない。

「この祭壇は私とエレアリス様をより強くリンクさせる為のもの。本来はこれを通じて揺り籠に魔力をお送りするのですが、こういった使い方もできるのです」

　アイリスが軽く手を掲げると、背後のパイプオルガンが独りでに弾かれ始めた。魂を揺さぶるような重厚な音が鳴る度に、金属パイプの先から青白い魔力が出て来る。あの魔力はそこから出ていたのかと理解するのと同時に、それらの魔力がアイリスの背に、頭上にと集まっていった。

「――それは、私へのリスペクトか何かでしょうか？」

「いいえ。貴女とは何の関係もない、私の信仰の証です」

　今のアイリスの姿はまるで天使のようで、その……メルフィーナが天使の輪と翼を顕現させた時の状態にそっくりだったのだ。神聖な魔力は翼などを構成し、神秘的な輝きを生じさせながら確かにそこにあった。メルフィーナはお株を奪われたと言いたげで、少し不機嫌そうだ。

「神よ、御身の刃をお借りします」

　それでもアイリスの変化はまだ途中らしい。アイリスが両手を組んで祈りを捧げると、今度は天より2つの飛来物が舞い降りてきた。エレアリスの愛槍『聖槍イクリプス』と神器『黒の書』、槍の方は以前目にした時とは比べ物にならない魔力を帯び、黒の書はなぜか表紙が白くなっていた。あれでは『白の書』である。そのどちらもがアイリスへと吸い込まれるように移動し、アイリスは祈りを捧げる手を解き、その両手でそれら神の遺物を手にした。

「意外ですね。ケルヴィンは兎（と）も角（かく）、今の間にメルフィーナは攻撃を仕掛けるものだと思っておりましたのに」

「貴女はまだまだ分かっていませんね。妻とは夫を立てるもの。良妻賢母を貫く女神たる私に、そのように無慈悲な真似（まね）ができる筈もありません。最終的にコテンパンにはしますけど」

アイリスに対抗してか、普段は隠しっぱなしにしている天使の輪と翼を顕現させるメル。手には聖槍ルミナリィを携え、内心マジになっているんだろうなぁといった完全な戦闘形態へと移行した。ま、それに俺も乗っかるんですけどね。

「大風魔神鎌（ボレアスデスサイズ）」

黒杖（こくじょう）ディザスターに大鎌を施す。その他にも俺とメルに補助魔法をぺたり。さて、いつもの準備は整った。半神、半神かぁ、ふふっ。

「神への祈りは終わりましたか？　まだでしたら、お待ちしますが？」

「女神に言う台詞（せりふ）ではないですね。そのままお返ししましょう」

「なあ、もういいだろ？　これ以上客を待たせるのはマナー違反だ」

「そうですね。では――」

オルガンの残響が消え去り、聖域の中が無音になる。その最中で対峙（たいじ）する俺達（たち）が得物を構え合うと、自然と笑みがこぼれ出した。主に俺の口端から。

「楽しく愉快に戦おうかっ！」

「貴女、私とキャラが被っているんですよっ！」

「偽りの神よ、その座を明け渡しなさいっ！」

それぞれの主張が叫ばれ、待ちに待った戦いが開始された。まず狙うはアレだ。どう見てもアレだ。

「そのオルガン、狙ってくれと言っているようなもんだぞっ！」

荒ぶる風を刃に集束させ、絶対切断の太刀をアイリスの背にあるパイプオルガン目掛けて飛ばす。あれがアイリスとエレアリスを繋ぐ道具だとすれば、破壊されると困るんだよな？　挨拶代わり兼様子見の一撃だが、加減はなし。あんだけでかけりゃ１００％外れず、移動させる事もできない。ついでに飛ばした軌道上にはアイリスもいたりする。さあ、どうする？

「生還神域」

蒼の翼を羽ばたかせ、刃を避けてアイリスが上空へと飛び去る。目測ではあるが、随分と速い。その間に詠唱したのは、確か前にコレットが使っていた巫女の秘術だ。

『メル！』

『言われなくともっ！』

俺は飛翔を、メルフィーナは翼を使ってアイリスを追い掛ける。直後に、大風魔神鎌の刃がパイプオルガンに直撃した。特に攻撃を阻まれる訳でもなく、風はすんなりとパイプオルガンを分断、ど真ん中から横断した。

——したと思った。気が付けば、パイプオルガンは何事もなかったかのように、無傷のままそこに佇んでいた。損傷を直したというより、時間を巻き戻して攻撃自体をなかった事にした。そんな感じだ。かつてのシルヴィアとの模擬戦が頭を過る。

『コレットの致命傷無効化か。あれって物にも付与できるんだな』

『しかし、その効力は1度きり。2度目3度目の攻撃であれば、破壊は可能——と言いたいですが、あのオルガンには幾重にも秘術を施しているようですね。あの秘術は重ね掛けできない筈なのですが……ここで考えても仕方ありませんか。使徒としての活動期間中、長い時間を要して準備を整えてきたのでしょう』

『なら、先に狙うはアイリスか。あからさまに自分を狙ってこいと言われているような気がしないでもないが』

『目の前で秘術を実践して見せた辺り、ブラフの可能性もありますね』

『ま、折角のお誘いを受けたんだ。まずはお相手しよう！』

パイプオルガンは一旦捨て置き、アイリスを追って青い空が広がる清々しい空間に出る。周囲には美しくも眩くない太陽のみで、隠れる場所もない。アイリスはもう目前。俺は大鎌を、メルが聖槍を構えた。

「安穏神域（オアシス）」

武器を振るう直前になって、アイリスの姿が消えた。

『安穏神域（オアシス）――気配を完全に消し去る隠密（おんみつ）結界です。ご注意を』

敵に回るとマジで厄介だな、巫女の秘術。

◇　◇　◇

周囲を警戒。コレットの時のように声の1つでも上げてくれれば、直（す）ぐに視認できるようになるだろう。が、こうなってしまうと不意打ちの1つもしてくるのが濃厚だ。相手は崇拝する神の為（ため）であれば、何でもしてしまう狂信者。できればそんな不意打ちは食らいたくない。

『――ん？　この空間、外への念話が通じないのか？』

アンジェに何か良い炙（あぶ）り出し方法はないかと念話しようとしたところ、何か壁のようなものに遮られてしまった。念話だけではない。通常の配下の召喚も不可能、どうやらこの空間内外でのやり取りは、一切できなくなっているようだ。

『ガウンの時と同種の結界か』

『そのようですね。ただ、少しばかり規模が大き過ぎるようです』

ガウンの闘技場でベルとアンジェに閉じ込められた際は、しっかりと紫色の結界が視認できた。だが、今回のこれはそれさえも見えない。そもそも、この空間がどれほどの広さなのかもいまいち把握できていないのだ。下の大聖堂を抜かせば、後はただただ青い空の空間が広がるばかり。全く、大海原のど真ん中に放置されたような気分だ。

『なあ、ここなら遠慮も加減もいらないよな？』

『ああ、なるほど。実にあなた様らしい回答だと思います。地上ですと、そうもいきませんからね』

　アイリスの姿と気配が消えはしたが、その存在が消えた訳ではない。アイリスの姿が確認できないのであれば、否でも出て来なければならない状況を作り出せば良いのだ。アイリス、早く姿を現さないと酷(ひど)い事になっちゃうぞ？

「全土崩壊(サブサイデンスクエイク)、螺旋超嵐壁(テンペストバリア)×３」

　下にある大聖堂から、その外へと広がる青き空に至るまで、俺の視界に入る全てを揺らす大魔法を解き放つ。ぐしゃりと粘土のように不規則な形へと押し潰され、またある所は激しく陥没。どうも青空に見える周辺にも大地はしっかりとあるようで、次々と青の大地の中身が剝(む)き出しになるという奇妙な光景が造られていった。もちろんアイリスの力の源であろう、パイプオルガンを安置する大聖堂も例外ではない。壁が崩壊し、波打つ地面にパイプオルガンが呑(の)み込まれていくのだ。

そんな地上を追撃するは、街の1つも丸ごと囲ってしまいそうな巨大な竜巻。崩壊していく地上の瓦礫土砂その他諸々をミキサーし、下から上へと巻き込み己が身に宿していく。そんなこの世の終わりを予感させる巨大竜巻を、今日は大奮発して3つ投入。普段であれば絶対に顕現させてはならない超暴風であるが、アイリスの聖域なら遠慮する必要など微塵もない。他の皆が戦いを楽しんでいるであろう中、ここまで我慢してきたんだ。盛大に魔力を解き放とう！

『……やり過ぎた感もしないではない』

『天変地異ですね、これは。流石は魔力馬鹿の異名を持つだけの事はあります』

何分、ここまでばかすかと魔力を使ったのは初めてだったもので……つい先ほどまで天国を思わせていた風景が、見るも悲惨な阿鼻叫喚の図となっていた。それでも空が青いのは、何と言う皮肉だろうか。

だが、正直自分でも引くほどここまでやらかしたんだ。神聖かどうかは知らないが、聖域をここまで荒らされたとなれば、同じくらい引くほど敬虔な信者であるアイリスだって、黙ってはいられない筈。これならどうだ？　と、俺は考えていたんだが――

『――おいおい……』

『オルガンどころの話ではなかったようですね……』

跡形もなくなるまでに破壊し尽くしたパイプオルガン、そして神を崇める大聖堂。それらが何度も何度も、どんなに壊滅的な打撃を受けようとも復元し続けていた。アイリスはあのパイプオルガンだけではなく、大聖堂にまで秘術の力を及ばせていたというのか？

「本来、デラミスの巫女はそこまで膨大な魔力を有しておりません。それは必要以上に強力な秘術を使い過ぎぬようにと、自戒の意味も含まれています。半神の身に至ったとはいえ、それは私も同様です」

どこからか、アイリスの声が聞こえてきた。察知、位置は俺達の更に上。あの不可思議な太陽の光、そこに身を隠すようにして、彼女はいた。竜巻の天辺さえも触れないような、遥か上空だ。俺とメルはアイリスの気配を認識した瞬間に、全速力で疾駆した。

「ですが、この書があれば無尽蔵の魔力が私に供給され、魔力切れの憂いは断たれます。断罪者が魔王になって下さったお蔭で、余分に魔力が充塡されましたから。ええ、実に良い善行を行いましたね。必ずや彼女は救われる事でしょう」

距離はもう半分を切った。アイリスの話にも一応は耳を貸しているが、情報として目新しいものはない。黒の書はやはり魔力タンクであるらしいし、後はアイリスが魔力切れを起こして虹を吐かない事を逆に安心したくらいだ。

「そして私は歴代の巫女が成し得なかった、秘術の先を会得しました。幾ら破壊しても大聖堂が壊れないように、巫女である私が無様な姿を晒さないように――全てはエレアリス様の為に！」

　あと数秒で手が届きそうな距離で、アイリスが聖槍イクリプスを前に突き出した。ああ、何だそれは？　何をしてくれるんだ？　それは愉快な事か？　脳内麻薬が出る度に、俺の思考は充実していた。

「聖裁神域」

　球体。そう、球体の結界だ。俺とメルを丸っと包み込むようにして、半透明で白い結界が施された。その球体を締め付けるようにして、古代文字っぽい記号がびっしりと記された紐が、幾重にも囲っている。

　――ギギギ。

　奇怪な紐達が球体に食い込む度、俺達を囲う結界は段々と萎んでいった。

「閉じ込めたつもりか？」

「ええ、そのつもりです」

　大風魔神鎌で球体型の結界をぶった斬る。球体は破れ、弾けるように紐が跳ねた。そして、当然のように時が巻き戻って無傷のそれが形成された。ああ、うん。何となくそうなるかと思ったわ。

「法則を無視する貴方の大鎌でもない限り、聖堂神域は不壊の結界です。そして、私はあの大聖堂と同様、これに生還神域の先となる結界を付与しました。2つの性質を併せ持った聖裁神域は絶対に壊れず、私の魔力が続く限り無制限に巻き戻る。矛盾を秘めた神域は収縮し、貴方達の行き着く先は圧死、全潰、陣没——ああ、惨い死です。ですが、私は手を緩めません。全ては我が神の為に、全てはこの世に平穏をもたらす為に。イクリプス、聖滅形態へ移行。魔力、装填」

徐々に徐々に、確実にその体積を減らしていく結界だけが問題ではなかった。アイリスの持つ聖槍が、眩い青白き光を発して猛烈な回転音を鳴り響かせる。天使の輪と翼が槍に呼応して、こちらも眩しいくらいに光り出す。ああ、それ知ってるよ。神代の超兵器、メルフィーナの聖槍ルミナリィと酷似している。メルの指摘は正しかった。これではキャラが丸被りしている。いや、冗談を言っている場合じゃないな。

「万が一に聖裁神域を抜けようとも、その瞬間に神の裁きを直接下して差し上げましょう。ええ、愛する2人を引き裂くような真似はしませんとも。同時に消し去ります」

収縮する結界は、もうメルが持つ聖槍の槍先のところにまで迫っていた。

◇　◇　◇

『メル、背を合わせろ！　俺が何とかする！』

『任せました！』

念話でのやり取りの後に、できるだけ密着して空間を作る。アイリスが言うところの迫る障壁は、威力が高いだけの攻撃では破壊もできず、したとしても時間を巻き戻して再生してしまう。打開策を並列思考で模索——あ、これ良さげ。

「粘風反護壁（リヴエカウンターガム）！」

背中合わせの俺とメルの周囲にゴム風を展開。範囲が狭いのでその特性はより強くなり、外部からの圧力に反発しようとする。破壊できない？　だが、縮むって事は押せば伸びるんだろ。アイリスの障壁に張り巡らされた紐の締め付けようとする力が強まるほど、俺の粘風反護壁（リヴエカウンターガム）は力を返す。魔力を惜しみなく使い、内部からゴム風を追加、追加、追加。より密度を高めていく。さっきまですぐそこまで迫っていた障壁は、最早（もはや）破裂寸前の風船のように膨らみ切っていた。

「それは、断罪者の……！」

「ああ、色々あって学ばせてもらったんだよ。知っての通り、この風は面倒臭いぞ」

「……」

「まあ、それでもお前の障壁は壊れない。確かに、俺の鎌でもないと意味がないみたいだ。だけどさ、これで俺達（たち）の圧死はなくなった。後はその聖槍による攻撃を何とかすれば無事解決なんだが……未（いま）だに撃ってこないって事は、障壁外からの攻撃にも無敵なんだな、これ」

粘風反護壁（リヴエカウンターガム）を挟んで、アイリスの結界に笑いながら指差してやる。対峙（たいじ）するアイリスの様子は変わらず、眩い光を放ちながら回転する神の槍を構えたままだ。

「さて、このままじゃお互いに向かい合ったまま、時間の無駄だ。ここらで結界を消して、分かりやすく殴り合いでもしないか？」

「お断りします。私としては、このまま数日待ってメルフィーナの餓死を狙っても良いのですよ？　保管に幾らかの食料があったとしても、メルフィーナと一緒ならば数日と持たないでしょう。無限に等しい魔力を得ている私と、有限の食料しかない貴方達では状況が異なるのです。ええ、そうです。それが争う事なく、平和的に終わりを齎す唯一の方法。ご安心ください。話し相手くらいは致しましょう。寂しくはありません」

「「……」」

ええっ、そういう趣向で来ちゃうの!?　結構な数の戦闘を経験して来た俺だけれども、戦いの最中に餓死を狙う輩は流石に初めてだぞ。いや、まあ実際クロトの保管にはエフィルが用意している食料は大量にあるが、調理していない生の材料を抜かせば、その数は限られる。ここ最近のメルフィーナのお腹事情に鑑みれば、数日は結構きつい。現にメルもかなり動揺している様子だ。他にもトイレやら他に心配する事が色々ある――いやいや、それ以前に俺が許さんよ。

「そんな詰まらない戦い、俺が認めるとでも？」

「認める認めないの話ではないのです。これが定め、これが運命。受け入れなさい」

「運命か……もしもに備えて、聖槍を構えてる奴の台詞じゃねぇな」

「……」

口八丁で精神を揺さ振るのは基本として、これからどうしたものかね。方法として考えられるのは、そうだな――
①このまま障壁を力ずくで押し続けて外側へと侵食、逆にアイリスの圧死を狙う。俺の魔力が続く限りは可能だと思うが、正直この空間がどれほどの広さなのか確認できていない。圧死まで狙うのは現実的じゃないな。
②他の使徒達を片付けた仲間が助けに駆け付ける。これはあまり期待したくない。だって、俺が詰まらない。全く満喫できていない。アイリスが特に急いでいない様子からして、外からここに来られないようにする何らかの手段を講じているのも明らかだ。却下です。
③俺の秘められし力を使う時が来たり。
『――うん、やっぱこれが現実的か』

『あなた様？』

『メル、ちょっと耳を貸せ』

ごにょごにょっとメルに伝達。念話で済むから、実際に耳を貸す必要はないけどな。我、③を選択せり。

「おいおい、アイリス。本当にこのまま膠着状態を維持するつもりなのか？　お前だって食事はするし、生理現象がない訳じゃないだろ？」

「ご安心を。デラミスの巫女は鋼の意志の下に、神へ信仰を捧げるのです。断食や排泄など、些細な事を心配なさらないでください」

さ、些細ですか……何をとは言わないが、そういうのはいけないと思います。鋼メンタルだろうと、物事には限度ってものがあると思います。異常者同士でも、引く時は引くんだぞと……よし、帰ったらコレットによく言い聞かせよう。

「残念だけど、俺らは付き合ってられないんでね。無理矢理押し通らせてもらう！」

粘風反護壁へ籠める魔力を解放。アイリスの結界を押し出し、着実にその壁を膨張させていく。

「何をするかと思えば。いくら大きくしようと無駄です。聖裁神域は絶対不壊。まだそれが理解できないのですか？」

「いんや、理解はしてるよ。だけど、的は大きい方が良いだろ？」

「はい？」

召喚解除、再度召喚。召喚軸はもちろん、アイリスの後方。

「ええ、お蔭でとても狙いやすいです。ルミナリィ、聖滅形態へ移行。魔力、装填」

「――っ!?」

迂闊過ぎるだろ、アイリス。それとも、この聖域を隔離した事で安堵してたのか？　この不壊結界には俺の召喚士としての能力を制限する力は働いておらず、俺は兎も角、配下のメルフィーナは召喚し直せば通り抜け放題だ。そして、召喚直後にぶっ放すは、お株を取り戻さんと気合いを入れた聖槍の一撃。

「聖滅する星の光！」

「くうっ！　聖滅する天の光！」

メルフィーナが放った極大のビームに対し、急遽方向を変えてアイリスもまた極大のビームを放ち出す。奇しくも威力は互角。しかし、先手を打ったメルフィーナが遥かに優勢。メルフィーナの聖槍が放つ星の光は、最大出力でアイリスをビームごと圧迫して、徐々に徐々にとアイリスは後退していった。

「やあ、いらっしゃい」

「ケルヴィン……！」

ジリジリと圧迫されるアイリスの背後にあるのは、俺が丹精込めて膨らませた結界だ。大きくなってもその強度は変わらず、破壊される気配は一切ない。全く、なんて困った結界なんだ。そんな自らの結界とメルの攻撃に挟まれる形となったアイリス。さあさあ、このままだと行き着く先は圧死だぞ？

「結界、解除した方が良いんじゃないか？　破壊できない結界よりも、俺の破壊できる結界を相手した方がマシだろ？　その後にメルの光を何とかすれば、素晴らしき第2ラウンドの幕開けだ」

「ふ、ふふっ……正に死神の囁き、ですね……！」

結界もそうだが、メルフィーナを相手に食い物を取り上げようとしたのは不味かったな。お蔭様で我が家一の食いしん坊であるメルは、一気にトップギアまで調子を上げる事ができた。この威力、照れ隠しで放ったあの時に優るとも劣らない一撃だ。

「そう、ですね……それも、良いかもしれません……！」

「え、マジで？」

メルの攻撃に押され、結界に足が触れるのもカウントダウン寸前となった頃、アイリスがそんな言葉を呟いた。結界と同じく俺の期待も膨らみ――

「聖堂神域」

「なっ!?」

――あろう事か、アイリスは結界をメル側に壁として張り直して、聖槍の光を反転。ビームで周囲を薙ぎ払いながら、俺の方へと向き直った。そして、ちょうどその射線が俺とぶつかった瞬間に不壊の結界を解除。俺はアイリスの攻撃の直撃を受ける事となってしまった。

◇　◇　◇

不壊の結界が剝がれた。それは良い。だが、このままでは極大ビームの直撃を受けてしまう。俺の周囲にはぐるりと重ねに重ね、圧縮させた粘風反護壁が展開されている。こいつを魔王城でベルが使った時は、エフィルの破爆白矢とムドの竜咆超圧縮弾を受け切り、いなし切った。しかしながら、それはベルの対象の力を削ぐ能力と併用して使った事で為せた芸当だ。俺にそんな力はなく、今回はアイリスが放ったこの光の束を、耐久性のみで耐え抜かねばならない。仮にこいつをメルの全力聖滅する星の光と同等の威力とする。これまでのメルとの模擬戦を思いだせ。護りに徹する事で危機を脱せるかを振り返ってみよう。

『――無理だな』

メルの聖滅する星の光は巫女の秘術を使った不壊の結界を使うか、セルジュのような出鱈目な幸運にでも恵まれない限り、とてもではないが正面からやり合えるものじゃない。そのどちらも持ち合わせていない俺がゴム風で耐えようなんて、土台無理な話だ。何よりも、防御に徹するのは俺らしくない。どちらの選択肢もカードにない、防御もできない。なら、前に出るしかないだろ。

「大風魔神鎌！」

大鎌から嵐の刃を巻き起こし、ぶっ飛ばす。粘風反護壁をも食い破って、万物を切断する死神の風が、神の光と衝突した。

「神に対し、何と不敬なっ！」

「神だろうが何だろうが、力負けする方が悪いっ！」

大鎌の仕事はいつもと何ら変わりない。歯向かうものを食らい、何であろうと打ち勝つだけ。それはアイリスの神の光であろうと例外ではなく、俺が放出した嵐の刃は極大ビームをど真ん中から引き裂き、ただ前へと進んで行く。俺は道を作り続ける刃の背後を追うように飛行して、聖槍を構えるアイリスへと迫った。

しかし、このまま突っ込んで、また不壊の結界を張られるのも面倒だ。アイリスの注目が俺に集まっている今のうちに、と。

「おいおい、お前の信仰心はこんなもんなのか？　これなら、現巫女のコレットの方がよっぽど病んでるぞ？　期待外れも大概にしろ」

「私の信仰心が足りてないと……!?　言うに事欠いて、何と不遜ながぁっ!?」

メルの召喚を再び解除して、攻撃を続けるアイリスの背後へまた召喚。この巫女さんは怒るポイントが丸分かりで挑発しやすいな。お蔭でまた、メルによる不意打ちが成功した。

「メ、ル、フィーナ……！」

背後からメルの聖槍に叩き付けられ、アイリスは俺の方へと落下してくる。

「あなた様っ！」

「おう！」

１日にこう何度も聖女様が降ってくる日なんて、そうそうないだろう。１度目は圧殺なんて生温い受け止め方をしようとしたが、次はない。輝く翼を羽ばたかせて、何とか落下速度をコントロールしようとするアイリス。それも、遅い。

「が、あッ……！」

死神の大鎌がアイリスの腹をすり抜け、返し刀で更に縦に天使の輪ごと振り下ろす。臓物を撒き散らし、決定的な死を与えてやる。

『まあ、そりゃ巻き戻すわな』

綺麗に４等分にカットされたアイリスの体が再現するさまは、最早見慣れた光景だった。噴き出した鮮血と臓物を体内へと内包し、切断された部位を繋ぎ直す。何という事はない。アイリスは自らの体に、致命傷をなかった事にする秘術を施していたのだ。結界や大聖堂に時戻しの再生能力を付与しておいて、自分に付与しない筈がないしな。

「っ、無駄ですっ！　神と私を繋ぎ止める信心がある限り、私は無制限に――」

「――救済の罰光」

アイリスの叫びを掻き消すは、あまねく降り注ぐ破壊の光。かつての使徒、エストリアが使っていた光の雨霰である。大鎌で斬り裂いた後に、間髪容れずに放たれたその光にアイリスは呑み込まれる。しかし、救済を謳う者が救済の光に討たれるとは、何とも皮肉っぽい。

聖女様が再生する可能性は当然考えていた。これはあくまで確認だ。予めそれが分かっていれば、次の手は自ずと出てくるもの。つうか、こんなものはニトおじさんの焼き直しみたいなもんだ。今更使われても、その時の対策がそのまま適用できてしまう。

「ぐうっ……！　この、聖堂――」

「させるかよ」

光の雨に俺1人分が通れる隙間を意図的に作って、そこから強襲。厄介な結界を発動される前に、その口ごと大鎌でたたっ斬る。

「……っ！」

宙にアイリスの顔が吹っ飛ぶものの、やはり再生。その途中で奴と視線が合って、やたらと睨まれてしまった。聖女様がそんな目をしてはいけません。もっと狂信者っぽく、グルグルと狂気をはらまないと。

ま、それもこれで終わりだ。巫女の秘術による致死の回避は、何もノータイムで行われる訳ではない。損壊した箇所を繋ぎ直し、飛び散った中身を巻き戻すまでに若干のタイムラグがあるのだ。こうして立て続けに殺していけば、アイリスは何もできず、ただただ次の死を待つしかない。そうこうしている内に、俺達は長い長い空中浮遊を終え、地上へと戻ってくる。

「さ、懐かしの大聖堂への帰還だ」

「……」

スタート地点だった大聖堂に降り立つ俺達。先にこの場所へ叩き落としたアイリスは、メルの魔法によって全身を氷漬けにされている。口も氷で塞いでしまったので、喋る事もできない。後は栄光の聖域などといった封印系の魔法で拘束してしまう。要は殺さずに、無力化してしまえば良いのだ。

聖槍イクリプスと黒の書……ああ、今は白の書か。それらも没収。アイリスに魔力を送っていたパイプオルガン式祭壇も、金属パイプ部分を氷で塞いで遮断。祭壇を封じた効果があったのか、アイリスが纏っていた天使の輪や翼は消失した。こうなってしまえば、恨めしげにこちらを睨むしかないアイリスの出来上がりだ。

「これでアイリスの無力化は完了だな。封印の鎖で縛ってるから、魔法や秘術の類も使えないだろう。そもそも詠唱できないだろうし」

「後はアイリスが大切そうに祭壇に安置している、あの揺り籠ですね」

その殆どが氷で覆われてしまったパイプオルガン。この馬鹿でかい祭壇の天辺にあるのが、エレアリスの復活と関連ありそうな揺り籠だ。アンジェやベルが言っていた、いつもアイリスが傍らに置いていたものとは、間違いなくアレの事だろう。

「破壊するのが手っ取り早いけど、それでも良いのか？　あの中に神になる予定の赤ん坊でもいたり？」

「先ほど空へ飛んだ際、チラッとあの中を覗きましたが、何もありませんでした。どちらにせよ、破壊すれば使徒達の痛手になる筈です」

「なら話は早い。白の書とオルガンによる魔力供給も封じたからな。今の状態じゃ、アイリスの秘術も精々1度発動するかどうかって感じだ。一思いに大鎌で——」

（——ザ、ザザッ）

ふと、耳鳴りがした。この状況で聞こえる筈のない、テレビの砂嵐にも似た音だ。

（ザザッ——漸く、漸くです。あの日から、ザザザッ——どれ程の年月が、ザッ——）

砂嵐の音は徐々に収まり、代わりに女の声となって俺の耳に届き出す。この声は、どこかで——

（——楽しまれていますか、あなた様？　ええ、ええ、言わなくても分かっております。果てなき戦い、その頂点を極める。今度は絶望させません。神などに邪魔もさせません。心行くまで、どうかお楽しみください）

そうだ。この声は、夢の中で朧げに聞いた彼女のものだ。だが、しかし……この声は、まるで——

『——あなた様？』

急に硬直した俺に、メルが心配そうに顔を覗かせた。ああ、やはり。この声は——

（――断罪者が書に残した魔力もそろそろ限界、潮時でしょうね。アイリス、いえ、エレアリス。偽りの身なれど、貴女はよく仕えてくれました。もうお休みなさい。私、いえ、メルフィーナも今に至るまで案内ご苦労様でした。以後、転生神の座は私が引き継ぎます）

何の前振りもなく、魔力の流れも感じさせず、止まった時間の中で動き出すは2本の聖槍、ルミナリィとイクリプス。それらは何の躊躇いもなく、メルフィーナとアイリスの心臓を貫いた。

◇　◇　◇

「か……」

「はっ……!?」

アイリスを覆っていた氷が砕ける。先ほどまで俺を心配してくれていたメルが崩れ落ちる。2人の左胸には、神が用いる槍、聖槍が突き刺さっていた。この時になって初めて、俺は遅く凝縮されていた時が動き出すのを感じた。そして、直ぐ様メルの下へと駆け付ける。メルが床に倒れる前に、何とかその体をキャッチする事ができた。

『メル、呼吸を整えろ。白魔法で回復させながら槍を抜く！』

メルの返事を待たずに回復の処置を施し、聖槍ルミナリィに手を掛ける。一気に抜いて、瞬間的に傷口を塞げば出血は抑えられる。傷ついた臓器も復元できる。だから抜く、早く抜け、さっさと抜けろ！

——だが、聖槍は俺の意思に反するかのように、メルの体にピタリとはりついて動こうとしない。いくら力を入れようとも、倍以上のパワーを持つ万力で押さえ付けられるかの如く、メルを放さない。

『これ、は……力が、吸い取られて、いる……？』

『おい、しっかりしろ！』

メルの体から、魔力が抜け出て行くような流れを察知する。これは、聖槍に力を吸収されている？　鑑定眼で確認。……何だ、これは？　メルフィーナのステータスが、軒並み低下していっている。急激な勢いで数字が下がり、スキルまでもが黒字からグレーへと変色、次々とステータスから消えてやがる！　それに、表示されない筈の隠しスキル『神の束縛』が、赤字でわざと目立たせる意図でもあるかのように記されていた。

『これも、消えた……!?』

しかし、赤字で表示されていたそれも、最早役目を果たし終わったと言いたいのか、次第に灰字となって、薄く薄く、ああ、消えてしまった……！

数千を超えていたメルフィーナのステータスは今や見る影もなく、その全てに1が刻まれるだけ。これでは、聖槍を引き抜いたところで――

（――ええ、死んでしまうでしょうね。けれども、それは仕方のない事です。だって、もうそれは役目を終えてしまったのですから）

また、あの声が頭に響いた。おい、何なんだ、お前は？　なんで、その声で話す？　なぜ、その声で笑う？

（――ああ、大変失礼致しました。何分、あなた様との会話が楽しくて、楽しくて、堪らなかったのです。それに、まだ受肉していなかったものでして。ですが、今ならば直接の会話も可能でしょう）

正体不明の声がそう口にすると、メルを貫いているルミナリィから黒い靄の塊が放出された。同時に、アイリスを貫くイクリプスからも。2つの靄は祭壇の頂上に置かれた揺り籠へと移動し、その中へと消えていく。次の瞬間、俺は得体の知れない気配を感じた。

「――あ、あ、あー……あら、この姿で顕現してしまいましたか。まだ神としての復活が不完全という事でしょうか？　ふふ。ならば、その権利をこれから賜りに向かわないとなりませんね」

揺り籠から、何者かが静かに立ち上がった。さっきまで頭の中に響いていた声とは違う。いや、違うというよりも、幼くなったという印象だ。ああ、そうだ。俺の感覚は正しかった。その人物は、メルフィーナを反転させたかのような黒い軽鎧を纏い、黒い翼、黒い天使の輪を携えていた。髪色は灰。されど、その長さはそっくりだ。それでいて、幼いながらも確かにメルフィーナの面影を残している。ああ、クソ、これではまるで――

「現世でお会いするのは初めてですね、あなた様。改めまして、初めてお目にかかります。私はメルフィーナの黒い心を統合した存在――そうですね。黒いメルフィーナ、クロメルとでもお呼びください」

――まるで、幼くなったメルフィーナ、そのものじゃないか。

「クロメル、だと……!? お前は、何を言っている……!?」

「驚かれるのも無理はありません。私としては、あなた様と一から百まで悠長にお話ししていたいところなのですが……どうにも時間が足りないようでして」

黒いメルフィーナ、クロメルは悪戯（いたずら）を成功させた子供のように無邪気で、だけれども死体を弄ぶような残酷さを含んだ笑みを浮かべている。

「ふふっ、そんな顔をなさらないでください。ちょっとつまみ食いをしたくなるではありませんか」

「……お前が本当にメルなら、それはつまみ食いじゃ済まねぇよ」

「確かにそうですね。私も済ませる自信がありません。ですから、我慢します。ええ、大丈夫。もう数百数千年と待ったのです。待てます、待てますとも。今日は少し、お話しするだけ」

クロメルが、今度はやたらと妖艶な表情で微笑みかけてきた。これはやばいな。性格的にも、性能的にも色々と破綻している。

「そんな状態の白い私を、今も治療しているあなた様の甲斐甲斐しさに免じて、要点だけお話し致しましょうか。私はメルフィーナが神の座に就く際に白と黒とに二分された、黒い感情を司る方の存在なのです。捨て去られた感情とも呼べますでしょうか？」

「……は？」

神になる時に、二分された……？　こいつは、何を言っているんだ？

「白い私はすっかり神を目指した目的を忘れているようですが、それも実に些細な事。白い私にそういった意図がなかろうと、現に憎っくきエレアリスの肉体を用いて作った義体を、ここまで運んできてくれました。エレアリスの魂をデラミスの巫女、アイリスとして転生させたのも滑稽でしたね。彼女、すっかり自分が巫女だと思い込んでるんですもん。アハハ！　聞こえていますか、エレアリス？　まだ生きてます？　狂気に満ちた信仰を演じようとしていた貴女のお蔭で、私はとっても清々しい気分ですよ！」

クロメルは力なく俯いているアイリス（エレアリス？）を嘲笑う。身勝手に言い放たれる暴露話の連続。並列思考を用いても、まだ情報の処理が追い付かない。ただ、目の前で起こっている事実を確認して、メルの傷を癒すので頭が一杯だった。そのメルが、俺の手を弱々しく握る。

『あなた、様、私は、裏切るような、つもりは――』

『分かってる。分かってるから』

　今はただ、その手を握り返す事しかできない。

「ああ、そちらの私もまだ生きているのですね。あなた様の愛を感じてしまいます。今も念話で疑念を払おうとしていますが、白い私に悪意は本当にありませんでした。その一点は保証致します。ただ、私の思惑がほんの少し挟まっただけ。だから、どうか白い私を嫌わないでくださいね、あなた様？　ですが、やはりあなた様のパーティには黒の意匠が映えますよね？　前々から私は思っていたのですよ。この姿の方が、あなた様のパーティに相応しいと」

「……」

　クロメルの目的は何だ？　敵対心を煽っている？　いや、俺からの反応を期待しているようでもある。好きな異性に対して、ついついちょっかいを出してしまう、そんな幼い意地悪。その最上級をされているような錯覚を覚えてしまう。

「さ、そろそろ時間です。神としての力を吸い切ったというのに、まだどちらも生き長らえていますね。少し、掃除をするとしましょうか」

　クロメルが、メルフィーナ目掛けて手を差し伸べた。構図としては、怪我人に手を差し伸べる天使に近いものがある。が、あれは死の宣告、差し伸べられた手を取れば、魂までも狩られてしまうだろう。聖槍ルミナリィがクロメルに反応している。このままでは、今の状態のメルの体では、持たない……！

「――なるほど、そうされますか」

聖槍はメルフィーナの心臓から抜かれ、クロメルの下へと飛んで行った。だがその前に、俺はメルフィーナの召喚を解除し、魔力体へと戻すのに成功する。これならば、少なくともメルが死ぬ事はない。

「なら、エレアリスの方はどうしますか？　彼女は配下ではありませんよね？」

再びクロメルが手を差し伸べようとする。その矛先は、もちろん――

「――させるかぁ！」

「あら？」

どこからか上がる叫び声。同時に、クロメルが鎮座していた祭壇に、幾本もの聖剣が降り注ぐ。クロメルは聖剣の雨を手元に引き寄せたルミナリィで弾き、差し伸べようとしていた手を止めた。攻撃を仕掛けたのは守護者、セルジュ・フロアだった。なぜ彼女がここに？　そう考える暇もなく、続いての来訪者が俺の下へと駆け寄る。

「ケルヴィン、大丈夫!?　怪我ない!?」

「メルさんは!?」

セラとアンジェだ。

◇　◇　◇

両手に聖剣ウィル、それどころか空中にまで幾本もの聖剣ウィルを浮かばせ、それらをクロメルへと放出し続けるセルジュがエレアリスの前に着地。そして手に持っていた剣を地面に突き刺し、エレアリスの胸に突き刺さる聖槍イクリプスを握り締める。もう片方の手は血が滲む傷口へと添えられた。

「痛いだろうけど、我慢しなよ」

俺とのステータスの差だろうか？　どうも彼女の力は俺を軽く上回るらしい。セルジュはグッと力を込め、エレアリスから聖槍を引き抜いた。その瞬間にゴポリと血が溢れ出しそうになるが、同時に白魔法を施して治癒させる。正に俺がメルにしようとしていた事を、同時にクロメルへ攻撃を加えながらやってのけてしまったのだ。

「――ぐ、う……はぁ……」

「気が付いたみたいだね。大分弱ってるみたいだけど、生きていてくれて良かったよ」

「セ、ルジュ……わた、し、は……」

「はい、喋らない。今は回復に集中集中」

意識は疎らのようだが、エレアリスは生きていた。彼女はセルジュに抱き抱えられるも、今も苦しそうに呼吸している。しかしそうしている間にも、セルジュが用意していた聖剣大群による一斉放射攻撃が終わろうとしていた。全ての聖剣を薙ぎ払ったクロメルが、散っていく聖剣、その光の粒子の中から現れる。

「貴女も存外にしぶといですね、エレアリス。いえ、この場合、流石は神の魂を転生させた肉体と言うべきでしょうか。まあ、巫女としての力、神としての神格の殆どを失い、もう普通の人間とそう変わりません。素直に死んでいれば、楽になれたものを……」

エレアリスの胸から抜け落ち、聖槍が地面に転がる。クロメルが詰まらなそうに指を弾くと、聖槍は一直線に奴の下へと飛び去って行った。

「セラ、アンジェ。これはどういう流れなんだ？　何で敵側のセルジュと一緒に？」

「んー、何て説明したらいいかしらね……敵の敵は味方、みたいな？」

「は？」

「あはは、実のところ私達も状況を把握し切ってないんだよねー。半ば強制的に、守護者に連れて来られたというか……」

どうも2人とも回答の歯切れが悪い。クロメルは戻って来た2本の聖槍を両手に構え、感触を確かめるように素振りをしている。奴に注意を払いつつ、セルジュにどういう事だと視線で促す。

「君らの中で暇をしていて、尚且つ実力がある者を厳選して連れて来ただけだよ。私、使徒の中で唯一この空間に入る事ができたし、必要だと思ったから連れて来ただけ。それじゃ駄目かな？」

「駄目だろ。理由になってない」

「『それに暇はしてない！』」

「……私達の目的は、あくまでエレアリスの復活だった。あんな悪神が生まれるなんて、そもそも望んでなかったんだよ。あー、いや、ちょっと違うかな。私の望みはアイリスを護る事、ただそれだけ。たとえアイリスを演じていたエレアリスだったとしても、私にとっては親友と変わりないんだ。どうやらアレを倒すには、私の全力をぶつけても厄介な相手みたいでさ。だからケルヴィンに協力する。アイリスをこの場から助け出すには、それが一番効率的でしょ？　ほら、私の勘と感性と好みで頼りになる仲間の分も道を空けたんだ。文句は言わないでほしいなあ」

喋り出したセルジュの言葉は止まる所を知らない。ああ、そうだ。こいつはお喋りだったんだ。ここぞとばかりに言葉を並べてきやがる。

「うん。ま、そんな感じじゃね。私達への説明は、もっと端的なものだったけど」

「嘘はついていないみたいだったし、守護者はそんな回りくどい事しない子だったからさ。ケルヴィンの話を聞いてついつい。あと、見せたい資料もあったし……」

……まあ、嘘を見抜く2大巨頭がそう感じたのであれば、俺から文句は言えないな。実際、この援軍はかなり助かった。１対１じゃ、クロメルには絶対に勝てなかった。それほどまでに地力の差がある。そういうシチュエーションも嫌いじゃないが、勝てる可能性が限りなく０に近く、今回はもしかすれば、その可能性すら微塵もない。

「それで、あの子供は一体何なのよ？　メルの妹？」

「配下ネットワークにデータ上げるから、それを読んでくれ。そっちの方が手っ取り早い」

「了解――って、ええっ！　そんな展開あり!?」

「う、ううん？　えっと、詰まりどういう事？」

そう反応するのも仕方がない。メルは瀕死の重傷、アイリスは実はエレアリスで、メルフィーナの悪の心？　によって生み出されたクロメル。俺だって未だに理解が追い付かない。魔力体となったメルからは返事がなく、エレアリスもあの状態だ。真実を知るのならば、クロメルを叩きのめして聞き出すしかないだろう。

「……あら、もうお喋りの時間は終わりですか？」

「律儀に待っていてくれたのか。お優しいこった」

「フフッ。そもそも、あなた様とここで事を構えるつもりは毛頭ありませんから」

「あ？」

漆黒の翼を広げ、揺り籠から降り浮遊するクロメル。それから改めてここにいる全員を見回し、おかしそうに笑みをこぼした。

「折角守護者が身の内を明かしてくれたのです。私も、私の目的を嘘偽りなく申し上げましょう。私の目的は、あなた様の最大最後の敵となる事。その為に長きに亘る時間を費やし、その為に神を欺き、その為だけに生きてきました」

「最大最後の、敵……？」

「そうです。今のこの姿でも、守護者を含めたあなた方を滅するのは容易いでしょう。ですが、それでは全く足りない。それでは到底相応しくない。あなた様を屠る私は、その程度であってはならないのです。私が完全なる神に至ったその時、私達の理想が完成するのです！」

　完全なる神に、俺にとって相応しい最後の敵になる？　要するにそれは、この世界でセルジュをも超えた最強の存在になるという事。どうしようもなく、手の付けられない存在になるという事。戦闘狂の為に……？

「私の最優先事項はアイリスを助ける事だから、ここで退いてくれるのは助かるかな～。ただ、ケルヴィンが納得しないでしょ？　私の時もそうだったし」

「……ああ。逃げるんなら、俺らの追撃を振り払え。これだけやっておいて、タダで帰す訳がないだろ」

　大鎌の先をクロメルに向け、魔力を集中させる。セルジュが攻撃を仕掛けた時から、周囲に結界と罠の魔法を仕掛けていた。そうやすやすとは逃がさない。

「いいえ、私はここから逃げませんし、動きません。退かなければならないのは、あなた方です」

クロメルの言葉の直後、この大聖堂を含む空間を覆っていた青空に亀裂が走った。比喩でも何でもなく、本当に空や壁に裂け目が出来ている。

「守護者、この空間を訪れる事ができると言っていましたが、貴女は聖域の外がどうなっているか、ご存じでしたか？」

「……知らない」

「クスクス。そうでしょうね。だって、一部の使徒にしか知り得ない事ですから。選定者に創造者――ああ、創造者はもう死んでいましたね。最後の最後に及ばないとは、何と哀れな事か。まあ、これは創造者の置き土産、その1つだとお考えください」

亀裂は既に全面にまで渡っている。1枚、また1枚と青空が剝がれ、その向こう側にあったものが正体をあらわにする。

「何、これ……？」

「巨大な船？　いや、戦艦……？」

現代日本では目にする事がないであろう、巨大な白の要塞。ここからでは、どんなサイズなのか把握する事ができないほどに巨大。俺達が立っていたこの場所は、この巨大な戦艦の甲板部分だった。

「戦艦は戦艦でも、これは飛行戦艦。空を飛ぶ神の方舟(はこぶね)とでも呼びましょうか。これより我々は地獄の天井を破壊し、天使が住まう神裁の島を目指します」

◇　◇　◇

——神の方舟・甲板

聖域が破壊され、外の世界とこの空間とが繋(つな)がった。もっと言えば、邪神の心臓の大空洞に直結してしまった。毒々しい瘴気(しょうき)やらが入ってくるかと思ったが、なぜか邪神の心臓全域が透き通った空気？　を醸し出しているような気がする。いや、実際に空気が綺麗(きれい)になっていた。理由は不明だが、環境を気にする必要はなくなったようだ。

しかし、俺らが最も気にするべき問題は解決していない。今も俺の足裏にあるこの白い飛行戦艦、高層ビルを横にしたようなデカブツだというのに、これが浮かび上がろうとしているのだ。戦艦の隙間から爆風が鳴動し、こうして甲板に立っているのもやっとの状態、気を抜けば吹き飛ばされそうになる。

「さて、この方舟の名は何と言いましたかね？　統率者、亡くなる前に創造者から伺っていましたか？」

『戦艦エルピスアルブム、確かそう言っていた筈ですな。我らが主よ』

唐突に、飛行戦艦からマイクで拡散させたような声が鳴り響いた。統率者、トリスタンの声だ。

「少し長くて言い辛いですね。許容範囲ではありますが、エルピスで良いでしょう。……ウフフ。あなた様、少し嬉しそうですね」

「……トリスタンには個人的な報復がまだだったからな。仲間に倒されるのは仕方ないが、やっぱり自分で片を付けたい気持ちもあったんでね。それで、トリスタンはこの船の中にいるのか？」

「ええ、おりますよ？　ですが先ほども申した通り、まだその時ではありません。甲板から自ら降りて頂くのが最も平和的に事が済む方法なのですが、ええ、妻である私は分かっておりますとも。あなた様は決して妥協しませんから」

「理解が早くて助かるなっ！」

如何に風が強かろうと、足場が安定していなかろうと、こんだけ的がでかけりゃ目を瞑ってでも攻撃が当たる。ましてや、狙う先は地面みたいなものだ。大鎌を少し振るえば触れる距離っ！

「ですから、あなた様の大風魔神鎌は最も警戒していました。これ、施している結界や対象の耐久性、相性を丸っきり無視してしまいますもの。ウフフ、程々にチートってやつですね」

「――っ!?」

「え？」

「あっ!?」

大鎌を振り下ろそうとしていた俺の腕が、クロメルの手によって摑まれていた。リュカほどの年齢しかなさそうな容姿の彼女に易々と攻撃を止められ、脆いガラス細工に触れるような仕草だというのに、大鎌は全く動こうとしない。今日ほど自分の非力さに嘆く日はなかっただろう。いや、それ以前にクロメルは祭壇の前から降下して、セラとアンジェに気付かれる事なくその間を通り、俺のところまで辿り着いて見せたのだ。パワーもスピードも規格外、クロメルの姿を目でさえ追えず、俺の渾身の一撃を涼しい顔で受け止められる。不味い事に、俺達はこいつと戦いになる域にまで達していないようだ。これが、正真正銘の神の力なのか。

「ああ、そんなに嬉しそうな顔をしないでください。思わずキスの1つもしてしまいそうです」

「「このっ――」」

「――ウフフ。焼餅も美味なものですが、今は私とお喋り中ですよ？　お引き取りを」

セラとアンジェが反転してクロメルに向かおうとした瞬間、戦艦一帯に吹き荒れるさっき以上の爆風。飛翔（フライ）や飛行能力で制御できるものではなく、クロメルに掴まれていなければ、俺も吹き飛ばされていただろう。

「このエルピスは動力源の莫大（ばくだい）な魔力を元に風力を巻き上げ、飛行する能力を備えています。これだけの巨体を飛ばすともなれば、その力はご覧の通りのものとなります」

少ししゃがめと腕を引っ張られた後、愛（いと）しい子供に言い聞かせるような優しい口調で、クロメルが俺の耳元で解説してくださった。しかし、実際にこの風は荒々しく力強い。

「わっと」

「くっ……！」

甲板に張りついている事もままならず、エレアリスを抱えるセルジュ、そしてセラが吹き飛ばされてしまった。この風の影響下から脱すれば立て直せるだろうが、吹き荒れる風に歯向かい、ここへと復帰するのは難しいだろう。

『セラ、他の奴（やつ）らを集めて安全な所まで脱出しろ！』

『でも――』

『俺が我慢している限り、クロメルに戦う気はないっ！　聖域が破壊された今、仲間の行方を心配する方が先決だ！　行けっ！』

『……分かった。ちゃんと生きて帰りなさいよっ！　でないと泣くわよっ！』

翼を使い風の吹く方へと飛ぶセラ。一方で、セルジュも天歩らしきスキルを使ってこの場から脱しようとしていた。

「ケルヴィーン！　悪いけど、これに乗じて私らはここを脱出させてもらうよー！　生きていたら、また会おう！」

セルジュの最優先事項はエレアリスを護る事だ。今のクロメルの力を見て、共闘するよりも混乱に乗じて脱出した方が、それを為せる可能性が高いと判断したか。

「危ない危ない。セラの血の力は怖いですからね。しかしこの風量であれば、セラの血が方舟に触れる事はありません。血はもちろん、肝心のセラも吹き飛ばされてしまいますもの。守護者の判断も妥当なところでしょう。私が近くにいれば、絶対福音も発動しないでしょうから。後は――」

――ヒュン！

クロメルの首元から、風を斬って鋭い音が鳴った。

「ええっ!?」

「ふぁふぉは、はぁんふぇふぁふぇふへ（後は、アンジェだけですね）」

そう、アンジェがクロメルの首目掛けてダガーナイフを振るったのだ。しかし、あろう事かナイフはクロメルの噛み付きによって止められ、その威力を失ってしまった。それどころか、歯と歯の間に挟まれた刃がミシミシと悲鳴を上げ、今にも粉砕されそうになっている。

「あっ……」

「ふう、流石に好んで食べたりはしませんよ。このナイフは創造者の遺作ですし、アンジェの大切な武器ですからね」

刃を歯で受け止めたクロメルが、アンジェに何をしたのかは認識できなかった。クナイやら暗器やらが飛び散った辺り、恐らくは超スピードによる攻防が繰り広げられていたんだとは思う。どちらにせよ、結果としてアンジェは気を失って沈んだ。そして、クロメルに首後ろのフードを掴まれ、ギリギリのところで吹き飛ばされないでいる。

「爆風を透過するまでは良かったんですけどね。アンジェはこれまで、自分よりも速い相手に出会った事がありませんでしたから、戸惑うのも無理はありません。察知されていれば『凶手の一撃』による効果もありませんし、頼みの綱である『遮断不可』も、元は私の力で分け与えたスキルです。返還して頂いても良いのですが……止めておきましょうか。アンジェはあなた様が転生した当初から、随分と役立ってくれていましたからね。のしを付けて差し上げます」

「お前……」

「さ、やっと2人きりですね、あなた様♪」

『残念ですが主よ、まだこの統率者もいますぞ？　それに、もう出発の時刻を疾うに過ぎて――』

「――承知していますとも。皆さんが好戦的過ぎて、予定にない児戯を少ししてしまっただけです」

トリスタンの横槍に、頬を膨らますクロメル。アンジェを撃退したかと思ったら、頭を撫でてほしいと強請る幼子の表情になったりと、一々仕草がメルと被る。

「あなた様、私もあなた様と一緒にいたい気持ちで一杯です。しかし、あと少し我慢すれば、私はもっと美味な敵へと昇華されます。だから今は、どうか我慢してくださいね。アハハ」

ブンと、クロメルがアンジェを放り投げた。意識のないアンジェは戦艦が放出する暴風に巻き込まれ、飛ばされてしまう。同時に、俺の大鎌を掴んでいたクロメルの手も放された。

「アンジェ！」

目一杯に体を飛翔させ、アンジェを追い掛ける。風神脚と飛翔を最大限に発揮させ、アンジェの体をキャッチ。ただ、もうクロメルのいる飛行戦艦には近付けそうになかった。

「地獄の天井を破り、本来あった筈だった第3の大陸を世界に戻し、神裁の島を顕現させる。私が真の神となった暁には、絶望する前に殺してあげますよ、あなた様」

◇　◇　◇

——邪神の心臓

白の方舟が天へと飛翔する中、アンジェを抱える俺はその風の余波を食らいながら退避を開始していた。まるで嵐が四方八方から迫るような圧迫感、飛翔（フライ）を維持するのも至難の業だ。アンジェは軽いからそれほど支障はないものの、やはり自分1人で飛ぶのとは勝手が違う。

「大回復（ライトヒール）、全晴（ベネディクションキュア）」

気絶したアンジェを目覚めさせる為（ため）に、回復魔法を詠唱する。

幸いクロメルから受けた傷は浅かったようで、アンジェは直（す）ぐに声を発してくれた。

「ん、んん……」

——ヒュッ！

後は反射的に首に来るであろうダガーナイフを防ぐ。暗殺者時代の名残はなかなかに根深いようで、意図せず意識を手放した後に、すかさず首を取れるよう体にインプットさせているのである。全くもって難儀なもので、これではアンジェは普通の女の子に戻れそうにない。いや、戻られても困るから俺が責任を取っているのだが。

しかし、相変わらず鋭いナイフ捌（さば）きだ。首に攻撃が来ると事前に分かってなければ、今の俺のレベルでは受けてしまうだろう。この速度で攻撃を繰り出すアンジェを、クロメルの奴は打ち負かしたんだよな……

「あれ、ケルヴィン？　私、確か……」

「こんな暴風の中で起こして悪いな。アンジェはクロメルに攻撃を仕掛けた後に、逆に気絶させられてしまったんだ。覚えているか？」

「……うん。スピードだけは負けないと思っていたのに、格好悪いなぁ、私。でも、ケルヴィンが無事で良かったよ」

「実際、アンジェに助けられたようなもんだ。ありがとな」

良い雰囲気でアンジェの頭を撫でようとしたが、間の悪い風によってぐしゃぐしゃと盛大に荒くなってしまった。おのれ、クロメル。

「あはは、大丈夫大丈夫。むしろ元気が出てきたよ！　それじゃ、ちょっと席を替わろうか、ケルヴィン君！」

「え？……おおっと!?」

そう言うと、抱えていた筈のアンジェが縄抜けの如く（ごと）スッといなくなり、次の瞬間には逆に俺が抱えられてしまっていた。何という早業か。

「私が天歩を使って走った方が、安定して早く到着すると思うよ？　結界もなくなったんだし、ケルヴィン君は念話で集合をかけなよ。あ、風神脚（ソニックアクセラレート）を付与してくれる？」

お姉さんに任せなさい！　とばかりに、アンジェは気合いが入っている。うん、ステータス上の筋力や敏捷はアンジェの方が数段上だし、これが最適の形なんだろう。だけどさ、一言申し上げたい。

「お姫様抱っこは、ちょっと……」

「これが一番安定するんだもん。それに誰も見てないよ。さ、飛ばすよー！」

「あ、おい、ちょっと待て。風除けの結界がまだ――」

覚悟を決める暇などある筈もなく、俺はこの日、敏捷値１０００超えの世界を体験した。

◇　◇　◇

アンジェが駆ける、飛ぶ、跳ねる。その全てが風を避け、最短ルートを辿る為の最適化された動きであるのは分かっている。お姫様抱っこによる羞恥心など既に俺にはなく、今や遠目に大空洞を眺める余裕だってあった。いや、違うな。遠くを眺めていないと現実に引き戻され、コレットの二の舞になってしまいそうだったからだ。それほどに速く、それほどに悪天候。俺もまだまだだという事が分かうっぷ……

しかし、大空洞を一望した事で理解した事もある。邪神の心臓と呼ばれていた悪しき地が、見違えるように緑いっぱいの空間へと変貌していたのだ。この暴風のお蔭で咲き乱れる花々が散り、ここまで舞い上がっている光景は実に幻想的だ。所々にダハクが使っていた、凶暴な植物達の強化版らしきものもいる。もしやと思い念話を飛ばしてみると、案の定ダハクが帰って来ていた。

土竜王へと無事に進化したダハクは、シュトラ達と合流してトリスタンを撃退。その後に大空洞全域を大改造しちゃったらしい。植林とか、最早そういうレベルじゃない。禁断の地はその名残を一切残す事なく、記念公園のような美しい様に至ってしまったと。必然的に、毒の瘴気がなくなったのもダハクが原因だ。悪環境をこうも簡単に再構成する辺り、ダハクも馬鹿げた力を手にしたんだろう。ダハクがいる限り、この世界は自然破壊とかと無縁になりそうだ。

『大空洞を出て、北西方向だから……あそこかな？』

他の皆とは大空洞の外で集合する手筈となっている。シュトラやダハクといった竜とヌイグルミチームは、大空洞の丁度上空にいたらしいが、あの戦艦が出現した事で避難を開始。途中、セラやリオンといった聖域から脱出したメンバーを発見して、共に大空洞を抜けていた。

大空洞の外側で這い上がって来るモンスターを倒していた西側の刀哉達、北側のナグア達は大空洞が緑化する事で、その仕事に一区切りをつけていた。モンスターが這い上がろうとする前に、ダハクの肉食植物達が餌にしてしまうからな。これも当然の帰結といえるだろう。それでも一応の警戒は、戦艦が現れるまで続けていたらしい。

これら全チームの位置関係を考慮して、集合場所は中間に当たる大空洞の外側、その北西となった。アンジェはそこに向かって疾走中、という訳だ。

『ああ、あそこに皆いる。そのまま進んで——いや、その前に降ろしてもらってもいい？』

『うーん、どうしようかなー？　私はこのままでも構わないよー？』

アンジェはニヤニヤと悪戯心いっぱいな様子で、一応は考える仕草をしている。そして、見え透いている。

『……望みはなんだい？』

『後で首筋を思う存分触らせて♪』

……ニッチだなぁ。

アンジェのお願いを承諾し、抱っこ状態を解除してもらう。ここまで来れば戦艦から放たれる風の影響も弱く、俺単独でも安全に飛ぶ事ができる。何よりも、刀哉やナグアにあの姿を見せたくない。絶対に！

目的地である北西部に辿り着くと、そこには俺とアンジェを抜かした全員が揃っていた。皆に迎え入れられながら、地面に足をつける。

「ケルにい、ごめん！　念話が繋がらないから不安で、それで助けに行くつもりだったんだけど、だけど間に合わなかったみたいで……」

「申し訳ありません。あの場所だけ私の秘術による力がなぜか及ばず、気が付けば聖域が崩壊し始めまして……」

「お母さんに会えなかった……」

「ケルヴィンさん、あの白いの何なんですか！　まさか、あそこに母さんがいるとか!?」

「……頼むから1人ずつ喋ってくれ」

到着するなり、リオンに泣かれるわコレットに謝られるわシルヴィアが落ち込むわエマに質問攻めにされるわと忙しい。1人1人順番に対応して落ち着かせる。

「兄貴、ご無沙汰です。念話で1度お話ししましたが、このダハク、見事土竜王になったッスよ！」

「『漸く』が抜けている。ドベである事には変わりない」

「あんだとチビ助！」

「あ、あう、喧嘩は良くない……」

久しぶりに3体揃った竜ズは、竜王になっても変わらないな。竜の姿だと違いが一目瞭然なんだが、人の姿だとそれも大して変わらないし――

「――ケルヴィンさん、ご苦労様です。怪我はありませんか？」

「……お前、誰だ？」

「えっ？　シュ、シュトラですよ。忘れてしまったんですか？」

いや、普通驚くだろ。今まで幼女姿でアレックスと一緒になって蝶々を追い掛けていたのに、急に元のお姫様モードになるとかビックリするわ。というか、そうなったんなら事前に念話で教えてほしい。

「ん？　という事は、記憶が戻ったのか？」

「その辺りは後で詳しく……今はエフィルお姉、エフィルさんに顔を見せてあげてください」

「……ああ、そうだな」

シュトラに道を通され、奥のエフィルの下を訪れる。エフィルはベッドの代わりとなったクロトに寝かされていた。両脇にはセラとジェラールが、見守るように控えている。すやすやと眠っているものの、エフィルの顔色はやや悪い。起こさぬよう、静かにエフィルの手を握ってやる。

「容体はどうだ？」

「コレットと教皇殿の頑張りで、何とか峠は越えたようじゃ」

「それでも、暫くはベッドで寝る状態が続くらしいわ。仕事なんて以ての外、絶対安静ね！」

「そうか……」

無事とはとても言えないが、エフィルの命が助かった事に感謝する。ただ、俺に圧し掛かったもう片方の重荷は、未だ取れる兆しが見られない。召喚を解除して魔力体となったメルフィーナから、あれから返答が一切ないのだ。

　俺達が地上で見守る中、白の戦艦はぐんぐんと高度を上げていた。それでもその巨体から発せられる雄大さは健在で、大分離れていることからでも、ハッキリとその姿を確認する事ができた。改めて目にすると、あの戦艦の異様さが尚更際立つ。最早ゴーレムどころの代物ではない。あの圧倒的な風力を引き起こして巨体を浮かす動力は、一体どこから引っ張っているというのか？　あれもまた、クロメルの魔力なのだろうか？

　エフィルの手を握りながらそんな事を考えていると、その戦艦に向かって炎弾や光弾といった、所謂攻撃らしきものが何処からともなく現れ、多数飛来して行くのを目にする。それも一定方向からではなく、四方八方のあらゆる方向から飛んで来ているのだ。色彩豊か、色とりどりの魔法と言えば聞こえは良いが、そのどれもが強力な威力を保持していた。

「あれ、どこからの攻撃だ？　明らかに戦艦を落とそうとしているよな？」

「邪神の心臓、その周囲を治める悪魔の有力者達じゃないかしら？　あれだけ白くて目立つ船が飛んでいれば、嫌でも目にしちゃうもの。領土の近くの空に不審な物体が飛んでいれば、攻撃的な悪魔なら撃墜しようとするのが普通よ。奈落の地は戦国時代真っただ中みたいだし、父上が復活した今は色々と苛立っているんでしょ」

「ケルにい、僕達も便乗して攻撃してみる？」

「……いや、止めておこう。ここからじゃ距離があり過ぎる。それに、あれを見てみろ」

攻撃を受けている戦艦を指差し、確認を促す。幾百幾千にも及びそうな大量の魔法砲撃に対し、戦艦側は特に何もする様子はない。しかし、放たれた攻撃は戦艦に近づくにつれ、その勢いを急激に落としていき、最後には攻撃が届く事なく消えてしまっていた。いくら物量で飽和攻撃しようとも、いくら全方位から面で攻め立てようとも、結果はどれも同じに終わった。

俺やアンジェを手間取らせた、戦艦から噴出するあの風だ。戦艦は今も強力な風を全面に展開していて、宛らそれらがシールドのように働き、外界からの攻撃を悉くシャットアウトしているんだ。たとえ俺らがこの場所から魔法で攻撃しても、あの戦艦に損害を与えるには至らないだろう。

中には自ら空に舞い上がり、戦艦へ直接攻撃を仕掛けようとするモンスターもいた。変貌する前の大空洞にいた、巨大ムカデである。ダハクの支配領域から逃れる為に、大空洞から飛んで来たんだろうか？　兎も角、そのムカデは戦艦に襲い掛かろうと飛翔していた。

「あー、遠くから見ると悲惨だな……」

「戦っている時は気にならないけれど、言ってしまえばおっきなムカデだもんね……」

ムカデのモンスターは風に薙ぎ払われて吹っ飛び、後方から迫る魔法の餌食になってしまった。ムカデの体が燃えたり切り刻まれたり凍結したり。部位毎に異なる種類のダメージを負って、そのまま絶命したようだ。あれでもS級下位くらいの強さだったと思うんだけど、数の暴力には逆らえなかったようである。あと、映像的によろしくない。

「攻撃や接近、そのどちらをするにしても、あの風をどうにかしないと駄目みたいだな」

「ん、でもあの船、攻撃されても何もしないね」

「攻撃手段がないとか？」

シルヴィアとエマが尤もな意見を交わしているが、あのジルドラが丸腰の船を作るとは思えない。あの戦艦が今何もしないのは、それらが取るに足らない事だから、なんだと思う。迎撃や結界を施すまでもなく、あの戦艦はただ飛ぶ為に放出している風だけで、外からの攻撃と侵入を防いでしまう。ならば、相手をする必要などない。クロメルの心境はそんな感じではないだろうか。迎撃するにしたって、奴なら鼻歌交じりに片腕を振るうだけで済ましてしまうだろう。俺達に見せたクロメルの力の一端は、それほどまでに脅威であり、圧倒的だった。

……あと、奴はこうも言っていたな。地獄の天井を破る、何とかの島を顕現させる、だったか？　離れ際に言った台詞なのだが、風の爆音とアンジェを助けるのに必死だったのもあって、よく聞こえなかったんだよな……ただクロメルは今、その目的を達成する為に動いている。整理しよう。地獄とは、詰まりは奈落の地(アビスランド)の事。ならば、天井とは……？

「……セラ。奈落の地(アビスランド)って変な色の空だし、端まで歩けば血の海があるらしいけどさ、一応は地下にあるんだよな？　空を飛ぶにしたって、どこかで天井に行き着いたりするもんなのか？」

「え？　あ、うん。その領土の支配者によって空は天気や色彩が変わるけど、ただ1つだけ変わらない事があるって知ってる？」

「それが高さ？」

「正解！　場所に左右されず、ある高さを境に空は壁で塞がれてしまうの。空の景色としてはまだ先があるのに、まるで硝子(ガラス)に道を塞がれるみたいに一面壁になるんですって。大昔に飛ぶのが得意などこかの大悪魔が調べて、そう記録した書物を読んだ事があるわ！　ちなみに血の海はどこまで進んでも同じ場所に戻されるみたいで、歴史上海を渡った悪魔はいないわね。私なんて見た事さえないし」

フフンと胸を張るセラ。その大悪魔が事実を記したのかは不明だ。だけど、それが真実だったとすれば、クロメルはその壁を破壊しようとしているのか？　戦艦は未だ上昇を続けている。

「それについては、私からお話し致しましょう」

ふと、空から声がした。臨戦態勢、エフィルのケアを続けるクロト以外の全員が、一斉に声がした方向を向き、得物を構え出した。

「やっほー、さっきぶりだねー！　ほら、アイリスも！」

「え、ええと……さ、さっきぶりですねー」

空には天歩で宙に足場を作って停滞する先代勇者、セルジュ・フロアと、そんな彼女に抱えられたエレアリスの姿があった。もっと言えば、満面の笑みを浮かべながら、友人に声を掛けるかの如く気さくな雰囲気のセルジュと、そんな彼女を真似するかの如く、ぎこちない笑顔を作るエレアリスの姿があった。両者とも何のアピールなのか、頻りに手を振っている。

「「「「……」」」」

そして、我々は反応に困ってしまう。

「駄目じゃないですか、やっぱり……ああ、恥ずかしい。第一声が台無し……」

「そんな事ないよー。急な登場だったから皆驚いているだけだよー、きっと」

いや、君らさ、再登場するにしても軽過ぎるし早過ぎじゃない？

「え、えっと……あ、フーちゃんだ！　さっきぶりー！」

「ほら、ほら！　心優しいリオンは返事をしてくれたよっ！」

「うう、その優しさが辛いのです……」

ん、んん？　エレアリスのキャラが、ちょっとおかしいような？　赤面して両手で顔を覆っているし……

「やあやあ、セルジュじゃないか！　やっぱり僕の事が忘れられないんだね！　何か妹がいる気がするけど、僕は優先順位に従ってセルジュを優先するよ！」

「ふ、私は来ると知っていたよ、レディ。しかし、こんなに急いで来られるとは、やや予想が外れたとも言えますかな？　その身が成熟する前に、私に会いに来てくれるとはね！」

「……やはり、素敵だ」

「あ、ええ……その、だな。セルジュ、君に伝えたい事が――」

「――母さん!?　母さんよね！　シルヴィア、母さんがいるわ！」

「ん、お母、さん……」

「げ、ちょ――」

俺が言葉を口にする前に、古の勇者さん方やシルヴィアとエマが飛び出してしまった。

それを目にしたセルジュはエレアリスを抱えたまま逃走。体力が尽きるまで行われる全力の鬼ごっこ、ここに開催。

◇　◇　◇

真面目な雰囲気を打ち壊しての勇者対勇者の追い掛けっこが開催されてしまったが、クロメルの戦艦は今も変わらず上昇を続けている。もう、それまで戦艦に群がろうとしていたモンスター達の姿もない。外部からの魔法砲撃に撃墜されてしまったのが結構いたからな。しかし、それよりも戦艦が彼らの限界高度以上にまで達してしまったのが最大の理由だ。悪魔の有力者達も攻撃が全く効かないと悟ったのか、いつからかパッタリと戦艦への砲撃も止んでしまった。今はただ、戦艦が悠々と上昇を続けるのみである。

「……地獄の天井。そんなものを破壊して、一体何になる？」

「それについては、私からお話し致しましょう。神でなくなった私であれば、義体による束縛もなく大体の事は説明できるでしょうから」

どこかで1度聞いた台詞を耳にする。振り返ったそこには、シルヴィアとエマに抱きつかれたエレアリスがいた。

「……どういう状況？」

「少しでも軽くする為にと、セルジュに置いて行かれまして……あう、苦しい……」

「ん、お母さんがいなくならないように、しっかり捕まえている」

「うぅ……母さん、母さん……！」

2人にホールドされたエレアリスはやや苦しそうな表情を浮かべるも、何とか耐えて銀と赤の髪を優しく撫で上げていた。やはり2人の母代わりだったシスター・エレンは彼女だったのか？　というより、この前転生神様について俺はまだ理解していない。アイリスなのかエレアリスなのか、その辺をハッキリしてほしい。

「あー……まずはアンタとシルヴィア達の関係と、アイリスかエレアリスなのか教えてくれ。状況が変化し過ぎて混乱気味なんだ」

「良いでしょう。私に答えふっ……答えられる事なら、何でもうふっ……」

「シルヴィア、エマ。少しだけお母さんに加える抱きつく力を弱めてくれないか？」

「……？　お母さん、これできついの？　前ならこれくらい余裕そうだったのに？」

「母さん、やっぱり不治の病だったの!?　それでステータスが低下して、弱体化して!?」

話が一向に進みそうにないので、２人の口に無音風壁（サイレントウィスパー）を仕掛ける。今君らのお母さんが諸々（もろもろ）を説明してくれるから、大人しくしなさい。あと、メルフィーナと同様にクロメルに力を吸われているだろうから、腕の力も程々にしなさい。そろそろお母さんがダメージ負うぞ。

「ありがとうございます。危うく死んでしまうところでした……」

「貴重な情報提供者に、こんな事で死んでもらったら笑うに笑えねぇよ。それで？」

「ええ、まず私とシルヴィア、エマとの関係ですが……私がシスター・エレン、孤児院を設立した育ての親で間違いありません。尤も、性格や仕草はアイリスを演じていた時のものではありましたが」

「まあ、その辺は予想していた通りだな。ただ、そのアイリスやらエレアリスやらがごっちゃになっているのはどういう事だ？」

「そうですね、どこからお話しすれば良いものか……私のこの体は私（エレアリス）の魂を転生させ、アイリスの姿を模して造られたものです。ですから肉体的にはアイリスのものに、精神的にはエレアリスになっているとお考えください」

分かったような、分からないような……本当はエレアリスが転生したんだけれども、クロメルが転生術で色々と記憶を弄（いじ）って自分がアイリスだと思い込ませていたって事か？

……となると、クロメルも転生術が使えるって事なのか。厄介な。

「私が使徒として行動を始めたのは、もう随分と昔の事です。表向きは私（エレアリス）の復活を目論（もくろ）む代行者として。実際には黒いメルフィーナ、クロメルがこの世界の神となる手段として。ですが、その全ての時間を代行者のアイリスとして過ごした訳ではないのです。アイリスは神云々（うんぬん）の話を抜きにすれば、本当に心優しい聖女でしたからね。彼女を演じる事となった私は、無意識のうちに彼女がそうするであろう行動を取るようになったんだと思います。使徒としての活動のない、ほんの僅かな空き時間に……」

「ん」

「……母さん？」

む、やはりシルヴィア相手だと魔法の効果が薄いな。もう無音風壁（サイレントウィスパー）が解除されてしまっている。俺がそう認識すると同時に、再びエレアリスが2人の頭を撫でた。

「それがシスター・エレンとして、お前が孤児院を立ち上げた理由なのか？」

「恐らく、という回答になってしまいますが。少なくとも私とアイリスは、この子達を見捨てる事ができませんでした。温かな愛情をもって育て、我が子同然として接する。どちらの私がそうさせたのかは分かりませんが、そうしたかったのです。この子達は本当に素直に育ってくれて、歪んだ存在である私には過ぎるくらいに立派になりました。孤児院の子達に会えた事だけは、クロメルに感謝しなければなりません」

「将軍になったよ」

「副官になりました」

「う、うん……そうだな」

自慢げに言うシルヴィアとエマのテンションが、いつもと違う気がする。この子ら、エレアリスと会ってから精神レベル落ちてないかい？　完全に母親に甘える子供モードだ。

「母さん、何で手紙だけ渡していなくなったんですか？　私達、とても心配したんですよ？」

「将軍の仕事を辞めて、大陸中を飛び回った。友達も悲しませてしまった……」

「え、ええと、使徒としてのアイリスが覚醒し始めたと言いますか、お別れを言う暇もなかったと言いますか……す、すみません！　言葉足らずでした！」

その結果があの手紙だった訳だ。エレアリスとしては探させないように出したものだったが、読んだ方からすれば探せと言っているような内容のアレだ。今の釈明もそうだが、どうやら先代の神様は説明するのが下手らしい。そもそも、使徒とかを深く知らないシルヴィア達にそんな説明したって分かる筈がない。

「つまりだ、シルヴィア達の母さんはあの船に乗っている悪い神様に操られていたんだ。こんな場所に来ちゃったのも操られていたから、以上！」

「え、ええっ？　そんな適当な……」

「何それ、母さんが可哀想！」

「ん、討伐案件。あの船落とそう」

「……」

今のシルヴィア達なら、これくらいの雑な説明で十分なのである。彼女達が欲しいのは大雑把でも何でも良い、分かりやすく明確な理由なんだ。

「取り敢えず、アンタがエレアリスだって事は分かったよ。あー……紛らわしいからエレンで良いか？」

「あ、はい。構いませんよ。この子達と生活していた頃は、そう呼ばれる事の方が多かったですし」

「それじゃあ、エレン。次の質問なんだが――」

──ズゥン！

俺の言葉が突如鳴り響いた轟音に掻き消される。音の発生源は遥か真上、クロメルの戦艦からだった。

「……船が天井に行き着いたようですね」

「最初の質問に戻るけどさ、奈落の地は地下世界なんだろ？　天井が破壊されたら危険じゃないのか？」

「いえ、悪魔の世界に直接的な被害はありませんよ。元々奈落の地はこの世界の大陸の1つ。神と邪神が争った遥か太古の神話時代に、この地は邪神を封印する大地として、邪神に与した者達と共に封印を施された場所なのです。天井の破壊とは詰まり、封印の破壊。クロメルはこの大陸を、再び現世の世界に呼び出そうとしているのです」

◇　◇　◇

この世界が誕生したばかりの頃、世界には3つの大陸があった。現在にも知られている東大陸と西大陸、その2つに加えて三角形の頂点を成すような位置に、言わば北大陸と呼べるであろう巨大な大陸が存在していたのだ。

だが、そのような大陸がある事など現代のどの国々にも発見記録がなく、物語の中にでさえ存在していない。長い歴史の中で新たな大地、新たな発見を求めて大海を渡った者が大勢いたというのに、だ。しかし、それは仕方のない事だった。仮に北大陸があった場所をその者らの船が偶然に通ったとしても、太古の神々が施した大結界によって認識できず、空間を歪められて素通りしてしまっていたのだから。

神々の大結界は北大陸を丸ごと囲うように付与されており、空は勿論の事、海の底までもが範囲内となっている。外からは存在を隠匿するありとあらゆる効果が発揮され、先に記述したように空間にまで作用する。どのような力を使用しようと結界の外界から北大陸を探し出すのは不可能であり、それがこの世界の歴史から北大陸が幻となってしまった原因だった。

ならば内部から結界を素通りできるかと問われれば、これもまた不可能であると答えるしかない。外界から隔離された北大陸の周りを覆う海は、青から赤へとその色を変え、まるで血であるかのように粘性が高く不透明。この血の海を泳ぐのは至難の業であり、更には年中天候が荒く、嵐が止まない特殊な気候となっている為に船を出す事もできない。仮に無理矢理に泳ぎ渡ったとしても、外界と同様に空間を捻じ曲げられていつの間にか元の場所へと戻ってしまう。

最後の手段となるは、一見空にしか見えないこの蒼天。大陸の場所によって天候から色合いまで様変わりしてしまう特性だけを見るならば、飛行能力を持つ者であれば突破が可能そうにも思える。だがやはりと言うべきか、この結界はそう甘いものではなかった。結界は飛行能力を有していようと届かぬであろう高度にまで伸びており、そこに壁があると確認するだけでも馬鹿げた距離を上昇しなければならないのだ。かつてとある悪魔がこの壁、世界の天井を確認したが、破壊するまでには至らなかった。神が形成した結界を破壊するには、神と同等以上の力をぶつけるしかないのだ。

　これらの事から結界を越えて外界に出る事は叶わず、閉ざされた北大陸に住む者達はこの世界が地の底にあると信じ、いつしかこの地を奈落の地と呼ぶようになった。但し、神々はこの地と外界の世界を繋ぐ唯一の道を残した。それが西大陸ファーニス領の『煉獄炎口』と北大陸東端の『無限毒砂』、東大陸トラージ領の『天獄飛泉』と北大陸西端の『暗黒牢』である。奈落の地にて悪魔の魔王が誕生した際、古の勇者達はこの道を通り、竜王の試練を乗り越えたとされている。

　では、なぜ北大陸はこのような形で封印されてしまったのか？　それを語るには神代とされる時代にまで遡る。原始の昔、この世界は神々と堕天した邪神との戦争、その決戦の場となり、この世界の者達も多く参戦していたという。長きに亘って続けられた戦いは神々の勝利という形で終息したが、神々は強大な力を持つ邪神を倒せはしても、その存在を消滅させ切る事ができなかった。

　そこで代案として実行されたのがこの大掛かりな封印術式、邪神を封印した禁忌の地を中心に、北大陸を丸ごと呑み込んだ結界だった。範囲を限定させた朦朧たる第1の結界を、今でいうところの邪神の心臓に。次いで範囲を拡大させた第2の広範囲結界を、北大陸全体に施した訳だ。第2の結界は邪神を封印する為というよりは、邪神に与したこの世界の者達に対する牢獄的な意味合いが強いという。

神々の戦争には様々な種族が参戦した。人型であったり、獣であったり、虫であったり――それは邪神側に与した者達も同様で、結界という牢獄によって北大陸の中のみで生きる事を余儀なくされる。神々は北大陸に住まう者達を『悪魔』であると一括りにし、姿形は違えど種族を強制的に統一させた。彼らは悪魔の始祖となったのだ。

中には運悪く元から北大陸に住んでいた吸血鬼などの種族もいて、例外的に種族こそは固有のものを保ったものの、悪魔と同じく牢獄に囚われてしまった者達も稀にいるとされている。他には進化を重ねて独自の種族を勝ち取った者もいたようだが、そういった者達は魔王となる事が殆どだった。

悪魔が魔王になりやすい傾向にあるのには理由がある。この閉ざされた北大陸という環境は、悪意が芽生えやすくできているのだ。支配者によってガラリと変わってしまう気候と土地、それらは悪魔同士の争いの火種となり、憎しみの連鎖を生み出していく。神々はこういった北大陸の環境をそうなるようにと意図的に生み出し、魔王の素質がある者をランダムに決定する『黒の書』の候補を絞ろうと画策した。神々の思惑は大体がその通りとなり、歴代の魔王の大半は悪魔から生み出される事となったのだ。

黒の書によって魔王が生まれれば、地上ではデラミスの巫女（みこ）によって勇者が召喚される。勇者は魔王を倒し、邪神に負の力が向かうのを止め、復活を防ぐ。この辺りは以前にベルと話した通り。これが神々が作ったこの世界のシステム。魔王となってしまった者を最小の犠牲として、最大の平和を保たせた世界の構造。見方を変えれば、邪神に味方して神々を裏切った悪魔達を糧にしているとも言えるかもしれない。

――エレアリスの説明を纏（まと）めれば、こんなところだろうか。

「ある理由からクロメルは、この世界のシステムをとても嫌っています。自ら奈落の地（アビスランド）に施された結界を破壊する事でこのルールを壊し、新たな世界を創造しようとするほどに」

「……それは可能なのか？　説明の中にもあったと思うが、神々が作った結界は同等以上の力でないと打ち破れないんだろう？　クロメルはまだ完全に力を手にしていないような口振りだったぞ」

「転生術の力に限ってはそうでしょうが、それ以外に関しては神と何ら変わりない力を、クロメルはこの現世にて得てしまいました。本来であれば、あのような神の力は現世に持ち込む事ができません。しかし、彼女は神であった私の魂を代行者（アイリス）として転生させ、神であった私の肉体を義体（メル）として送り込む事で、不可能を可能としてしまったのです」

――ズドガァーン！

さっき以上に騒然とした轟音が上空を支配する。見れば、あの白い戦艦が天井を突き破ろうと強引にぶつかっていた。クロメルが力を働かせているのか、取り巻く嵐の壁が更に荒々しくなっている。

「今の彼女の力を以てすれば、結界を破壊するのも時間の問題でしょう。普通、ここまでの異常な力が働けば神も動き出すものなのですが……ケルヴィン、メルフィーナから何か返答はありましたか？」

「いや、今のところは何も……」

エレアリスは俺が何と答えるのかを予め分かっていたように目を瞑り、首を横に振ってみせた。

「この世界を統括するのは転生神です。そして、当代の転生神であるメルフィーナは完全には吸収されず、瀕死の状態ながらも助かりはしましたが、それはケルヴィンの魔力体となる事で首の皮一枚繋がっているようなもの……いえ、もしかすれば、危なくなればケルヴィンがメルフィーナを魔力体に戻すと、クロメルは予想していたのかもしれません。義体から本体に戻る事自体は容易な事。ですが、聖槍で貫かれた状態では魂が固定されて抜け出せず、魔力体となって生き長らえたとしても、本体に戻るには1度ケルヴィンに召喚される必要があります。聖槍を奪われ、神としての力が薄くなり、ステータスの全てが弱体化されたメルフィーナを手負いの状態で召喚してしまったら……正直、彼女がどうなるかは私にも予想がつきません。迂闊（うかつ）にメルフィーナを召喚する事は、止（よ）した方が良いかと」

「……」

――ガァ――――ン！

船が衝突を繰り返す光景を眺めながら、メルを想（おも）う。この日、世界に第3の大陸が舞い戻り、多くの者に巨大な白の船が目撃される事となった。

白の戦艦が奈落（アビスランド）の地の結界を破壊したあの日から、5日間が経過した。この数日は本当に目まぐるしく国中が、いや、各大陸中が忙殺の日々を送る事となった。

神々の結界が破壊され、地上には奈落（アビスランド）の地が丸ごと出現。裏話を知らない世間にとっては、新たな大陸の発見だ。これだけでも世界を揺るがす大事件なのだが、それに加えて見た事もない馬鹿デカい飛空艇が空を飛んでるときたものだ。普通じゃ届かない雲の上の高度を飛んでいるとはいえ、あれだけのものが人目に付かない筈（はず）がないもんな。更に、西大陸でもとんでもない出来事が起こっていた。最大国家たるリゼア帝国の首都が、一夜にして陥落したというのだ。

「――奈落の地改め北大陸が地上に出現してから、世界の情勢は激変しました。北大陸はグスタフ王をはじめとしたグレルバレルカ帝国配下の勢力が各地の安定に努め、東大陸でも4大国のトップが中心となって統制を行っています。ただ、最大勢力であるリゼア帝国が混乱の中にある西大陸では、以前にも増して紛争が起きるようになりました。火の粉は中立国や同盟国にまで及ぶ場合もあり、正に過去の東大陸にあった大戦時代宛らの状況です。我ら4大国が仲介役となるのが最善ではあるのですが、方舟より投下される天使の存在により、他大陸まで手が回らないのが現状ですね……」

「我らグレルバレルカが手を貸そう。……と言いたいのは山々なのだが、こちらも状況は似たようなものだ。ましてや、我らはこのような姿であるからな。いくら悪魔の情報を流布しようと、なかなか受け入れられるものではあるまい」

5日が経った今、俺達は1度東大陸へと戻り対策を打ち立てていた。この日、俺がいたのはトライセン本城の中央区、いつだかセラが攻め入った重要施設の中だ。ここに設置された水晶で各国と連絡を取り合い、状況を確認しているのである。俺の昇格式の時、ツバキ様や獣王が使っていたあの水晶と同じものらしい。今は大人シュトラと義父さんが通信中だ。

「それについては時間を掛けていくしかないでしょう。意識の改革は根気がいるものですからね……では、また何かありましたら」

「うむ。トライセンの姫よ、お主もあまり無理をしない事だ」

「お気遣い、痛み入ります」

「義父さんも無理しないでくださいよ？　今倒れられたら、その下に控えるビクトールの奴が死ぬ思いをするんですから」

「五月蠅いわ、愚息！　貴様に言われんでも、セラとベルが悲しむ事はしないわっ！　それよりも、次はいつこちらに来るのだ？　いや、貴様ではなくセラだけでも良いぞ？」

「まだ離れて1週間も経ってないじゃないですか……え、水晶の魔力が切れそう？　すみません、義父さん。もう時間みたいです。お元気で～」

「貴様、愚息っ！　まだ話は終わって――」

トライセンとグレルバレルカの魔王城を繋いでいた回線をぶちり。不幸にも水晶の魔力が切れてしまい、義父さんの声が途切れる。全く、良いタイミングで切れるものだ。不思議だなー。

「ケルヴィンさん、あまり意地悪するのは可哀想だと思いますよ？」

シュトラが少しおかしそうな顔をして、俺に注意してくる。そんな顔をされたら反省できないな。

「いや、あの悪魔はこのくらいの距離感じゃないと身が持たないんだよ……隙あらば実家に帰って来させようとするからな。それに、シュトラだってそれは意地悪だろ？　今じゃお兄ちゃん呼びに慣れちゃって、他人行儀で話されると違和感しかないよ」

「ええと……やはり、この姿では少し恥ずかしいのもありまして……」

さて、気になっていたシュトラの記憶についてだが、やはり彼女の記憶は戻っていた。以前から少しずつ記憶を取り戻していたらしく、先日、邪神の心臓でトリスタンと会った事で完全に記憶を取り戻したそうだ。ただ、ここで彼女の固有スキル『完全記憶』による弊害、と言っていいのかは分からないが、それによるイレギュラーも発生していた。

「うん！　この姿ならちゃんと言えるよ、ケルヴィンお兄ちゃん！」

「……うん。ああ言っておいて何だが、逆にお兄ちゃんはどう接すればいいのか困っちゃうけどな」

シュトラは確かに記憶を取り戻し、元の頭脳明晰(めいせき)完全無欠のお姫様に戻った。正確には、少しばかり角が取れて印象が柔らかくなった感じもするが、兎(と)に角(かく)記憶は戻った。だが、それは俺達と共に過ごしたシュトラが消える事とはイコールにならなかったんだ。

シュトラの完全記憶は、屋敷で過ごし、俺達と旅をした幼いシュトラの人格を消さずに残していた。今では変えた姿寄りの人格になってしまうらしく、大人と子供が混同した状態になっているらしい。2つの人格は記憶を共有し、どちらも正しくシュトラだ。大人の姿でも稀にお兄ちゃん呼びをしてくる時もあるし、その時はすぐに訂正するが顔は真っ赤になる。ああ、もう可愛(かわい)ければそれで良いんじゃないか？　と、俺は深く考えず納得する事にした。少なくともジェラールは大人シュトラを仮孫認定していたし、リオンやリュカとも問題なく接している。賢人に進化して、これ以上容姿が変わる事もない。うん、子供も大人も高々10歳程度の差だ。大して変わらん変わらん。

「ケルヴィンお兄ちゃん。今、何かおざなりな思考にならなかった？　適当に流さなかった？」

「ちゃんと考えているし流してもいないぞ。何を言うのかなぁ、シュトラは？　ハッハッハ……」

　逆に、こんな感じで幼いシュトラの時も思考がやけに鋭くなってしまったのは考えものだ。

「おう、邪魔するぜ！……何でまたチビになってんだ、シュトラ？」

「あ、アズグラッドお兄様」

　おっと、トライセン国王様がいらっしゃった。馬子にも衣装とはよく言ったもので、あの戦馬鹿だったアズグラッドが、今ではそれなりに威厳を感じる雰囲気になっている。ほぼ服装のお蔭（かげ）だろうけどな。

「今はこっちの気分なんだもん！　仕事の処理速度は変わらないから、問題ないでしょ？」

「お前が問題なくとも、周りの奴らが遅くなるんだよ。特にダンなんて、目頭を押さえ出す始末だからな。女子供もキャーキャー言い出すしよ」

「それって大人のシュトラも同じじゃないか？　あっちはあっちで兵士達の憧れの的って感じだぞ？　士気だけ見ればすげぇ高まっているみたいだけどさ」

「……男の悲しい性だな、それは」

突発的な妹談議を始める俺達。アズグラッドが俺やガウンの同志キルトの妹同盟に入る日も近いかもしれない。

「お兄様もお兄ちゃんも、くだらない話ばかりしないのっ！　それでお兄様、偵察は戻って来たの？」

「ああ、外は相変わらずなようだけどな」

アズグラッドが放った偵察達の話によれば、国内各所にて天使のようなモンスターが出現しているとの事だった。天使ではない。天使の姿を模したモンスターだ。あの日以来、クロメルを乗せた白の戦艦は世界各所の上空に現れるようになり、その度にこのモンスター達をばら撒いている。

基本的にこいつらは近付きさえしなければ、何ら害のない存在だ。放っておけば立ったまま、石像の如く動かない。だが、ある一定の距離にまで接近すると、それまでの沈黙が嘘のように暴れ回るんだ。強さはその個体によって上下するが、どんなに弱い奴でもS級モンスター下位には位置する。人気のない山の中ならまだしも、これが村のど真ん中に投下された日には悲惨の一言だ。各国の一般兵士じゃ対処できないので、我がが家のパーティ、シルヴィアやプリティアちゃんといった実力者達が各地に散って、そいつらを討伐する日々を送っている訳だ。

「うーん、やっぱり北大陸と東大陸に天使型モンスターが特に多い傾向かな？　ファーニスのレンちゃんランちゃんの連絡だと、西大陸はそうでもないらしいけど……」

「……おう、ケルヴィン。1度パーズに戻ったらどうだ？　悩んでいても始まらねぇ。シュトラもここ毎日働きっぱなしだろ。お前ら一緒にパーズへ帰れ、そして休め。転移門を使えばすぐだろ？」

「ちょ、ちょっと、アズグラッドお兄様？」

「大丈夫なのか？　まだ天使もどきはいるんだろ？」

「トライセンに派遣されたお前とダハクの野郎が、随分と蹴散らしたからな。それくらいの期間は俺とダンで何とかする。……お前さ、いつも通りに振舞っちゃいるが、どっかおかしい感じがすんだよ。過労死寸前の野郎をこき使うほど、まだトライセンは落ちぶれちゃいねぇ。おら、帰れ帰れ！」

半ば強制的に、俺とシュトラはパーズの屋敷へと帰されてしまった。

◇　◇　◇

――ケルヴィン邸・地下転移門前

トライセンより転移門を使い、パーズへと帰って来た俺達。ダハクは最低限の戦力として置いてきたので、俺とシュトラのみで移動した。何気にあいつは、トライセンの荒れ果てた大地の緑化でも活躍しているからな。シュトラを相手にして一定の農地を報酬として貰っていたりと、俺の知らない所で土竜王としての領土（農園？）を着々と増やしているのだ。金が絡む事はシュトラに全任せでやっているようで、それはそれで上手く経営できているらしい。この2人さえいれば、トライセンが抱える食糧問題や環境問題は、何から何まで解決できてしまいそうで恐ろしい。

「ご主人様、お帰りなさいませ」

「ご主人様、お帰りなさーい！　シュトラちゃんも、お帰りなさーい！」

「ただいまー！」

屋敷の地下にあるマイ転移門を潜ると、エリィとリュカが出迎えてくれた。早速シュトラとリュカがじゃれ合っている。

「ああ、ただいま。変わりないか？」

「はい。業務は特に問題もなく、メイド長も日に日に元気になられています。ただ、少し目を離せば直ぐに働こうとしますので、それを止めるのが一番厄介ではありますね」

「エフィルめ、しっかり休めと念押ししていたんだけどなぁ」

「そういった性分なんでしょうね。本来、部下である私が言ってはならない事なんでしょうが……1人の母としての目線で見れば、そうですね。風邪をひいているのに、遊びに行きたくてベッドの中でウズウズしている子供みたいな印象です」

「遊びイコール仕事なのな……」

「是非とも、ご主人様には一言声を掛けて頂ければと。メイド長にはご主人様の言葉が一番の特効薬ですから」

「分かった分かった。苦労を掛けて悪いな」

　現在、屋敷ではメイド長であるエフィルが療養中、シュトラがトライセンに向かう事もあって、ロザリアとフーバーの護衛組も留守にしていた。なので、どうしても以前より働ける使用人の人数が減ってしまう。1度パーズに戻って以降、俺達は東大陸各地を転々としていたのもあって、エリィ達には負担をかけてしまっていた……だがな、もう大丈夫だ。シュトラが戻って来たという事は、護衛もこれまた然り。

「あら？　貴女達は……」

「エリィ副メイド長。ロザリア、ただ今帰還致しました」

「同じく、フーバー・ロックウェイ！　ただ今帰還致しました！」

　トライセンから竜属性の完璧メイドと、ミニスカメイドの応援を連れて来たのだ。これでエフィル不在の穴もいくらかは埋める事ができるだろう。目の保養に良く、心の平穏にも繋(つな)がる。

「それじゃ、2人は任せたぞ」

「承知致しました」

さて、せっかくかなり久しぶりの休みを貰ったんだ。俺はどうしようかねぇ。暫(しばら)くできていなかった、武器防具の見直しでも――

「――お兄ちゃん」

「ん?」

リュカとの交流に満足したのか、シュトラが俺の衣服をクイクイッと引っ張ってきた。

「もう……屋敷でまで強がらないで、早くエフィルお姉ちゃんのところに行ってきなよ?
ほら、行った行った!」

「ちょ、シュトラさん? さっきのアズグラッドの真似(まね)か何かか?」

「ちーがーうーのー!」

それから俺はシュトラに背中を押され、面白がって途中で交ざり出すリュカにも背中を押され、エフィルの部屋にまで移動させられるのであった。

——エフィルの私室

扉をノックすれば、部屋の中から短く「はい」との返事があった。扉の外から俺が声を掛けると、中で慌てたようにバタバタという音がする。エフィルの部屋はいつも綺麗に整理整頓されているだろうに。何を慌てる必要があるというのか？

「よっ！　久しぶりだな、エフィル」

「ご主人様……！　お帰りになるのでしたら、念話をしてくだされば良かったのに。その、ここ数日は掃除もろくにしていませんでしたので、少し埃が立つかも……でも健康には害がないほんの僅かなもので、ああ、しかしそれだとメイドとしての矜持が——！」

挨拶をしただけなのに、ベッドで横になっているエフィルが勝手にあたふたし始めた。うん、まあ前よりも随分と元気になったんだと思うとしよう。

俺がベッドに腰掛けると、エフィルは上半身だけ身を起こして出迎えてくれた。

「おいおい、起きても大丈夫なのか？　無理しなくていいんだぞ？」

「これくらいは平気ですよ。本当でしたら、もう自分の部屋の掃除は自分の手でやりたいくらいです」

「だから、それが無理しようとしているんだって。命令、許しが出るまで仕事をしない事」

「そ、それは狡いと思います、ご主人様……」

それから俺は、ここ数日の話をした。世界を取り巻く情勢、方舟(はこぶね)の行方、天使もどきの出現、リオルドが残した日記について——胸のつかえを取ろうとするように。

「今はまだどの国も統制し切れてなくて、俺らや冒険者達が出張ってる状態だけどさ、近いうちに対処法が出来上がる予定なんだ。その為(ため)にシュトラや義父(とう)さん、ツバキ様達も協力してくれてる。ビックリしたのはセルジュの奴(やつ)でさ、強くなる方法を教えろとか言い出したんだ。今まではステータスやスキルに頼った戦い方をしてきたから、今度は自分自身を磨きたいんだと。現時点で1対1じゃ最強の癖に、まだ強くなろうとしているんだぜ？　俺も嬉(うれ)しくなっちゃってさ。じゃあ戦おうぜって手合わせしたら、見事に負けちゃったよ。刀哉(とうや)じゃいまいち実感湧かなかったけど、絶対福音はかなり脅威だわ」

「ふふっ、ご主人様らしい対応ですね」

「そうか？　まあ、俺もこのまま黙ってはいられないからな。少なくとも、セルジュに勝てないようじゃクロメルには勝てないだろうからな。あいつ、自分でパーティを作り出す固有スキルも持ってるみたいでさ、当面はそいつを引き出すのが目標って感じだ。ま、どっちにしたって戦力の強化が急務、装備も強化できるもんは強化しなきゃだし、情勢が荒々しい西大陸も心配だ。アズグラッドからは休めと言われてるけどさ、休んでる場合でも——」

「——ご主人様」

ふと、エフィルの声質が変わった気がした。いつものように繊細で可愛らしい声。だけど、いつも以上に温かみが感じられる声だった。

「それ以上に仰りたい事が、吐き出したい事があるのでは？　ご主人様が無理に我慢されてしまうと、エフィルは専属のメイドとして、何よりも1人の女として悲しい気持ちになってしまいます。どうか、その気持ちを私にぶつけて頂けませんか？」

エフィルは俺をしっかりと見据えて、そのエメラルド色の瞳を潤ませた。少し、ほんの少しだけ、目頭が熱くなる。

「……ちょっとだけ、胸を借りてもいいか？」

「どうぞ」

ゆっくりと、だけど飛び込むようにエフィルの胸に顔を沈ませる。エフィルは俺を片腕で抱きしめ、もう片腕で頭を撫でてくれた。

言いたい事がある。だけど、心の中がぐちゃぐちゃになってしまって、何から話せば良いのか分からない。ただひたすらに、各国を脅かすモンスターを狩って、倒して、ぶっ潰して、ぶった斬って――この気持ちをその場凌ぎでやり過ごして来たツケが、今になって回ってきてしまったらしい。

「……あれから、もう5日も経つのにさ。メルの奴、何の返事もしてくれないんだよ……それどころか、最近はあいつのステータスがおかしくなってきてる。クロメルに力を吸収

されて、それでも帰って来た時は正常なステータスだったんだ。それがバグったみたいに文字化けして、訳の分からない言葉が並べられて……色々と人脈を漁って、助け出す方法を探しているんだけどさ、全然駄目なんだ……エフィル、俺はどこで、どの場面で選択を間違えちゃったんだ？　メルは、俺が、殺したような、もんじゃ……」

「いいえ。ご主人様は間違っていませんし、メルフィーナ様は生きていらっしゃいます。必要なのは、休息です。ご主人様、エフィルが一緒にいますから、いつでもいつまでも一緒にいますから、今は休みましょ？　上辺を気にせず、泣いちゃいましょ？　どんな姿を晒そうと、誰もご主人様を笑いません。ここには貴方を心から愛する、私しかいないんですから」

「ああ、ああ、そうだな……うん、そうだ……」

今日は、異世界に転生してから最も涙を流した日になった。

■ケルヴィン・セルシウス Kelvin Celsius

■23歳／男／魔人／召喚士
■レベル：174
■称号：死神
■HP：8715/8715（+5810）
■MP：27666/27666（+18444）
クロト召喚時：-100
ジェラール召喚時：-1000
セラ召喚時：-1000
メル（■体）召喚時：-5
アレックス召喚時：-1000
ダハク召喚時：-1200
ボガ召喚時：-1200
ムドファラク召喚時：-1200
■筋力：1707（+640）
■耐久：1477（+640）
■敏捷：2839（+640）
■魔力：4084（+640）
■幸運：3393（+640）

■装備
黒杖ディザスター（S級）　愚聖剣クライヴ（S級）
黒剣アクラマ（S級）　悪食の籠手（スキルイーター）（S級）
智慧の抱擁（アスタロトブレス）（S級）　ブラッドペンダント（S級）
女神の指輪（S級）　神獣の黒革ブーツ（S級）

■スキル
魔力超過（固有スキル）　並列思考（固有スキル）
剣術（S級）　格闘術（S級）　鎌術（S級）
召喚術（S級）空き：2　緑魔法（S級）　白魔法（S級）
鑑定眼（S級）　飛行（S級）　気配察知（S級）
危険察知（S級）　魔力察知（S級）　心眼（S級）
隠蔽（S級）　偽装（S級）　胆力（S級）　鍛冶（S級）
軍団指揮（S級）　精力（S級）　剛力（S級）
鉄壁（S級）　鋭敏（S級）　強魔（S級）　経験値倍化
成長率倍化　スキルポイント倍化　経験値共有化

■補助効果
転生神の加護
悪食の籠手（スキルイーター）（右手）/絶対浄化（固有スキル）
悪食の籠手（スキルイーター）（左手）/光輪の鐘（固有スキル）
隠蔽（S級）　偽装（S級）

■エフィル Efil

■16歳／女／ハイエルフ／武装メイド
■レベル：174
■称号：爆撃姫
■ＨＰ：1641/1641
■ＭＰ：5537/5537

■筋力：761
■耐久：740
■敏捷：4928（+640）
■魔力：3797（+640）
■幸運：2227（+1862）

■装備
火神の魔弓（ベナンブラ）（S級）　隠弓マーシレス（S級）
戦闘用メイド服V（S級）
戦闘用メイドカチューシャV（S級）
輝く魔力宝石の髪留め（A級）
祝福されし従属の首輪（A級）
女神の指輪（S級）　火竜の革ブーツ（S級）

■スキル
蒼炎（固有スキル）　悲運脱却（固有スキル）
弓術（S級）　格闘術（S級）　赤魔法（S級）
千里眼（S級）　要望察知（S級）
隠密（S級）　教示（S級）　奉仕術（S級）
魔力吸着（S級）　魔力温存（S級）
按摩（S級）　調理（S級）　目利き（S級）
裁縫（S級）　清掃（S級）　鋭敏（S級）
強魔（S級）　成長率倍化
スキルポイント倍化
■補助効果
火竜王の加護　隠蔽（S級）

■ジェラール Gerard

■138歳／男／冥帝騎士王／暗黒騎士
■レベル：175
■称号：剣翁
■ＨＰ：20260/20260（+13440）（+100）
■ＭＰ：717/717（+100）

■筋力：4252（+640）（+100）
■耐久：4536（+640）（+100）
■敏捷：1351（+640）（+100）
■魔力：532（+100）
■幸運：532（+100）

■装備
魔剣ダーインスレイヴ（S級）
大戦艦黒鏡盾(ドレッドノートリグレス)（S級）　火竜王の竜鱗外装(クリムゾンロガリア)（S級）
女神の指輪（S級）

■スキル
栄光を我が手に（固有スキル）　自己超越（固有スキル）
剣術（S級）　危険察知（S級）　心眼（S級）　装甲（S級）
騎乗（S級）　軍団指揮（S級）　軍略（S級）　教示（S級）
自然治癒（S級）　酒豪（S級）　剛健（S級）　屈強（S級）
剛力（S級）　鉄壁（S級）　鋭敏（S級）
実体化　闇属性半減　斬撃半減
■補助効果
自己超越/魔剣ダーインスレイヴ++
自己超越/大戦艦黒鏡盾(ドレッドノートリグレス)++
自己超越/火竜王の竜鱗外装(クリムゾンロガリア)++
自己超越/女神の指輪++
召喚術/魔力供給（S級）　隠蔽（S級）

■メル（■体） Mel

■17■／女／天使／■乙■

■レベル：■

■称号：もう貴女は神ではありません。

■ＨＰ：■/■

■MP：■/■

■筋■：1（—）

■耐久：1（—）

■敏■：1（—）

■魔力：1（—）

■■■：1（—）

■装備

戦乙■の軽鎧（ヴァルキリーメイル）は献上されました。

戦乙女の兜（ヴァルキリーヘルム）は献上■れました。

女神の指輪は献上され■した。

婚約指輪は献上されました。

強化エーテ■グリーブは献上されました。

■■キル

全てのスキル、及び■キルポイントは

献上さ■ました。

■補助■果

召喚術/魔力供■（する必要がありません）

隠蔽（無意味です。無意味無■味無意味———）

■リオン・セルシウス Lion Celsius

■14歳／女／聖人／剣聖
■レベル：173
■称号：黒流星
■ＨＰ：6690/6690（+4460）
■ＭＰ：4184/4184

■筋力：2242
■耐久：1201（+640）
■敏捷：4381（+640）
■魔力：3347（+640）
■幸運：2347

■装備
魔剣カラドボルグ（S級）　偽聖剣ウィル（A級）
黒剣アクラマ（S級）×2　黒衣リセス（S級）
女神の指輪（S級）　神獣の黒革ブーツ（S級）

■スキル
斬撃痕（固有スキル）　絶対浄化（固有スキル）
剣術（S級）　格闘術（S級）　二刀流（S級）
軽業（S級）　隠密（S級）　天歩（S級）
赤魔法（S級）　気配察知（S級）
危険察知（S級）　心眼（S級）　絵画（S級）
胆力（S級）　謀略（S級）　感性（S級）
交友（S級）　剛健（S級）　屈強（S級）
鉄壁（S級）　鋭敏（S級）　強魔（S級）
成長率倍化　スキルポイント倍化
■補助効果
隠蔽（S級）

■アレックス Alex

■3歳／雄／最深淵の黒狼王（ヴァナルガンド）

■レベル：173

■称号：陽炎

■ＨＰ：17392/17392（+11528）（+100）

■ＭＰ：2010/2010（+100）

■筋力：3772（+640）（+100）

■耐久：3279（+640）（+100）

■敏捷：3010（+100）

■魔力：1776（+100）

■幸運：1568（+100）

■装備

魔劇剣リーサル（S級）

女神の首輪（S級）

■スキル

影移動（固有スキル）

這い寄るもの（固有スキル）

模擬取るもの（固有スキル）

剣術（S級）　軽業（S級）　聴覚（S級）

嗅覚（S級）　隠密（S級）　天歩（S級）

黒魔法（S級）　隠蔽察知（S級）

心眼（S級）　屈強（S級）

剛力（S級）　鉄壁（S級）

■補助効果

召喚術/魔力供給（S級）　隠蔽（S級）

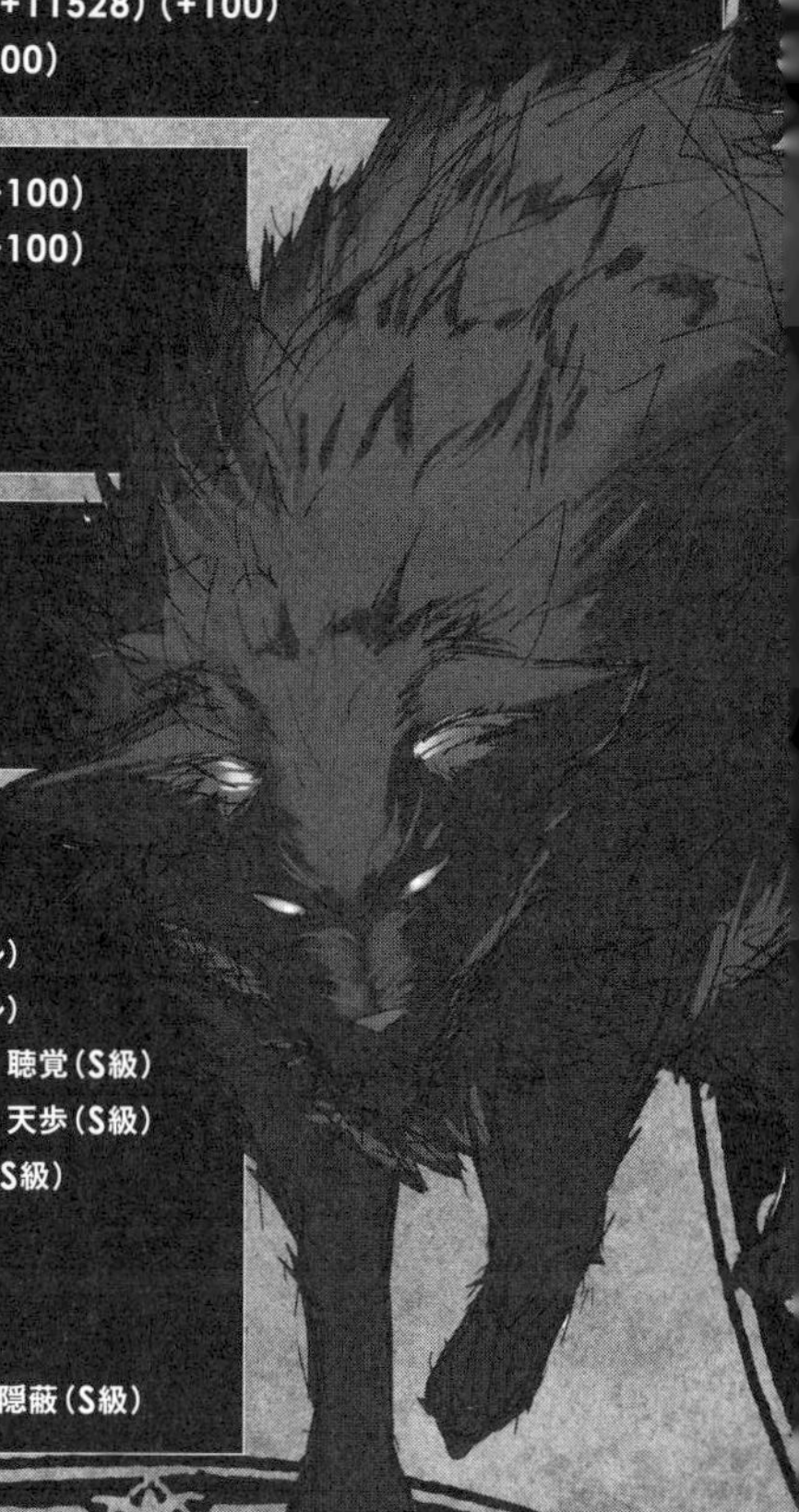

■ダハク Dahak

■162歳／雄／漆黒竜（土竜王）／農夫
■レベル：172
■称号：蔬菜帝
■ＨＰ：5629（+100）
■MP：3764（+100）

■筋力：3344（+100）
■耐久：3198（+100）
■敏捷：1899（+100）
■魔力：2371（+100）
■幸運：1320（+640）（+100）

■装備
大地の鍬（S級）（人型）
大地の作業服（S級）（人型）
大地の長靴（S級）（人型）
大地の手拭い（S級）（人型）
竜の鞍（B級）（竜型）
女神の首輪（S級）（竜型）

■スキル
生命の芽生（固有スキル）
黒土滋養鱗（固有スキル）
緑魔法（S級）　黒魔法（F級）
息吹（ブレス）（S級）　飛行（S級）　胆力（S級）
農業（S級）　園芸（S級）　建築（S級）
話術（S級）　豪運（S級）

■補助効果
闇竜王の加護　召喚術/魔力供給（S級）
隠蔽（S級）

■ムドファラク Mdfarak

■63歳／雌／三つ首竜（光竜王）／銃士
■レベル：172
■称号：狙撃姫
■HP：6251/6251（+100）
■MP：4173/4173（+100）

■筋力：1491（+100）
■耐久：1301（+100）
■敏捷：3373（+100）
■魔力：3846（+640）（+100）
■幸運：2766（+100）

■装備
エレメンタルクローク（S級）（人型）
イニシャル入り革ブーツ（A級）（人型）
携帯用無限菓子袋（A級）（人型）
竜の鞍（B級）（竜型）
女神の首輪（S級）（竜型）

■スキル
多属性体質（固有スキル）
圧縮噴出（固有スキル）　光輪の鐘（固有スキル）
息吹（ブレス）（S級）　千里眼（S級）　飛行（S級）
気配察知（S級）　魔力察知（S級）　集中（S級）
速読（S級）　魔力吸着（S級）　魔力温存（S級）
農業（S級）　味覚（S級）　嗅覚（S級）
強魔（S級）
■補助効果
召喚術/魔力供給（S級）　隠蔽（S級）

■シュトラ・トライセン Shtola Trycen

■18歳／女／賢人／人形使い
■レベル：169
■称号：人形姫
■ＨＰ：960/960
■ＭＰ：3080/3080

■筋力：364
■耐久：380
■敏捷：1105
■魔力：3684（+640）
■幸運：2292

■装備
女神の魔糸（S級）　モニカ（S級）
ゲオルギウス（S級）
ロイヤルガード（S級）×10
ガード（A級）×25
フェアリードレスII（S級）
偽装の髪留めII（S級）
女神の指輪（S級）
精霊の靴（A級）

■スキル
完全記憶（固有スキル）　報復説伏（固有スキル）
操糸術（S級）　青魔法（S級）　危険察知（S級）
胆力（S級）　軍団指揮（S級）　軍略（S級）
謀略（S級）　魔力吸着（S級）　魔力温存（S級）
交友（S級）　交渉（S級）　演技（S級）　話術（S級）
強魔（S級）　成長率倍化　スキルポイント倍化

間章　▼過去の記憶

――？？？

　昨夜はどれだけエフィルに甘えてしまっただろうか。溜まったもんを吐き出して、外聞を気にする事なく泣いて、いつのまにか寝てしまって。ああ、俺は寝てしまったのか。兎に角、体中のエネルギーを使い果たして、数日振りにぐっすりと眠ってしまったんだ。

「……その筈、だよな？」

　エフィルのベッドで、エフィルと共に眠った筈の俺が目を覚ますと、目の前には美しい庭園が広がっていた。どことなくダハクが整備した屋敷の中庭のような感じで、この噴水なんてクロトお気に入りのものにそっくりだ。しかし、所々に俺の記憶と食い違うオブジェクトが置いてある。例えば、どこかの巫女さんが召喚しそうなこの石像。獅子であったり、天使だったり。ここが屋敷の庭ではないと、これらの石像達が主張しているのだ。

「俺から適当に記憶を抜いて来て、混ぜこぜにしたようなこの光景……夢か？」

「流石はあなた様ですね。妙なくらいに理解が早いです」

「……それで、俺の夢にお前が出てくるのは、俺の願望だったりするのか？」

「さあ、それはどうでしょうね？　私としては、そうであって欲しいものですが」

どうも、俺は思っていたよりも女々しいらしい。あれだけエフィルに思いの丈をぶつけたというのに、胸のうちでは未練タラタラな男、駄目男である。

――だってさ、夢の中にまでメルフィーナを幻想してしまうのだ。こいつは消えてしまう前の、あのドレスを着てくれた夜と同じ笑顔のままで、というかあの時のドレスを着て、小腹を空かして台所に忍び込む時と同じ、神様なのにどこか親しみを感じてしまう雰囲気のままだった。おい、夢の中にまで出張してくるなよ。また泣くぞ？

「あの、何か勘違いされているようですが、私は夢の幻でも虚像でもありませんよ？　正真正銘、モノホンのメルフィーナです」

「……は？」

「ですから、あなた様のメルです♪」

きゅぴん。とかそんな効果音が鳴りそうなポーズを決めるメル（仮）。一瞬クロメルによる精神攻撃かとも考えたが、あいつはこんなアホな事はしない気がする。というか、俺の感覚がこいつはメルであると感じ取っている。

「本当に、メルなのか……？」

「今日はいつにも増して疑り深いですね。ですが、あのような別れ方をしては仕方のない事でもあります。私の為にあそこまで悩んでくださって、とっても感激――」

言葉の途中だろうと、構わなかったんだろう。俺はメルを、力任せに抱きしめていた。ドレス越しのメルの体は柔らかくて、好ましい淡い髪の香りが俺の鼻を打つ。

「――はふっ」

次いでメルのほっぺに手の平を当て、柔らかさを確認する。どれもこれも、メルフィーナのものだった。

「メル、お前、メルだな……！」

「ですから、そのように申して――」

また言葉を遮って、今度はキスしてやった。突然の事にメルは驚いていたようだったけど、頭の理解が追い付くと、メルからも背中に腕を回してくれる。時間にして結構長い間、俺達は唇を重ねていた。けど、俺の感情はもっともっとと、際限なく欲求が溢(あふ)れ出てしまいそうだった。

「――本当に、あなた様は欲望に素直ですね。女たらしだと噂(うわさ)されても、これでは擁護できませんよ？」

「そんなもん、言いたい奴(やつ)に言わせておけばいい。俺にとっては今が大事なんだ」

正直、冒険者名鑑に何と書かれようとどうでもいい。こうしてメルに触れる事ができる。それで俺は満たされるんだ。

「私だって、本当はもっと早くにコンタクトを取りたいと思っていましたよ？　ですが、その……あなた様もご存じの通り、私は今とても危うい状態にあります。ここにいる私は紛れもなく本物ですが、もう1人の私に力の殆どを吸収されてしまったのも事実です。こうしてあなた様と意思疎通する事ができるのも、恐らくは夢の中でだけになるでしょう」

「……そうだとしても、何で今まで返事をしてくれなかったんだ？　この5日間、どれだけ俺が心配したと思ってる？」

「あなた様が余りに切羽詰まっていた状態だったので、夢までも強固な精神阻害状態にあったんです。あれでは私も干渉できませんよ。今日になって、漸くストレスフリーな状態になったんですから！」

……え、俺の精神状態が原因なの？　ストイックに張り詰めていたのが、逆に駄目だったの？

「夢から覚めたら、エフィルに感謝してくださいね！」

「あ、ああ……待て。お前、この状態で外の状況が分かるのか？」

「いえ、魔力体としての私は殆ど休眠状態にあります。直にではなく、あなた様を通して情報を読み取っただけの事です。ですが、ええと……ちゃんと分別すべきところは目を背けていますので、その辺りはご安心を。まあ、病人にああするのはどうかと、いえ、何でも……」

「……」

──しっかりと見てるじゃねぇかと。

「と、兎も角だ。こうして夢の中でだけでも、お前と話ができて良かった。今は……あー、状況は把握してるのか。見ての通り、クロメルの後手に回ってる。お前の体をどうにかして回復させて、んっぐ……？」

不意に、メルフィーナが人差し指で俺の口を塞いだ。何だ、さっきのお返しのつもりだろうか？

「その話をする前に、あなた様に伝える事があります」

「伝える事？」

「ええ、まずは私の現在の状態について。こうして今は夢の中で意思疎通を行っていますが、これは決していつでもできる訳ではないのです。クロメルの干渉が弱まっている時、詰まるところクロメルが睡眠状態にある時にしか、こうした会話はできないとお思いください」

「……あいつ、曲がりなりにも神なんだろ？　睡眠が必要なのか？」

「必要に決まってるじゃないですか、絶対不可欠です！　そもそも神に休息が必要ないのであれば、私だって有給休暇を取れませんでしたし！」

あ、確かになぁ……そういや、メルが俺に付いて来た最初の口実は有給休暇だったわ。要は、今の時間はクロメルもスヤスヤ眠っていると。容姿だけ見れば子供そのものだったし、その分もきっちり睡眠が必要なんだろうか。

「話を戻しましょう。そのクロメルについて分かった事があります」

メルはコホンと咳払いして、話を改めた。

「私の力がクロメルに吸収された際の事です。力の殆どを奪われる代わりに彼女の記憶が、いえ、元は私の記憶なんでしょうね。私が忘れてしまっていた記憶が、その時に聖槍を伝って逆流してきました。その時に思い出したのです。あなた様の前世の前世、そして私が神になる以前の思い出を」

「……は？」

俺の前世の前世？　日本にいた頃よりも遡った、更に昔の俺？　それに、メルが神になる前の記憶とはどういう事だ？　一体、何の関係性がある？

「……」

いや、何となくではあるが、もう俺は察しがついている、んだと思う。時たま夢の中で垣間見た、誰とも分からぬ少女の悲痛な叫び。紅蓮の炎が広がる無残な骸、瓦礫――そんな凄惨な状況を、朧げながらも俺は何度も何度も見せられた。夢の中の少女は既に息のない男を抱き抱えて、神を憎む呪詛を頼りに口にし、決意していた。あれは、あの2人は……

「あなた様も、うっすらと察したようですね」

「……夢の中ってのは便利だな。いつも以上に、俺が考えている事を言い当ててくれる。それじゃあ、やっぱり？」

「ええ、あなた様が何度か夢の中で見たその光景は——神になる以前の私と、日本に転生する以前のあなた様のものです」

もう、何千何百年も昔の事だろうか。東大陸の大戦時代、魔王グスタフが台頭した時代よりも遥(はる)か以前の事である。物語の発端は、1人の天使の少女が故郷を抜け出した事から始まった。

悪魔が住まう奈落の地(アビスランド)がこの世の地獄だとすれば、その対称を成す天国は天使の住まう天空の大陸、『白翼の地(イスラヘブン)』を指すだろう。この白翼の地(イスラヘブン)は、1つの大陸がそっくりそのまま浮遊した浮遊大陸で、1つの場所に留(とど)まらずに常に移動をし続けている。尤(もっと)も、この島は常時神の結界に包まれている為、その姿を視認する事はできず、地上のどの伝承にも登場しない未踏の地。天使以外の種族は存在さえも知り得ない、奇跡の大陸であった。

この大陸に住まう天使達はある大いなる意思に従い、世界の異常事態でもない限りは大陸から出る事はなく、その長い長い生涯をこの地で終わらせる。大いなる意思、それは天使達が仕える主とも呼べる存在。この世界とシステムの創造主、初代転生神である。創造主が2代目に神の座を明け渡して以降も、その意思は天使達の根幹に深く根付き、平和と秩序を護る番人として今日も生きているのだ。

しかし、天使の中には何を間違えたのか、神の意思の影響をそれほど受けない稀有な者もいた。突然変異なのか単に変人だったのかは不明だが、このような者達は何年に1度かは生まれるものだったのだ。そんな変わり者は画一的な白翼の地の生活に我慢できず、大陸の外へと出て行ってしまうのが常であった。17歳になったばかりの少女もまた、その1人だ。

天使にとって許可なく白翼の地を出るという事は、故郷を捨てる事に等しい。これは浮遊大陸が外界から認識できず、絶えず移動を続けている為に存在する場所が不確定であるからだ。1度外界に出てしまえば、もう故郷に戻る事はできない。それは少女も知っていた。知っていたが、躊躇いはなかった。少女は上京に憧れるように、外界に新しい出会いを、刺激的な出来事を求めていたのだ。

特に目的がある訳ではない。従って空から降りる場所は本当にその時の気分で、何となーく選択した。彼女がたまたま降り立った大地は、西大陸の内陸、数ある小国のうちの1つだ。天使の中で異端とされる彼女とて、一般的な教養は身に付けている。無用な面倒事を避ける為、大地に降り立つ際は周囲を警戒しながら、怪しげな人物やモンスターに見つからぬよう努める。

天使は竜や悪魔と並んで、強力な個体値を誇る種族だ。他の天使と比べて未熟ながらも、彼女の実力があれば大抵の面倒事は力尽くで回避できただろう。それを忌み嫌ったのは、彼女の求める刺激とは楽しい事であって、決して血なまぐさい争いではなかったからである。地上の種族からしてみれば、物珍しい特徴でしかない天使の輪と翼。何かと目立つので、これらもこの時点で隠してしまおうと、少女は慣れない魔力操作で隠蔽を試みていた。

「すみません、ここってどこですかね？」

「ふぁっ!?」

だからこそ、急に背後から人間に話し掛けられると、大いに驚いてしまう。少女は最初、何で直(す)ぐ近くに人間の男がいるのか理解できなかった。着地の際、少女は周囲一帯には誰もいないと確認して、この場所に降り立ったのだ。今でこそ翼を魔力に戻すのに夢中になっていたのもあるが、こんなに近付かれ、話し掛けられるまで気付かないなんてヘマまではしない。それこそ、天使にも捕らえられない超人的な速さで近寄ったとか、反則的な瞬間移動をされない限りは。

「――記憶がない？」

「ああ、ここ最近何があったのかさっぱりだ。やばいな、この歳(とし)で認知症とか洒落(しゃれ)にならないぞ……」

ガックリ項垂れる割には元気そうな、この人間の男。どうやら自分が何者なのか名前も分からず、気が付けばこの場所に立っていたらしい。取り敢えず、未だ消えていなかった天使の輪や翼を見られ、驚かれる。

見られたものは仕方ない。どうも害もなさそうだなと、少女は輪と翼の魔力化は一旦置いておく事とした。そしてふと、故郷で学んだ知識を思い出す。この世界を司る転生神による、異世界からの転生の話だ。非常にレアなケースとして、異世界でその生涯を何らかの形で終えた者が、この世界に転生する事があるという文献を目にした事があったのだ。記憶がなくなるというのは初耳であったが、そうだとすればこの場に突然現れた事にも納得がいく。少女は男に興味を持ち始め、あれやこれやとこの世界について教え始めた。まあ、少女も地上に降りたのは今さっきの話なので、知識のみの説明も多分に含まれていたのだが。

「ステータスから名前が分かるのか。ええと……あったあった！　へえ、俺はケルヴィンというらしい。あ、そういや君の名前、まだ聞いてなかったけど？」

「今更ですか……まあ、貴方は無害そうですし、自己紹介をして差し上げましょう。私の名前はメルフィーナ。これでも天使なんですよ、フフン」

「まあ、その輪っかと翼からして天使だよな。天使がそんな格好で堂々としていて良いのか？　目立ちたくないんだろ？」

「う、煩いですね。消そうとしていたタイミングで、貴方が現れたんですよ！　もっと空気を読んで登場してください！」

「無茶言うなっ！」

口喧嘩を少々、雑談を少々、これからどうしようかとお互いの今後の話を少々――そんな風に会話を続けているうちに、２人はお上りさん同士、一緒に行動した方が良いんじゃね？　という結論に至り、取り敢えずは活動の拠点となる街か村を探すのを共通の目的とした。

「貴方は天使への敬いの心が足りないと思うんですよー。普通、もっとありがたく感じるものですよ？」

「んな事言ってもな……そもそも、ステータスの表記じゃ俺の方が年上だろ。さあ、もっと俺を敬え」

「はいはい、あなた様～。年下の私より随分と貧弱なステータスを持つあなた様～」

「てめぇ、後で覚えていろよ……こうなりゃ徹底的にだ！　手始めにスキル説明を読破してやる！」

「それ、普通に1日が潰れますから。私が歩きながら教えてあげますから、まずは歩きましょうよ」

２人の旅路はこうして始まった。

「あなた様、私お腹が減りました。食料を所望します」

「まだその呼び方を引っ張るのか……残念だったな。俺は無一文だ」

「クッ、付いて行く人を見誤りましたか……！」

「他人の善意に付け込む天使ってのも、どうなんだよ？」

……兎も角、2人の旅路はこうして始まったのだ。この時のお互いの印象を言い表せば、何かやらかしてくれそうな面白そうな人間に、何かやらかして国を追われたんだろう変な天使、である。生涯の伴侶となる事なんて、毛ほども思っていなかっただろう。

これから2人は何だかんだと共にあり続け、コンビパーティを組む冒険者として実に3年もの間活動する事となる。時にはメルフィーナの食費を賄うのに難航し、意見が食い違って喧嘩をする事も多々起こった。それでも一緒に居続けたのは、まあ、それなりの理由があったからだろう。

「あとその輪っかと翼、そのままで良いのか？」

「あっ!?」

その後は1日中歩き回って漸く発見した街に到着し、宿屋にて飛んで辺りを確認すれば

もっと早く到着できただろと一悶着。翌日になって2人で冒険者ギルドに向かい、すったもんだのあげくパーティを組む事が決定する。この時代の冒険者にはランク制度なんてものはなく、各自の主観と判断で依頼を受けられるものとなっていた。

「メルフィーナ、あの依頼にしよう、竜退治！」

「あなた様、自殺願望者か何かですか？」

どういう訳かケルヴィンは、やたらと難易度の高いモンスターと戦いたがる。レベル1の駆け出しが何を言い出すんだおめぇ、とばかりにメルフィーナが首根っこを摑んでそれを止め、大人しくブルースライムの討伐を手始めに受けさせ指導を施した。戦闘気質というか、戦闘民族並みの意欲を見せるケルヴィンたっての希望で、2人の受ける依頼は討伐関連ばかりで構成される事となる。ケルヴィンは吞み込みが早く、1週間もする頃には、一端の冒険者にも何ら引けを取らない実力にまで成長していた。

あっという間に実力を伸ばした新人2人は、その街のギルドでも結構な評判となっていた。西大陸では殆ど見ないであろう、珍しい黒髪のモンスター討伐馬鹿に、見た目は絶世の美女と言えるほど麗しいけど、それ以上に食いしん坊万歳が目立つ少女。考えてみれば、この組み合わせで評判にならない方がおかしいというものだ。気が付けば色物夫婦などと呼ばれていて、2人は頑なにこれを否定していたという。

2人は1日の殆どをモンスターの討伐に費やし、依頼達成で得た報酬で新たな武具を購入、その日の食費に充てるといった生活を送っていた。後は回復アイテムなどの必需品が最低限。それらで資金の殆どが底をついてしまい、得る報酬金は結構ある筈なのに火の車という、よく分からない財政難に陥る。

「あなた様、またこんな無駄遣いをして！　昨日も代用のダガーを買っていたではないですかっ！」

「何を言う、これは昨日のよりもワンランク上の代物だ！　お前こそ、毎日毎日外食でどれだけ食ってると思っているんだ!?」

「衣食住は生活の基本でしょう！」

「お前は食に偏り過ぎなのっ！　このダガーだって、お前の1食分よりかなり安いからっ！」

「やれやれ。またやってるぞ、あいつら……」

普通に生活するには十分過ぎる金を得ているのにもかかわらず、2人はよくこういった口喧嘩をしていた。最早この街では風物詩のような扱いになっていて、2人がどんなに言い争おうとも微笑ましいものとしか見られないくらいだ。当然、2人の言い分にはそれぞれ理由がある。

まずはメルフィーナの言。ケルヴィンは戦闘馬鹿であると同時に、扱う武具にも拘りを持っていた。倒したモンスターの素材からアイデアを生み出し、どうにか実現できないかと街の職人に相談するのは日常茶飯事。それもこれも戦闘系スキルに全てのポイントを注ぎ込み、自分で武具を作製する力がなかったからなのであるが、完全なオーダーメイドともなれば何かと金が掛かる。ケルヴィンは手持ちのスキルポイントで苦心しながらやり繰りするものの、やはり目標となる域には達せず、その道の玄人に依頼してしまうのであった。今日のような衝動買いも多々ある。よって金がなくなる。

次にケルヴィンの言。２人は自ら調理ができるほど器用でも知識がある訳でもなく、特にメルフィーナに至っては壊滅的に料理下手で、絶対に台所に立たせてはいけないレベルだった。よって食事は全て外食となるのだが、これがとても金が掛かる。メルフィーナの食費だけで、ケルヴィンの何十倍にもなるという事態なのだ。メルフィーナはこれが天使の平均的な食事量だと弁解していたが、嘘としか言いようがない。しかし彼女の食欲が収まる筈もなく、今日も湯水の如く料理が彼女の胃へと消えて行く。よって金も消えて行く。

「このままじゃいかん……」

「このままでは不味いです……」

双方、反論はするものの心当たりはあるようで。こういった悩みが幸いしてか、この頃からケルヴィンは更に劇的な成長を遂げ、メルフィーナはいつにも増してやる気を出し、冒険者稼業に勤しむのであった。通い慣れた街周辺の討伐依頼をペロリと平らげれば、更なる報酬を求めて次なる街へ。その街から目ぼしい依頼がなくなれば、今度は隣の国へ。

そうする事で、２人は己の欲望と好奇心と懐と胃を満たしていく。そしてケルヴィンとメルフィーナが出会ってから、暫くの時が流れた。

２人が出会ってから2年後。ケルヴィンとメルフィーナは、西大陸では知らぬ者がいないほどに有名な冒険者となっていた。ある時は小国を食い潰すほどのモンスターを逆に喰らい、またある時は傭兵となって戦場を駆け巡る。敵となる者からは、心の底から畏怖を抱かれる。親しい者達からは、相変わらず色物夫婦と呼ばれて茶化される。後者については少し核心を突かれているのもあって、もう否定するのは諦めていた。実際のところ、２人は目的に必要な金が合致していたのもあって、この2年で互いを深く理解し、いつしか惹かれ合っていたのだ。

「お前ら、２年経っても変わらないよなぁ……少しは素直になったみたいだけどよ」

「まあ、俺がいないとこいつの食費を稼げる男がいないからな。仕方なくだ、仕方なく」

「私でもないと、こんな特異な趣味に理解を示せる異性なんていませんからね。本当に不本意なんですけどね」

「「……はい？」」

「本当に変わんねぇなぁ……」

双方少しばかり頑ななのは、相変わらずであった。しかし、ある日の事。ケルヴィンは決心を固める。三日月が浮かんだ静かな夜、ケルヴィンは街の景色がよく見える丘にメルフィーナを呼び出した。

「あなた様、お待たせしました。急に呼び出して、どうしたんです？」

「ああ、いや、その、な……」

「……？」

　いつもの調子で話せないケルヴィン。呂律も口も回らず、しどろもどろにも程があった。

（これは戦闘、そう、俺のバトルだと思うんだ……！）

　酷い自己暗示である。だが意を決することはできたようで、懐から小さなケースを取り出し、メルフィーナに開いて中を見せた。ケースの中に入っていたのは、黒いダイヤモンドがあしらわれた指輪だった。

「あなた様、これは……？」

「ブラックダイヤモンドっていうらしいんだけどさ、その、な。俺達が付き合い始めて、もう暫く経つだろ？　そろそろ、身を固めてもっ――て、違う！　駄目だ、俺らしくない！　メルフィーナ、単刀直入に言うぞ！　よく聞け！」

「は、はいっ!?」

　ケルヴィンは大きく息を吸い込み、1度咳き込んで、もう1度吸い込んだ。

「いい加減、結婚しよう！」

「……もう、漸くですか。私がその言葉を、どれだけ待っていたと思います？」

「――っ！」

月光の下で2人は抱き合い、口づけを交わす。体が触れ合い、鼓動が高まる。少しして心に強く感じる熱いものが治まり始めた時、ケルヴィンはやっとの事で指輪の存在を思い出したのであった。

「指、出してくれるか？」

「はい……」

メルフィーナの左手薬指に、用意していた指輪を優しくはめてやる。

「ふふっ。指輪まで黒色だなんて、あなた様のセンスは今も昔も変わりませんね」

「う、煩いな……店でたまたま視界に入って、そのまま気に入っちゃったんだから仕方ないだろ。……あー、やっぱり普通のダイヤの方が良かったか？」

「いいえ、こちらの方が良いです。あなた様が悩んで、その末に決められたものですから♪」

「そ、そうか。ふう……」

メルフィーナは愛おしそうに、指にはめた指輪を撫でる。白翼の地を出て本当に良かったと、今日ほど思った日はなかった。

（……？　今、指輪が不自然に光ったような……あ、涙がこみ上げたせいですね。私とした事が……）

瞳に溜まった涙を拭うメルフィーナ。涙の雫が触れたせいなのか、指輪は怪しく光っていた。

ケルヴィンとメルフィーナが結ばれた後も、２人の生活が劇的に変化するといった事はなかった。いつものようにモンスターを倒して、いつものように美食を求める。万年金欠なので１つの場所に定住はせず、自由気ままに国を渡り歩いて欲望を満たす。以前と何ら変わらず、２人は幸せだったのだ。

ただ、彼らと親しい者の中には何となーく雰囲気の違いに気付く者もいて、漸く自他共に認める色物夫婦となったのかと肩をすくめられる事も少なからずあった。メルフィーナの指には必ず指輪がはめられていたし、金欠で正式な婚儀をしていなくとも、察しの良い者は気付いてしまうのだろう。街中でさえも以前より２人セットで行動する事が多くなり、２人が尚更否定できなくなってしまっていたのはご愛嬌である。

――そして、あの夜の告白より３ヵ月が経ったある日の事。

「デラミスの巫女が勇者を召喚した？」

「ああ、知らないのか？　もう結構前に広まった話だぜ」

とある街の酒場にて、店主の男にそう言われたケルヴィンは疑問符を頭の上に浮かべていた。

「あー……ついこの間まで、傭兵として戦場に出っ放しだったからな。メル、お前は知っていたか？」

「んふぉ？（はい？）」

そもそも話を聞いていなそうなメルフィーナが、口いっぱいにパスタを詰め込んで振り向いた。口がまだ空いていないというのに、彼女の片手は次なる獲物、カットされたフルーツに伸びている。

「すまん、その口に含んでるものを先に処理してくれ」

「モグモグ、シャクッ」

「戦場っていうと、隣国のベドニアとナンクアの戦いか？　まだまだ続くと思っていたんだが、兄さんがここにいるって事は、もう終わっちまったのか」

「ああ、それそれ。確か、そのナンクアって国に雇われて戦ってた。ひょんな事からナンクアの重役をモンスターから助けた事があってさ。それから腕を買われて傭兵に、って感じだ」

「はぁー、兄さん見た目よりも凄いんだな……だけどよ、折角のチャンスだったんだ。そのまま成り上がり狙いで、家臣にでも滑り込めば良かったんじゃねぇか？」

「こちとら自由を愛する冒険者だぞ？　貴族王族の社会なんかに飛び込めるかよ。それに、ナンクアは飯が不味い！」

「め、飯か？」

「ああ、これはかなりマイナスポイントだ。主にこいつにとってな」

先ほどよりも料理が口に運ばれる速度が速くなっているメルフィーナの頭にケルヴィンは手を置き、如何に大切なポイントであるかを示す。メルフィーナのテーブルには皿が何枚か積み重なっており、そろそろ酒場の注目を掻っ攫う頃合いであった。2人が新たに足を踏み入れた場所で有名になる第一歩は、大抵がこれから始まる。

「ングング……食べられない事はないんですが、あれが毎日続くと気が滅入ります……それに比べ、ここの料理は良い線いってますよ、店主！」

「お、おう、ありがとよ、綺麗なお嬢さん！　もっと食うか？」

「是非っ！」

目を輝かせるメルフィーナ、そして美少女に料理を褒められ気を良くする店主。これで食べる分量さえ間違えなければ、お代も気を利かして格安になるだろうに。と、ケルヴィンは財布の中身を覗いて愚痴を言いながら相談をする。

ちなみにであるが、この直後に店主は背後から近づく女将らしき人に耳を引っ張られ、厨房裏に連れて行かれてしまった。ケルヴィン、これを見なかった事にする。

「で、メルフィーナ。そのデミグラスの勇者ってのは？」

「あなた様、デラミスの勇者です。そんな美味しそうな名前ではありません」

「でも、そっちの方が良かったなとか少し思わなかったか？」

「……ぜ、全然」

そう言うとメルフィーナのお腹から腹を空かせるサインが鳴り出し、嘘がバレる。それを誤魔化すように注文をしようにも、店主は女将に連れ去られてしまっている。テーブルを叩き、二重の意味で悔しがるメルフィーナ。

「ほれ、これでも食って機嫌を直せ」

ケルヴィンはフォークに自分の大きな肉団子を突き刺し、メルフィーナの口に運んでやった。躊躇や戸惑いなんてものはなく、一瞬でその姿を消す肉団子は、傍から見れば手品のようなものだろう。

「し、仕方ありませんね、これで我慢します。それで、ええと、勇者の話でしたっけ？」

「ああ。俺は勇者ってぇと、世界を脅かす悪者を倒すイメージを持っているんだが、その勇者で良いのか？」

「大体そんな感じですね」

メルフィーナはデラミスの巫女、勇者、そして魔王に関わる話を簡単に説明した。

「詰まり、俺達は運良く魔王が出現する時代にいるって事か。いやー、素晴らしい目標ができたな！」

「何の運が良いのか全く以て理解できませんし、そんな目標作らないでくださいよ。魔王を倒すのは勇者の仕事、一介の冒険者にできる事ではありません。さっきも説明したように、魔王には──」

「──魔王には『天魔波旬』って固有スキルがあって、普通は攻撃が通じないんだろ？魔王を倒すには、勇者が持つという異世界の力が必要だ。だけどさ、よく考えてみろ。勇者の仲間になってしまえば、その恩恵に与れる！」

「……運が良ければ勇者とも戦える機会があるかも、ですか？」

「流石は俺の嫁だな！　言わなくても俺の本音を理解してくれるっ！」

「ま、まあ妻として、これくらいは当然の事ですよ。ええ、そうですとも」

次なる肉団子を口に投じられたメルフィーナ。嫁や妻という単語に気分を良くし、腹も極小にではあるが満たされて、すっかりその気である。

「先ほどの店主の話を聞くに、勇者が召喚されてからそれなりの日数が経っていると思われます。デラミスの巫女が召喚した勇者の人数にもよりますが、基本は暫くの間を修練の期間に回す筈です」

「となると、勇者はまだ神皇国デラミスにいる可能性が高いか」

「そうなりますね。逆に魔王討伐へ旅立たれてしまうと、探し出すのが困難になってしまうかと。どちらにせよ、デラミスは東大陸にあります。勇者の情報を集めながら向かうのが得策でしょうね」

「なるほどな。東大陸か～、船代を稼がないとな～」

「確実性を取るならば、兎にも角にも急ぎませんと。無駄遣いは絶対禁止です」

この時代はまだまだ造船技術が広まっておらず、大陸間を移動する船への乗船はとても高価なものだった。それを見越して、諭すような表情で弁ずるメルフィーナ。そんな彼女がフォークで皿の上の料理を取ろうとする。

――カツン。

しかし、そのフォークは空しくも皿に当たり、無慈悲にも皿の上にあった料理が尽きた事を甲高い音にて告げる。そして、ケルヴィンはメルフィーナの肩にそっと手を置いた。ついさっき頭に手を載せた時よりも優しく、慈悲深く。

「……俺も何とか衝動を抑えるから、メルも頑張ろうな？」

「お、おかわりを、1食につき1回減らすで、な、何とか……」

交渉の末、東大陸に船で移動するまでの取り決めが打ち立てられた。

ケルヴィン：武具の新調禁止。衝動買いも禁止。その他諸々贅沢禁止。

メルフィーナ：食事は1日3回まで（おやつは応相談）。その都度のおかわりは大盛で5回まで（餓死寸前なら応相談）。

「よーし、今日から頑張って金を増やして、東大陸に向かうぞ！」

「うう……人の世とは、実に冷酷なものなのですね……」

「おいおい、お前の意見はかなり前向きに検討されているだろうが。その代償になってる俺の条件をよく見ろって。おい、目を背けるなっ！」

味わいに味わった回数限定のおかわりを終えた後、ケルヴィンとメルフィーナは東大陸との交易のある港街を目指して出発する。メルフィーナにとってのデスマーチ、その幕開けであった。

見渡す限りの青い空、青い海。空には渡り鳥が群れを成して、まるで船と並走するかのように飛んでいる。そう、ここは大海を渡る船の上。無駄遣い、無用な消費を1週間ほど我慢したケルヴィンとメルフィーナは、何とか金をかき集めて船に乗る事に成功したのであった。
「うう、気持ち悪い……」
「お前、空を飛ぶのは平気な癖して、船は駄目なのか……」
そして、メルフィーナは絶賛船酔い中だった。西大陸の港街から出発してまだ3日、船長の話によれば、まだ半分も進んでいないという。船代を稼ぎ終わり、頑張った自分へのご褒美として、毎日たらふく食事をしてしまったのが主な原因の1つだと思われる。が、それでもメルフィーナはこの1週間の鬱憤を晴らしたかったようだ。その証拠に、意地でも口にしたものは吐いていない。

「船の上で飢えられても困るから、周りの迷惑にならないようにって、食い物は自前で準備してたけどさ……お前の隣で寝る俺の身にもなってくれ。いつ吐くのか冷や冷やものだよ……」

「だ、大丈夫、です……そんな勿体ない事は、致しません……うぷっ！」

「時間の問題のような気もするんだが？」

実のところ、ケルヴィン達はこの船がモンスターに襲われた際の護衛役として戦う事となっている。雇われた立場なので船代は要らず、たんまりと稼いだお金はそのまま残った訳だ。これまでの冒険者稼業で名を揚げていた事に感謝しつつ、この金をどうしようかと2人で模索。結果、ケルヴィンは捨てられた子犬のようなメルフィーナの瞳に敗れ、浮いた船代はメルフィーナの非常食代へ消えていった。我慢の反動とは怖いものである。

「今のところは安全な船旅になってるけどさ、俺達の出番があった時の為に、ちゃんと備えていてくれよ？　お前、ジャンプしただけで致命傷になりそうだし……」

金がなければどんな場所でも金稼ぎ、モンスターが相手なら尚の事と、自分の趣味の為にも失った資金はここで稼がねばならない。しかしメルフィーナはこんな状態、事が起こってから果たして戦えるのかと、その点についてもケルヴィンは心配していた。

「あなた様……ご安心、ください……　私に、良い案が、あります……」

「ほう。なら、どう安心すればいいのか聞いてやろうじゃないか」

「簡単な、事です……私が動けない分、あなた様が多くのモンスターを倒せば、うぷ……事は済みます……あなた様は沢山モンスターを狩れてニッコリ……私は大惨事に至らずホッコリ……ほら、正に完璧……」

メルフィーナの言葉に、ケルヴィンは思わず溜息(ためいき)を漏らしてしまった。

「なるほどなぁ、確かに！」

――感嘆の溜息を。

こんな甘言に踊らされるのは、ケルヴィンが少々特殊な病気であるが故。メルフィーナも、本当は夫に対してこんな事をしたくはなかった。しかし、彼女とて一応は女の子。種族的には神に仕えるべき天使。それ以上に、ケルヴィンの前では綺麗でいたかったし、汚いところを見せたくなかったのだ。……まあ、なら必要以上に食うなという話に収束するのだが。

「モンスターだ、モンスターが出たぞぉー！」

甲板より、船員の声が上がる。どうやら、早速出番らしい。

「よし！　それじゃ俺は一稼ぎしてくるから、メルはこのまま安静にして待っていてくれ。待ってろ、今行くっ！」

剣を携えて船内の部屋から飛び出すケルヴィン。そんな夫の姿を見送りながら、メルフィーナはちょっとした罪悪感を覚えていた。

（少しだけ、食欲を抑えた方が良いでしょうか？　でも、我慢すると後で反動がきますし……うーん……）

　この後も船路は続き、船には数々の災難が降り注いだ。時には巨大イカに船が捕まり、時には幽霊船に出遭って大砲を食らったりと、通常の航海ではまず出くわさない難敵ばかりが現れたのだ。ただ、メルフィーナの努力も空しく、彼女が戦場に出る事はなかった。その代わりに、妙にハイテンションな冒険者が大活躍。船の酒場に滞在する吟遊詩人の語り草となる物語が、この旅で１つ増えたそうな。

　いくつかの日をまたぎ、一同を乗せる船は東大陸が肉眼で見える距離にまで到達していた。ケルヴィンの顔色はなぜかツヤツヤとしていて、メルフィーナの顔色は心なしかよろしくない。なぜだろうか？　本当に謎である。

「陸が見えたぞー！　陸だー！」

「た、助かった……！　俺達は助かったんだぁー！」

「こんな酷い船路は初めてだったぜ……何回死んだと思った事か……」

「一気に気ぃ抜けた……しかしよ、モンスターも普段より強かったし、やっぱ魔王が復活するって噂は本当なのかね？　ほら、デラミスでは勇者が召喚されたって聞くしよ」

「さあな。それよりも、俺は船の修理にいくら金が掛かるのかを確認する方が怖いよ……ま、助かっただけでも儲けもんだ！　今日は飲むぞー！」

船内のそこかしこから歓喜の声が上がり、安堵の声が漏れる。歴戦の猛者らしい風貌となったこの船には至る所に傷があり、修復した箇所も合わせれば数十ヵ所にまで及んでいた。未だ沈んでいないのは奇跡のようなもので、再び大海へと出発するには本格的な修繕作業が必要となる。何はともあれ、目的地の港には無事に到着する事はできるだろう。

船には様々な要人も乗船していたようで、この航海で凄まじい働きを見せたケルヴィンは大いに評価された。そのお蔭で、口元がにやけてしまうほどの報酬金もゲット。向こう暫くの資金に困る事はないと、今から欲望の夢を膨らませている。

「おー、あれが東大陸か！」

「ええ、漸く到着しましたね。本当に、漸く……」

船から見える東大陸には、小さな港街が見えている。この港街はケルヴィン達が目指している神皇国デラミスの領土の1つで、そこからは馬車を拾うかして、自力で首都にまで行かなければならない。メルフィーナの推測では、勇者は教皇や巫女が住まうデラミス宮殿にいる。

「で、その宮殿とやらにはどうやって入るつもりだ？　要は国のトップが住む城みたいなもんなんだろ？　一介の冒険者である俺達が勇者に会わせろ！　なんて申し入れたって、門前払いになるに決まってる。下手すれば牢獄行きだ」

「ふふっ。あなた様、ご安心ください！　このメルフィーナに良い案がございます！」

船旅の中、メルフィーナは何も寝ていたばかりではなかった。戦闘で役立たなかった分デラミスへの到着後、どうやって勇者とコンタクトを取るのか、その作戦立てをしていたのだ。既にメルフィーナの頭の中では様々な考察がなされていて、これならいけると自ら太鼓判を押す作戦が完成しているようだ。

「やけに自信満々だな……それで、メルの言う良い案ってのは？」

「そんなに急かさないでください。まだまだ首都は遠いのです。道中、ゆっくりとお話し致しましょう」

「勿体ぶるなぁ。せめてヒントくらいは教えてくれよ？」

「ヒントですか？　うーん、仕方ありませんね～。ヒントは、私の種族です♪」

「……」

ケルヴィン、ここで少し嫌な予感を覚える。2年以上メルフィーナと付き合うが故の夫の勘というか、妻が調子に乗っている時はどこかで失敗する事の多い、これまでの経験論によるものというか。兎も角、何かろくでもない事を思い付いたんじゃないかと警戒。道中でその作戦とやらを、キッチリと確認しようと決心するのであった。

神皇国デラミス。転生神を信仰するリンネ教団の総本山であり、世界を脅かす魔王を唯一倒す事ができる存在、勇者が召喚される聖なる地。この時代においても、デラミスの国のあり方は変わらない。

「舞桜(まお)、調子はどうですか？」

今代のデラミスの巫女、セシリア・デラミリウスが宮殿の中庭で鍛錬に励んでいた1人の青年に声を掛ける。剣を振るう筋骨たくましい青年はその手を止め、汗を拭いながらセシリアに笑顔を向けた。

「ああ、巫女様。何とかやっていけてますよ。これも俺をこんなに強い状態で召喚してくれた、貴女(あなた)のお蔭です。それに、衣食住まで世話になってしまって……」

「何を言いますか。全ては貴方(あなた)の類稀(たぐいまれ)なる才と、積み重ねた努力によるもの。私はただ、

「その手助けを少々しただけに過ぎません」

「とても手助けの範疇には収まらないですよ。本当に本当です」

2人は互いに謙遜し合って、なかなか譲ろうとしない。黒髪の青年、セシリアに召喚された今代の勇者である舞桜は、両手を上げて降参のポーズを取り、終わらない譲り合いに一先ずの終止符を打った。このままでは、終日このやり取りが続いてしまいそうだったので、自ら折れる事を選択したようだ。

「それにしても、舞桜の成長速度には驚かされますね。パーティを組まなくとも『護り手の鍛錬場』に最早敵はいないようですし……修練開始前から屈強なお身体をお持ちでしたが、こちらに転移される前にも、何かなさっていたんですか？」

「ハハハッ。いいえ、何も。強いて言えば、農業で足腰を鍛えられたくらいです。それに、屈強とは逆ですよ。俺、こんななりでも結構病弱なところがあったんで。この世界に来てからは、不思議と調子が良くなったんですけどね」

「まあ、それは素晴らしい事ですね！　全ては転生神エレアリス様の思し召し！　慈悲深きエレアリス様が、転移前に病を払い除けてくださったのでしょう！　うん、きっとそうです、そうに決まっています！　イエス、ビバ、エレアリス様！　この世界に光あれぇ！アァーハッハッハァ――――！」

「そ、そうですね。感謝しませんとね……」

舞桜が苦笑いを浮かべる一方で、唐突に興奮し出したセシリアのハイテンションは終わりを見せない。清楚（せいそ）なる彼女とて、この時代におけるデラミスの巫女。転生神に向ける信仰心と情熱は熱狂的な信者をも退け、圧倒的な声援（いのり）を送り続ける。舞桜もこの時の彼女だけは、少し怖かった。

「巫女様、巫女様～！」

「ハッ……！」

そんな時、中庭に世話役の女神官が小走りでやって来た。

「……如何（いかが）しましたか？」

彼女の声を耳にした瞬間、ハイテンションだった気分を沈め、いつもの清楚な巫女の姿に戻るセシリア。どうもこの調子の姿を見せるのは、セシリアが心を許した者だけであるようで。舞桜はそんな彼女の変わりようが、少し怖かった。

「巫女様と勇者様に、その、お客様らしき？　方々が来ておりまして……」

「客人ですか？　はて、この時間に来客の予定はなかった筈（はず）ですが？」

「どうやら、事前の連絡もなしに来られたようです。冒険者らしき格好をした若い男女2人で、ケルヴィンとメルフィーナという方なのですが」

「ケルヴィンに、メルフィーナ……やはり、知りませんね」

セシリアは突然の来訪者を不審がった。それに、この報を持ってきた女神官の対応にも。

普段であれば、何の連絡もなしに宮殿を訪れるような輩、それもどこの誰とも知れぬ者の連絡を、セシリアに持ってくるような事はしない。わざわざ連絡したという事は――

「――他に、何か知らせる事はありますか？」

「それがですね、これが俄かには信じられない話なのですが……女性の方が自分は天使であると言っておりまして、エレアリス様の使いとしてお知らせしたい事があると。私共では判断できず、こうして巫女様をお訪ねした次第でして……」

「――！」

僅かに、セシリアの目が見開かれる。

「天使？　天使っていうと、あの悪魔と対を成す存在の？　そういえば、俺もまだ目にした事がないかな」

「神の使いとも言っておりましたから、恐らくはそうでしょう。巫女様、如何致しましょうか？」

「……仮に、天使様を謳う偽物であれば重罪です。それだけ、このデラミスでは天使様は神聖なるもの。分かりました。私自ら、その者らを判断したいと思います。今の時間なら、大聖堂が空いていますね。そちらにお通ししてください」

「承知しました。それでは、神聖騎士団の騎士達も何名か――」

「――いえ、それには及びません。私にはこの舞桜がいますので」

「で、ですが……」

「良いのです。さあ、お行きなさい」

「は、はいっ！」

巫女の静かなる気迫に押され、女神官は来た時以上の早足で去って行ってしまった。完全にその姿が見えなくなったのを確認して、舞桜がセシリアに困った顔をしながら尋ねる。

「えっと……信頼してくれるのは嬉しいんですけど、本当に良いんですか？　護衛役が俺だけで？」

「……大丈夫でしょう。恐らく、そのメルフィーナという方が仰る話は、本当の事でしょうし」

「えっ、分かるの？」

「意識を集中させれば、多少は。この感覚、エレアリス様が神託の際に顕現したものと、似ている気がするのです。お会いしてみる価値は、大いにあると思います。それでは舞桜、大聖堂へ向かいましょう。何事も第一印象が肝心、遅刻は厳禁です。今日は、もしかすれば運命の日になるかもしれませんよ！」

◇　◇　◇

セシリアと舞桜がデラミス大聖堂に移動してから暫くして。大聖堂の大扉を叩く音が聞こえた。

「どうぞ、お入りください」

「「失礼します」」

扉を開けて入ってきたのは、女神官の話の通り、若い男女の2人組。男の方は黒を基本とした軽鎧に腰には長剣といった服装で、髪の毛までもが黒で統一されている。逆に女の方は明るめの服装。但し凄まじい美貌を持っていて、そんな顔で冒険者をやっているのが、かなりミスマッチな印象を受ける。

「お初にお目にかかります。デラミスの巫女、セシリア・デラミリウス様。本日は急な訪問にもかかわらずにお会いしてくださり、感謝の言葉しかありません。申し遅れましたが、私の名はメルフィーナ。このような格好をしてはおりますが、天使でございます」

2人はその場で床に膝をつき、深く頭を下げた。

「お2人とも、どうか頭をお上げください。私が巫女の任に就いております、セシリア・デラミリウス。後ろに控えるは今代の勇者、佐伯舞桜。私もこのような身分ですので、護衛として彼を置かせて頂きます。よろしいでしょうか？」

「当然の備えかと」

「ありがとうございます」

セシリアとメルフィーナという女性が話をする最中、舞桜の視線が黒い男の視線と一瞬ぶつかる。なぜだか値踏みをされているような、そんな気がした。

「話は既に部下から伺っております。ですが、その言葉だけで信用する事はできません。何か、貴女が天使であると証明できる術はありますか？」

「……ええ、ございます。失礼ですが、人払いは？」

「済んでいますので、安心してください」

セシリアとメルフィーナは、これからどうするのか打ち合わせをしていたように、トントン拍子で話を進めていく。何も聞かされていない舞桜は、疑問に思いながらも事の成り行きを見守った。

メルフィーナが静かに立ち上がると、彼女の頭上、そして背中に魔力が集まっていくのが感じられた。魔力の流れを察知するだけではない。肉眼でも彼女の蒼い天使の輪を、蒼い天使の翼を確認する事ができたのだ。その姿は正しく天使そのもの。

初めて天使を目にした舞桜の興奮はもちろんの事、セシリアはそれを通り越して、片手と歓喜の声を上げながら飛翔していた。

◇　◇　◇

天使とデラミスの巫女、運命の出会いから数分。教徒達から崇拝される聖女の息遣いは荒く、これでも大分マシになった方ではあるが、やはりちょっと気になるレベルで荒かった。

「ふう、ふう……も、もう大丈夫です。ご迷惑をお掛けしました」

「いや、まあ、うん……」

「お、落ち着いたようで何よりですね……」

デラミス大聖堂内にある、セシリア専用の個室。そこに案内されたケルヴィンとメルフィーナはソファに座り、対面に座った興奮冷めやらぬ様子のセシリアに正直引いていた。戦闘狂いと食事狂いも、ストレートな変態には耐性がないようである。舞桜は申し訳なさそうな表情を浮かべながら、最後にセシリアの隣に座る。

「え、えっとですね、改めて俺も自己紹介しますね！　俺の名前は佐伯舞桜って言います。さっきセシリアから紹介されましたけど、こんなんでも勇者なんですよー。いやー、参っちゃいましたね、ええ！」

気を遣ってなのか、舞桜がぎこちない仕草で自己紹介をし始めた。巫女の熱気で微妙な空気になってしまったこの場を、無理に和まそうとしているらしい。ただ、彼もそんな役割には慣れていないようで、話し方が非常に不自然であった。

こんな特殊な雰囲気になってしまったのには理由がある。ああ、そうだ。今も、瞼を閉じれば脳裏に蘇る。拳を上げて舞い上がったセシリアは、まるでスローモーション映像であるかのようにふわりふわりと飛翔して、その背中に白き翼があるかの如くかなりの距離を置いて着地した。次いで大聖堂内に溢れるのは、天使であるメルフィーナを歓迎する聖女の声。歓喜であったり奇声であったり、兎に角自分で制御できない感じだったのだ。素の顔がとても可愛らしいものだっただけに、そのギャップにケルヴィン達は心打たれてしまった。勿論、悪い意味で。

だが、勇者に気を遣わせておいて、こちらが苦笑いだけで済ます訳にもいかない。勇者とパーティを組み、魔王を倒し、あわよくば勇者とも手合わせする為にも。

「あ、それなら私の方からも、改めて――ケルヴィンと言います。メルフィーナは天使ですが、私は人間です。一応、こいつの夫をやってます」

「えっ？　と言うと、ご結婚されて？」

「うふふ。改めて耳にすると、なかなか新鮮なものですね。まだ新婚なのですが……妻です♪」

「はー、新婚さんでしたか。見たところ、ケルヴィンさんは俺と同世代だというのに。それも、こんな綺麗な天使様と結婚とは凄いですね！　独り身としては羨ましい限りですよ。いいえ、本当に」

「はっはっは、何を言いますか。勇者様も精悍な顔をされているじゃないですか。ガタイも良いし、周りの女性が放っておかないのでは？」

「いやいやいや！　俺なんて本当に駄目で！」

「「またまたー」」

微妙な空気が一転して、和気あいあいとした和やかなものとなる。照れ顔のメルフィーナに、悪戯顔のケルヴィン、そして謙虚な様子の舞桜。とても優しい時間である。

——しかし、忘れてはならない。この場にはもう1人、重要人物がいるという事を。

「あ、あの、天使様は……本当にケルヴィン様とご結婚、されて……？」

プルプルと全身を震わせるセシリアが、メルフィーナに虚ろな目をしながら問い質した。何かを感じたのか、優しい時間を享受していた3人の頬に冷たい汗が流れ出す。メルフィーナはできるだけ自然な表情を心掛けて、笑顔を作り出した。

「え、ええ。間違いありませんよ」

「な、何という事でしょうか……！　エレアリス様の使徒たる天使様が、我々人間の1人とご結婚されていただなんて……なんて、なんて——」

「セ、セシリア？　ちょっと落ち着こう。深呼吸、まずは深呼吸が大切ですよ」

舞桜が震えるセシリアの肩に手を置こうとしたが、それよりも早くに彼女はソファから立ち上がり、拳を天に突き出した。

「——なんて素晴らしき事でしょうか！　異なる種族が手を取り合い、弊害にも負けずに自らの愛を貫き通す！　おお、神よ！　イッツアメージング！　我々は、より愛の真理に近づきましたっ！　それもこれも、転生神エレアリス様の思し召し！　この世界は光に満ちていたぁ！　イエェェ――ス！」

「「「……」」」

固まる。雰囲気と共に、時までもが固まる。

「……ふう、今ので大分信仰心を発散できました。申し訳ありませんね、度々驚かせてしまいまして。私、時々こうして溜め込んだ信仰心を出さないと、どうにも昂ってしまう性質でして。ついさっき出したばかりですのに、何ともお恥ずかしい。やはり、お2人との運命的な出会いに影響されているようです」

「あ、いえ……」

「く、癖とは人それぞれなところがありますからね。ええ……」

「いや、本当に申し訳ない……巫女様はその、ちょっと人よりも信仰心が強くって……」

セシリアが落ち着いたところで、ケルヴィン達はこの場所を訪れた理由を話した。メルフィーナは地上に降りた数少ない天使の1人であり、勇者召喚の報を受け共に魔王を打倒せんとして、夫と共に立ち上がったのだと。転生神エレアリスに仕える者同士、ここは協力すべきだと思い馳せ参じたのだと。尤もらしいお題目を並べて、迫真の演技を用いつつ話したのだ。目的は魔王の討伐と一致しているので、まあ嘘は言ってない。

「な、何と崇高な志なのでしょうか……！　不肖、このセシリア、いたく感動致しました……！」

「俺もです。まさか、危険でしかない旅に同行してくれる人達がいるなんて……本当に嬉しいです！」

普通に感動され、感謝されてしまう。あまりにも簡単に信じられてしまったので、ケルヴィンとメルフィーナは思わず顔を見合わせてしまった。

（おい、マジで信じちゃったぞ。逆に先行き不安なんだけど!?）

（デラミスの巫女も勇者も、代々こんな感じらしいですから……崇拝する神の関係者は病的に信頼しちゃいますし、勇者も純粋な者達が多かったと記録にあります。例外もあるでしょうが、セシリアと舞桜はその限りだったんでしょうね）

（そ、そうなのか……メルフィーナが天使だと分かって、無条件で信頼関係構築ってか。パーティを組むなら、俺達がしっかりしないと駄目そうだな……）

（そのパターンでしょうね。頑張りましょう！）

夫婦による以心伝心アイコンタクト、終了。

「ふふっ、どうやら舞桜も興奮が隠せないようですね。それも仕方ありません。勇者は舞桜ただ1人でしたから」

「あら？　他にパーティを組まれる方は、いらっしゃらなかったのですか？」

「勇者としては、そうなりますね。先代の勇者は複数人が召喚される場合が多かったのですが、そうなると力が分散してしまうので、私の代では単独の召喚方式にしました」

セシリアが勇者の召喚について簡単に説明する。

「なるほど、召喚にも色々とあるんですね。しかしながら、魔王を相手に1人旅というのは、いくら勇者様が強くとも辛(つら)いものでは？」

「分かっております。当初不足するであろう人手は、騎士団から精鋭を抜擢(ばってき)して補助に回らせようと考えていたのです。ただ、今となってはその必要もなくなりました。メルフィーナ様、ケルヴィン様、私からもお願い致します。どうか、舞桜の旅路に同行してくださいませんか？」

深々と頭を下げるセシリアと、それに続いて頭を下げる舞桜に返す答え。当然、それはもう決まっていた。

デラミスの西に広がる大海。ケルヴィンとメルフィーナはこの海を渡って来た訳であるが、高所から見渡す眺めはまた別物。青々とした水面がどこまでも続き、所々で往来する船の姿が瞳に映った。そして、何よりも際立つのがその中を一直線に横断する1本の大橋、

『十字大橋（クルスブリッジ）』である。

「噂（うわさ）では聞いていましたが、大陸間に橋を架けるなんて壮大ですね。どうやって建造したんでしょうね？」

　西の景色を眺めながら、ケルヴィンが感心するように言った。それを聞いたセシリアはとても満足そうに、胸を張って解説をし始める。

「実のところ、十字大橋（クルスブリッジ）はいつの時代に建造されたのか分かっていないのです。両大陸に文明が築かれた時には、既にそこにあった。どの文献で確認しても、そういった情報しか残っていません」

「へぇ〜。それじゃあ、この立派な橋は神様が作ったものかもしれませんね」

「ちょ、あなた様！」

「ケ、ケルヴィンさん……」

「え？　あっ……」

「っ！　ケルヴィン様も、やはりそう思われますかぁ!?」

　メルフィーナと舞桜の「やってしまったな……」といった顔を見た瞬間、ケルヴィンは自らの失言に気が付いた。しかし、時既に遅し。

「――という事で、全ての種族、全ての民族に交流の輪を広げんとする神の慈愛が、この十字大橋（クルスブリッジ）の根幹を成していると私は思うのです。ケルヴィン様もそう思いませんか？」

「ソ、ソウダト思イマス……」

「流石(さすが)はケルヴィン様です。素晴らしい鑑識眼をお持ちのようで！」

メルフィーナと舞桜が遠巻きに茶を飲みながら避難して数刻、漸(ようや)くケルヴィンはセシリアの抱擁から解放された。たっぷりとセシリアの熱弁を堪能して、体感的にはＨＰが半分ほどにまで減っている。いや、実際に減っているかもしれない。

「み、巫女様。それで俺達に十字大橋(クルスブリッジ)を渡れと言うのは、一体どういう事です？」

「ああ、そうでした。そのお話をしようとしていたのに、私とした事がつい熱くなってしまいまして……」

コホンと一呼吸置いて、セシリアは十字大橋(クルスブリッジ)の更に向こうを指差した。ここからでは見えないが、恐らくは水平線の先にある西大陸に向けてのものだろう。

「私はエレアリス様から神託を授かる巫女の身ではありますが、実のところそのお声を聞く機会は多くありません。祈りを積み重ね、漸く得た謁見の機会。その際にエレアリス様が示した場所が、あの西大陸だったのです。魔王は、恐らくそちらにいます。今は世界の緊急時です。リゼアの王も、勇者の活動には協力してくださるでしょう」

「……デラミスとリゼアのいざこざについては、噂程度に聞いていています。良いのですか？」

十字大橋(クルスブリッジ)が跨(また)るは、東が神皇国デラミス、西がリゼア帝国である。古くから続くこの両国であるが、過去に1度、橋をめぐって小競り合いした経緯があり、その仲は決して良好とは言えなかった。

「デラミスを代表する勇者である舞桜に、十字大橋(クルスブリッジ)を渡らせるのは、ある意味で危険な事です。ですが、魔王が西大陸のどこに潜伏しているのかが分からない以上、リゼア国内もいつかは通らねばならぬ道となります。西大陸を無計画に探すよりは、東から西へ効率よく回る方が良いと思うのです」

「なるほど。しかし、西大陸か……そこが俺達が向かうべき旅先なんですね。確か、ケルヴィンさんとメルフィーナさんがいらっしゃったのも、西大陸でしたよね？」

「そうですね。まさか、こんなに早い段階で戻る事になるとは、思ってませんでしたけど」

「ただ、来た際は船でしたから、十字大橋(クルスブリッジ)を渡るのは初めてになりますね。今のご時世、あの橋を渡れるのは極一部の者だけですから」

大陸間を繋(つな)げるこの大橋は、大変利便性に優れるもの。されど、許可なくして国境を越える事を容易にしては、密偵の天国になってしまう。そういった経緯もあって、両国の許可があり、尚且(なおか)つ身分立場が一定以上の者にしか、この橋を通る行為は許されていない。出生が不明確な冒険者は余程の特例でもない限り、渡る事ができないのだ。

「その件に関しましては、私も心を痛めています。本来は人々を繋げる為(ため)の神の橋が、政争や争いの火種となっているこの現状、とても許されるものではありません。ただその、国とはしがらみが多く、実に難しいものでして……」

　セシリアが悲しそうに俯き、口を噤んでしまう。

「ま、まあまあ。そういった事は俺の世界でもありましたし、巫女様がそこまで気負う必要はないですよ。今が駄目だったとしても、もしかすれば何百年も後に、友好の証として使われているかもしれませんし」

「……そうある事を願いたいですね。勿論、私の代でも努力を惜しむつもりはありませんよ。さて、少し肌寒くなってきましたね。中に入ると致しましょう」

　ケルヴィン達がセシリアと舞桜と出会い、数日が経過。それからまた、リゼア帝国の通行許可が下りるまでに1週間。これらの準備期間を経て、いよいよケルヴィン達が西へと渡る日がやって来た。

◇　◇　◇

　魔王討伐に向けての出発の日、その当日。デラミス側の十字大橋には、少なくない人数の人々が集まっていた。巫女のセシリア、舞桜に戦闘の技術を施した騎士団の面々、舞桜のお付きの使用人――舞桜関連の者達が集まるのは仕方のない事であったが、誰が見ても、どう見ても、何やら想う顔で舞桜と親しげに接するメイドがいた。舞桜は照れながらもそれに応じ、御守りのような小物を渡されている。

「全然とか言ってたのにな」

「てんで駄目とも仰っていましたね」

「……ふふぅ！　グッド、グッドです！」

旅の道中、舞桜を茶化すネタができた2人はとても悪い顔で、セシリアは更にその2人を情欲的な表情で見詰めて――周囲の者達は、その光景を見なかった事にした。今は勇者が旅立つ歴史的な場面、できるだけ記憶は綺麗に残しておきたいものなのだ。

旅立ちの挨拶が終わったのか、舞桜がケルヴィン達の下へと戻って来た。その顔付きはいつもよりも精悍なもので、決意を新たにした事が読み取れる。

「逢瀬はもう良いのですか？　次にいつ会えるものか、分かったものではありませんよ？」

「そうそう。キスの1つでもしてくれれば、語り草にしやすいと思うぞ？」

この数日でケルヴィンは舞桜と大分打ち解けたようで、もう敬語を使う事はなくなっていた。遠慮している訳ではないのだが、舞桜の敬語は癖のようなものらしく、こちらは抜けていない。

「絶対に言われると思ってましたけど、実際に指摘されると恥ずかしいものですね。でも、もう大丈夫ですよ。彼女も俺も、覚悟は決めていますから」

「おいおい、旅立つ前から死ぬ覚悟なんて決めないでくれよ。縁起悪いぞ？」

「あはは、そうかもですね。ええ、俺は絶対に生きて帰りますよ。その、ね……こ、こんな俺を待ってくれる人が、ちゃんといますから！　勇者としての責務を果たしたら、結婚して、幸せな家庭を築いて、ケルヴィンさん達みたいな夫婦になりたいと思います！」

「「……」」

「ちょ、ちょっと、行き成り黙らないでくださいよ！　せめて笑い飛ばしてください！　俺だって、恥ずかしい台詞を話してるって自覚はあるんですから！」

「いや、その……なあ？」

「ええ、上手く言語化ができないのですが、何と言いますか、ねえ？」

何かが乱立したような、そんな錯覚。旅立つ前から、早速不吉だった。しかし、ここで立ち止まる訳には行かない。立ち過ぎたフラグとは時に、意味を成さないものでもある。

「皆様ー！　どうかお気を付けてー！」

セシリアの声援を背に、３人はデラミスを出発。向かう先は海の先、リゼアである。

◇　◇　◇

ケルヴィン達は十字大橋を歩く。横を見渡せば、どこまでも続く大海原。渡る者が限られている為、自分達以外に人もいない。絶景を独占できる特等席が辺り一面座り放題で、気分良く旅に出発する事ができた。

「――とか思ったけどさ、橋の終わりが見えないな……」

「大陸間に架かる橋ですからね。言うなれば、船で渡った距離を歩くようなもの。普通に歩いていたら、いつ到着できるか分かったものじゃありませんよ」

「綺麗だと思った景色も、こう続くと飽きてしまいますね……ええと、巫女様から頂いた資料によれば、橋には一定距離毎にキャンプ施設があるみたいです。橋を渡る人は馬車を使ったりして、その場所で休憩しながら渡るようですね」

「馬車使えるんかい……まあ、国の要人が素直にこの距離を歩く訳ないもんな。ちなみにだが舞桜君や、君は料理ができるかい？」

「料理ですか？　まあ、人並みにはできると思いますけど……」

「でかした！」

「素晴らしい！」

「っ!?」

急にガシッと両肩を2人に摑まれ、困惑してしまう舞桜。聞けば、ケルヴィンとメルフィーナはどちらも料理ができないらしく、旅に出る際はいつも不味い保存食を購入していたのだという。料理のできる舞桜の存在は大変ありがたいもので、メルフィーナなどは思わず涙まで浮かべていた。

「そ、そこまで期待される腕ではないんですけれど……」

「大丈夫だ。俺達以下って事は絶対にないから！　どっちかと言うと、量の方が大事だから！」

「うう、漸く、漸く出来立てのご飯と旅を共にする事ができるのですね……！」

「あ、あはは。が、頑張りますね……」

舞桜、やたらと強いプレッシャーにより、旅の調理担当に無事就任。

「ええっと、キャンプ場の他には両国の検問所もあるみたいです。橋の東側にデラミスの、西側にリゼアの、といった具合ですね。これから俺達が目指すのが、デラミスの検問所になりますが……あれ、かな？」

「んー？」

目に見える範囲の橋の先端、そこに小さな砦のようなものが載っかっていた。元々あった橋の上に建造したものなのか、砦の部分は橋の色とは違う石造りになっている。

「橋の上に砦を作っちゃったのか。駐在する兵士も大変だな……」

「一応、国防に関わる場所でもありますからね。たぶん、リゼア側にも同じような建物があるんでしょう」

「あの、このまま歩いていてはあの砦に着くのも一苦労ですし、そろそろ走りませんか？」

「む、確かに。絶景かと思った景色も代わり映えしないしな。舞桜も良いか？」

「移動に余計な時間を掛ける訳にもいきませんし、望むところですよ」

「振り落とされるなよー」

「こちらの台詞ですっ！」

それまでの観光する歩調とは一転して、獲物を追い掛けるハンターの如(ごと)く駆け出した3人。障害物がなく、一直線に伸びる十字大橋(クルスブリッジ)は格好の競技場みたいなもの。直後に最高速に達した彼らは、突風を撒(ま)き散らしながら突き進むのであった。

勇者である舞桜が現れて、砦は軽くお祭り騒ぎになったものの、デラミス側の検問所を無事に通り過ぎた3人。砦の食料なども分けてもらい、メルフィーナもほくほく顔。旅のスタートは好調のようだ。それから再び橋の上を疾走しつつ、キャンプ場を何ヵ所か通過。そろそろ日が暮れて来たので、次のキャンプ場で野営をする事にした。
「屋根と暖を取れる場所があるのはありがたいな。橋自体に結界が施されているのか、モンスターに襲われる心配もないし」
「安心安全ですね～」
モンスターの討伐を目的とした冒険の最中であれば、ここまで落ち着いたまま夜を過ごせる休息はまずない。生い茂った獣道のどこに凶暴なモンスターがいるか分かったものではないし、明かりを灯（とも）せば火を怖がるどころか、その光を好んで近付くものもいるからだ。それに比べ、この十字大橋（クルスブリッジ）は安全そのものであった。神に保護された道中にはモンスターが現れる事は全くなく、途中途中に先人が残した安全な休憩所まである。危険と隣り合わせの旅をする冒険者にとって、ここは正にいたれりつくせりな天国のような場所。旅と称するにはイージー過ぎるものだった。

「さて、食事も終わった事ですし……じゃじゃん！」

「お、出たな」

　メルフィーナが保管機能付きのバッグから水筒を取り出し、3人分のカップに林檎（りんご）にレモン、蜂蜜を加えた茶を注ぐ。料理がダメダメな彼女も、薬の調合の一環でこういった飲料だけは作る事ができるようだ。意外にも味は良く、疲労回復効果がある優れ物である。

「わ、美味（おい）しいですね、これ！」

「うふふ、おかわりもありますよ？」

「メル唯一の得意料理？　だからな。しかし、旅の最中に美味（うま）い飯が食えるってのは、メルじゃなくても嬉（うれ）しい事だ。やっぱ、人間の基本は戦いと食事だわ」

「あなた様、一部変なものが交じってますよ」

　一同はゆったりと談笑する。海の上であるが故に辺りは暗く、明かりはこの場に灯した焚き火のみ。普段とは一風変わった、落ち着いた雰囲気だ。ふと、舞桜はケルヴィンを見ながら口を開く。

「あの、ケルヴィンさん」

「ん、何だ？」

「実は、お会いした時から気になっていたんですけど……」

「あ、ごめん。俺にそっちの気はないぞ。てか、メルと結婚してるって言っただろ。まあ、勇者様の性癖についてとやかく言うつもりはないけどさ」

「違いますよ！　俺にだってエミリがいます！」

「ほう、あの子はエミリというのか。メルフィーナ、メモっておくぞ」

「ええ、決して忘れませんとも！」

どこから取り出したのか、メルフィーナはメモ用紙を手元に置いて、でかでかと丁寧な字で『エミリ』と記して舞桜に見せた。

「ちゃ、茶化さないでくださいよー……俺が気になっていたのはですね、ケルヴィンさんは日本人かって事です！」

「「日本人？」」

声を合わせて聞き返されてしまった反応に、若干あれっと思いつつ、舞桜は説明を続けた。

「ケルヴィンさんって、俺と同じで珍しい黒い髪色じゃないですか。俺がこの世界に来る前、俺は日本って国に住んでいたんです。そこでは殆どの人の地毛が黒で、ケルヴィンさんは人種的にも東洋人っぽかったんで、そうじゃないかな、と」

「マジか。なら、俺がその日本人って可能性もあるか？」

「ワンチャンあるかもですね、あなた様！」

「え、えっと、どういう事です？」

ケルヴィンとメルフィーナはこれまでの経緯を舞桜に話す。メルフィーナとの出会いを。そして、ケルヴィンにはそれ以前の記憶がなく、転生者である可能性がある事を。

「はぁ〜、そんな事があったんですね……」

「普通、他世界の転生者、意図せぬ転移者でも記憶を保持する筈なんですけどねぇ。不思議なものです」

「ま、色々苦労もあったけど、今が良ければそれで良いんじゃないか？　こうして結婚もできたし、今の生活に不満もない。今更記憶なんて気にしてないしな。それよりも舞桜、この世界に転移した時ってどんな感じだったんだ？　こう、世界が歪む感じか？」

「どうだったかな……気が付いたら眼前に綺麗な女神様がいてですね、特別な力を――」

その後も雑談は続き、メルフィーナが食った後の空き皿が天井に届いただの、ケルヴィンが夜な夜な笑いながら愛剣を研いでいたら警邏に通報されただの、舞桜の家系は何代かに1度は誰かしらが行方不明になり、気が付けば嫁を連れて帰って来たりする伝説があるという、幾つかのユニークな話を交え、夜は更けていった。

一悶着（ひともんちゃく）あると思われていたリゼア側の検問所であったが、意外にもケルヴィン達はここをすんなりと通過。それどころか、デラミスの時と負けず劣らずの歓迎を受ける有り様で、舞桜の到着は大変喜ばれていた。

「国同士の事でお上は難しい立場にありますが、私達にとって勇者様はありがたい存在ですよ。魔王討伐、頑張ってください！」

「ええ、誠心誠意頑張ります！」

大体がこのような反応で、リゼアの民や兵士にとって勇者は憎むべき存在ではなかった。この調子でリゼアの王に謁見できるかと期待をしたものだったが、挨拶は不要と流される。流石（さすが）にトップは一筋縄ではいかないらしい。

「そう言えばさ、リゼア帝国ってのはどんな国なんだ？」

リゼアの首都散策中、休憩がてらに立ち寄った酒場にて、ケルヴィンがそんな疑問を口にした。ここまでの道のりで目にしたリゼアの街の印象は、一言で言えば華やか。整備が行き届いた街並み、潤沢に並ぶ商品、人々の顔にあるのはどれも微笑み。注文できる料理の種類は多く、調理もなかなか手間暇かけている。何一つ不自由する事なく、この首都に限るのであれば裕福で豊かな国であると推測する事ができた。

「圧倒的な軍事力で周辺諸国を取り纏める覇権主義国家ですね。西大陸において一、二を争う規模の大国でもあります。この首都はそんなリゼアの象徴でしょう」

「へー、まんま帝国！ってイメージなんだな」

「降伏して支配下となった領土は、それほど悪い扱いをされていないようですね。少なくとも、飢餓や飢饉に苦しむ事はないそうです。まあこの辺りは、トップが替わればどうなるか分からないものですけど」

「他国を支配するのはどうかと思いますけど、食べ物に困らないのは良い事です。空腹は辛いものですから」

　舞桜は何か思うところがあったのか、少しだけ遠い目をしていた。ケルヴィンはそれに気付きはしたが、その目が意味するところが摑めなくて、仕方なしに話を進める。

「ふーん。そんな大国リゼアを相手に、デラミスはよく敵対できてるのな。聞いた話じゃ、武力衝突した事があるんだろ？」

「デラミスとて東の大国ですからね。それに、２つの国を結ぶのは十字大橋のみで、起こるとしても局地的な戦いにしかならないのでしょう。船で海を渡って、なんて事は尚更手間です。漁をしていた方が、まだ有益ですね」

「それに、リンネ教の総本山であるデラミスと公然と対立すれば、世界中にいる信者も黙っていませんからね。国内に信者を抱えるリゼアも、できればデラミスとは対立したくないんだと思います」

「宗教って怖いのな……しかし、舞桜。勇者なのに領土の支配は黙認するんだな？　俺の勝手なイメージじゃ、勇者は率先して平和を訴えるお人好しだと思ってたよ」

「黙認と言いますか、何て言えば良いんでしょうね……国と国との争いって、どっちが良いとか悪いとか、ポッと出て来た俺が文句の言える、簡単な事じゃありませんから。介入するのなら、まずはそれなりの知識を備えたいです。俺が前にいた世界でも、色んな国々が、俺の住んでいた国だって今も戦争していましたし……あ、もちろん目の前で非道な行いがされていたら、俺は止めますよ!?」

「「……」」

　ポカンとした表情を浮かべるケルヴィン。メルフィーナは料理に夢中になっているだけである。

「あの、どうしました？」

「ああ、いや、同年代なのにすげぇ達観してるなって。うん、それが正しいと思う。俺やメルにも、舞桜くらいの落ち着きがあればなぁ」

「え、私も含まれるんですか!?」

「含まれないと思ってるお前の頭を疑うわ」

「あはは、何を言っているんですか。お2人とも、俺なんかよりも凄く頼りになりますよ」

その後腹ごなしが終わり、3人が向かった先は冒険者ギルドだった。魔王を探すにしても情報がなければ始まらないという事で、この2年間で培った冒険者流の探索方法を取る事にしたようだ。依頼をこなし食費を稼ぎつつ、リゼアを巡る。ケルヴィンとメルフィーナの欲求を満たしつつ、舞桜の使命をも果たす最高の布陣である。舞桜を冒険者として登録してもらい、早速討伐依頼を搔き集めるケルヴィン。受け付けから帰ってきた彼の顔は、実にホクホクとしたものだった。

「いやー、今日も大量だったな!」

「これで今日も晩御飯にありつけますね!」

リゼアに到着してから1週間。2人は充実した毎日を送っていた。新たな地で初めて目にする珍しいモンスター、首都の品揃えは武具食品問わず豊富であり、食堂はそこかしこに並んでいる。しかも質が良く、美味いとくれば最高だ。ケルヴィンとメルフィーナはこの日々を楽しみ、使命を割と本気で忘れかけていた。

「あの、お2人とも……充実しているのはとても良い事なのですが、肝心の魔王の情報の収集が全く進展していないんですが……」

「「あっ」」

――とか言う始末である。やっぱりちょっとは落ち着いてほしいと、ほんの僅かに舞桜も思ったり。

「いや、すまん。リゼアって土地が広大で色んな国に跨ってる分、討伐モンスターも選り取り見取りで、つい……」

「私も同上の理由で、つい……」

「いえ、悪い事ではないので、そこまで気にする必要はないですよ。ただ、この1週間でリゼアの色々な場所を巡りましたけど、魔王やらの悪い噂は耳にしませんでしたね」

「魔王どころか、盗賊も希少な存在になっていましたものね。治安はかなり良いと思います」

「そもそもさ、ノーヒントで誰とも知らぬ魔王を探すって結構な事なんじゃないか？　神託で導かれたとかいう枠組みは西大陸で、このリゼアにいるかも分からないんだろ？」

魔王とはあくまでも災いを齎すものの総称であり、種族や名前を示すものではない。悪人がなるのかと思えば、必ずしもそうではなく、可能性が高いというだけの話。世界を揺るがす力を持つのであれば、その力は個人のものでも集団のものでも、国のものでも構わない。知略に長（た）けた者であれば、高確率で裏方に回っているだろう。そうなれば本当に手に負えない。分かる事と言えば、ステータスに『天魔波旬』の固有スキルがある事くらいなものだ。

「……うん、無理だろ」

色々考慮したが、ケルヴィンは匙（さじ）を投げた。

「先行きは厳しいですね……」

「せめて指定された場所が奈落の地（アビスランド）なら、目に付く悪魔を倒しまくれば、いずれ魔王にぶち当たるんだろうけどな」

「それもなかなか横暴な考えのような気がしますけど……あ、そうだ！　丁度良い機会ですし、お伝えしたいことがあるんです！　巫女（みこ）様から預かっていた道具なんですけど、えええと……」

「それは？」

舞桜が自らの首に掛ける革紐（かわひも）に手を掛け、鎧（よろい）で隠れていたネックレスを出して見せた。

「『天麟（てんりん）結晶』という太古の石です。唯一無二のデラミスの国宝らしいので、気を付けて取り扱ってください」

「うわー、壊したらやばいな……」

「綺麗なものですね。でも、少し濁ってません？」

「純粋な悪である者、所謂魔王に近い素質を持つ者に近づくほど黒く染まるそうです。旅の最中に時折結晶の色を見ていたんですが、やはり西大陸へ渡ってから濁りが強くなっていたんですよ。西大陸に魔王がいるのはこれで確定！　後はこれをもとに西大陸を探していけば――」

「――魔王に近づける！」

「でしょう!?」

　わっと、ケルヴィンとメルフィーナは立ち上がり、舞桜と共に喜びを分かち合う。暗雲が立ち込めていたところに、一筋の光が差し込んだのだ。

「……でもさ、もう少し早く言ってくれればもっと良かったかな」

「す、すみません。お2人があまりに夢中になってモンスターを狩っていたもので、タイミングを逃してしまいまして……」

「それを言われてしまうと、言い返せませんね！」

「だな！」

　反省はしている。直す気はない。さて、舞桜から更に詳しく話を聞くに、この1週間で巡ったリゼアの領土では、どの場所も天鱗結晶の色に大した差はなかったらしい。

「そうなると、もうリゼアを探す意味はないかもしれませんね。ここの料理と離れるのは心苦しいものですが、次の国へ移りますか？」

「……いや、まだ訪ねてない場所があったな。どうせなら、そこも行ってみよう」

街の大通りからケルヴィンが指差した先、そこはリゼアの王が住まう城だった。

深夜2時。1日を通して盛況であったリゼアの首都も、この時間は比較的静かなもの。朝から精々が酒場から聞こえてくる酔った者達の笑い声、或いは詩人が語る英雄の歌だ。朝から仕事を控えた者達は寝静まり、今頃は夢の中にいる事だろう。月光は雲によって遮られ、今晩はいつになく薄暗い。

「ケルヴィンさーん、本当にやるんですかー……？」

「おい、あんまり大きな声出すなよ。この時間でも見張りの兵士はいるんだぞ」

「さっさと確認して、何もなければとっとと逃げましょう」

そんな中、リゼア城の城壁を登る不審な影が3つ。先頭の男女が城壁面の凹凸物に手足を掛け、するすると手慣れた様子で登って行くと、やや遅れてもう1人の男が懸命によじ登る。『隠密』のスキルをB級にまで伸ばした彼らの姿は、この暗さではたとえその場所を凝視したとしても、なかなか発見できるものではない。

「よっ、ほっ、はっ」

「ちゃー、しゅー、めーん」

思い思いの掛け声を呟(つぶや)きながら登る2人は、既に城壁の天辺(てっぺん)近くにまで達していた。ロッククライミングのプロや、名の知れた怪盗でもここまで鮮やかに、それも速く登る事はできないだろう。

(何でこんなに手慣れているんだろうか……)

類稀(たぐいまれ)なる肉体能力を活(い)かし、それでも必死に追い掛ける勇者がこう思うのだから、たぶん間違いない。今更であるが、城壁を登っているのはケルヴィン、メルフィーナ、舞桜(まお)の勇者パーティである。

「よし、城壁上に到着、と……」

「舞桜さん、頑張ってくださーい」

「あと少し、あと少し……！」

「オーケー。ほら、俺の手を掴め」

先に城壁を登り切ったケルヴィンが、舞桜に向かって手を伸ばす。舞桜の腕をしっかりと掴み、城壁上の通路へと引き上げる。

「ハァ、ハァ……　あ、ありがとうございます」

「おいおい、もう息を切らしたのか？　まだ潜入捜査は始まったばかりだぞ？」

「俺、高所恐怖症で木登りとか苦手なんですよ……」

リゼアの城は険しい崖の上に建造されており、正門方向以外の城壁より外側は崖下となっている。城壁には苔程度しか突起物がなく、石煉瓦の繋ぎ目も綺麗に消されているので登攀はまず不可能。故に難攻不落であるとされている。が、その上で馬鹿正直に、崖下から城壁を伝って来る輩がいるとは想定していなかったようだ。奴らは自力で壁に穴を開けて手足を置く場所を作ってくるし、断崖絶壁も歩くのと大して変わらないと思っている節がある。高所恐怖症ながらも勇気を振り絞って、先人達が作った指先サイズの小さな窪みに手を掛け、頑張って追い付いた舞桜は称賛されるべきだろう。

「城壁から観察していましたけど、見張りの兵士は一定間隔で巡回しているようですね。もう数十秒もすれば次の兵士が来てしまいますので、急いで移動しましょう」

「もろに視界に入らなきゃ、今の隠密状態なら大丈夫だと思うけどな。まずは城壁の内側に張り付いて、それから中庭、城、どっかの窓から侵入って順序かな」

「今度は降るんですね……」

「弱音を吐いてる時間はないぞ。ほら、ガンガンいこうぜ」

崖がない分、登って来た時よりかは幾分かマシであろう壁降りへ颯爽と移る夫婦。舞桜もそれに倣って通路から身を乗り出し、内側の壁を伝うのであった。できるだけ下を見ないようにと、そう心掛けながら。

「舞桜、どうだ？　城壁を越えたから、ある程度は結界の効果も弱まっていると思うんだが……」

ケルヴィン達が城へ侵入しようとしたのには理由がある。王城とはチェスならばキング、将棋なら王将が控える最後の砦だ。取り分け作りが堅牢になるものだし、大きな国になればなるほど施される結界も強力なものになっていく。このリゼアの城に展開されている障壁も同様で、他に類を見ないほどに強大なものだった。

ケルヴィンはＳ級の『鑑定眼』持ち。その技能で障壁を鑑定し、特性は既に見極めている。リゼア城の結界には物理的な防御性はないが、魔法やそれに準じた魔力を断つ力が備わっていた。要はセシリアから渡された天麟結晶も、この結界を越えなければ意味を成さないのである。結界の範囲は城壁にピタリと当て嵌まっている。とすれば、城壁の内側に入る事ができた今なら、城内に魔王がいるかどうかを確認する事ができるという寸法だ。

結晶の色に少しでも変化があれば、先ほどケルヴィンが言った手順で更に深くへ侵入。何もないようであれば、このまま来た道を帰るだけだ。後に残るのは登る際に城壁に開けた、目立たない小さな窪みだけなので、まず見つかる事はないだろう。

「ええとですね――あ」

天麟結晶を確認した舞桜が、彼らしくない素っ頓狂な声を上げた。

「あ、当たりですっ！　結晶、街にいた時よりも黒く染まっています！」

「「マジですか」」

舞桜は酷く興奮した様子で天麟結晶を2人にも見せる。街ではまだ幾分か透き通っていた結晶が、今は黒く淀んでいる。マジだった。

「まさか、旅の1国目から当たりを引くとはな。嬉しいような、楽しみは最後までとっておきたかったような……」

「あなた様、それは誰かに食べられてしまう場合もあるので、最初に食べてしまうのが正解です！」

「魔王をケーキの苺みたいな扱いにしないでくださいよ……でも、これでリゼアに魔王がいるのは確定のようですね。ハハッ、ちょっと緊張してきちゃいました」

舞桜は自分の体が震えている事を自覚する。特に両腕の震えは顕著で、あと少しで城壁から落ちてしまうところだった。ケルヴィンも同様に震えているようだが、こちらは恐らく武者震い。興奮した魂に呼応して、体も一緒に震えているだけだろう。

「舞桜、お前の強さは俺がよく知っている。冒険者を始めてこの2年、お前より強い奴に会った事がないくらいだ。だから、もっと自信を持て」

「……はい！」

ケルヴィン達はお互いのステータスを把握している。ケルヴィン、メルフィーナ、舞桜の3人は全員がレベル90をオーバーしており、この数字以上のレベルをケルヴィンはこれまで目にした事がなかった。だからこそ舞桜には期待しているし、またこの城にいるであろう魔王にも希望を抱いていた。

「じゃ、ここからは麗しの魔王様を探すターンだな。舞桜、その結晶って更に魔王に近づいたら、もっと反応しそうか？」

「そう、ですね……まだ濁り切ってないので、判別はつくと思います」

「オーケー。ある程度の場所さえ特定できれば、俺の鑑定眼で固有スキルを確認できるからな。隠密状態を維持しつつ、徐々に追い詰めていくとしよう」

「「おー！（小声）」」

それからケルヴィン達は巡回する兵の視線を掻い潜って中庭を通り、王城へと窓から侵入。闇に乗じた隠密効果は抜群の相性で、難なく突破&突破。城内の探索をしつつ、城の上層部付近へと到達する。

「ケルヴィンさん、この辺り反応が強いです……！」

「この辺か？」

ケルヴィンが城の中で拝借した城内の見取り図を確認する。

「あー、お偉いさんの私室が並ぶフロアか」

「如何にもって感じですね」

「ですけど、警備の目も今まで以上に厳しくなるのでは？」

「まあ、そん時は朝まで眠ってもらおう。不真面目な兵士が多くないと良いんだけどなー」

「で、できるだけ穏便に行きましょう……」

邪魔者は気絶させる気しかないようだ。腕を鳴らすケルヴィンに、それを鎮める舞桜。

メルはその様子を眺めて、おかしそうに微笑んでいる。

――だが、彼らの旅の終着点は思いの外に近かった。

「がっ……」

首の後ろを手刀で叩かれ、倒れ込む兵士をケルヴィンが支える。音が出ぬよう静かに寝かせ、改めて周辺を見回すと、フロアの床は大量の気絶者達が転がっている状態になっていた。

「これで最後かな？」

「そうみたい、ですね。ですが殺していないとはいえ、兵士に手を出して良かったのかなぁ……？」

「無断で侵入してる時点で、一般的にはアウトだよ。ま、魔王を倒したって名目ができれば大丈夫だろ。これは警備中、兵士がうっかりと眠ってしまっただけ。そんな風に処理してくれるんじゃないか？」

「……城内に魔王がいただなんて、リゼア側も公表されたくないでしょうからね。分かりました。俺達は眠っていた兵士の横を通り過ぎただけ。危害は加えていない。そう考えましょう」

「全員が居眠りをするとは、警備体制がなっていませんね。働く者たるもの、睡眠時間は勤務外でしっかり取るのが常識です」

「お前みたいに寝過ぎるのは非常識だけどな……さ、舞桜。お目当ての部屋はどこだ？」

「えっと……」

舞桜が天麟(てんりん)結晶を確認しながらフロアを歩き回る。前後はケルヴィンとメルフィーナが固め、不意打ちを警戒しながらの巡回だ。フロアの通路を一巡して、舞桜はある扉の前で足を止めた。

「……ここですね。天麟結晶が、一際淀んでいます」

「宰相の部屋か。またえらい大物が魔王になったもんだ」

「戦闘に特化した魔王でなければ、寝込みを襲って楽に始末できそうですね」

「メルフィーナさん、天使としてその発言はどうなんでしょうか……」

「そうだぞ。戦闘特化じゃないなら、ここに来た意味がないだろ」

「そうじゃなくて」

突撃前のコントもここまでにしておき、いよいよ一同は部屋へ。扉は鍵がかかっておらず、想像よりもすんなりと開ける事ができた。息を潜め、ケルヴィンを先頭に宰相の部屋へと足を踏み入れる。

部屋の中央には天蓋付のベッドがあり、その中で恰幅(かっぷく)の良い中年の男が、そしてその隣に、美女といって差し支えなかったであろう女が寝ていた。就寝に至るまで何をしていたのかは各々の想像に任せられるが、2人とも裸である。いつもの調子であれば、少し初心(うぶ)なところのある舞桜辺りが視線を逸(そ)らしていたかもしれない。が、この時ばかりはそうならなかった。

——女の方が、干からびて死んでいたのだ。首元には何かに貫かれたような穴が開いており、そこから血を抜かれたのだと考察できた。器用にも頭部だけは以前のままで、首より下だけがミイラのような有り様。こんな美人の死に方としては、惨(むご)いと言わざるを得ない。

「決まりだな。こいつのステータスに『天魔波旬』がある」

「では、やはり……」

ケルヴィンは腰に差した長剣を抜き、ベッドに横たわる宰相に向けた。

「いつまで狸寝(たぬき)入りしているつもりだ？　夜に眠る『吸血鬼』なんか聞いた事ないぞ、宰相様」

「……ククッ。敵国の暗殺者かと思えば、そうでもないらしい」

男の声が聞こえる。しかし、宰相の口は動いていない。代わりに彼が寝ているベッドと天蓋が、まるで上顎と下顎であるように動き出し、そこから鋭利な牙が何本も生え始める。ひと時の安らぎを与える筈のベッドは既にそこになく、ただただ大口を開けるモンスターが姿を現した。男女は横たわっていたのではなく、舌の上で転がされていたのだ。

「随分とチープな演出だな。それ、撒き餌のつもりだったのか？」

「クク。何、ちょっとしたお遊びよ。外が少しばかり騒がしかったのでな、貴様らを待っておったのだよ。しかし、勇者が来るとは予想外であった。折角入城を禁止し、見逃してやろうと考えていたのに、まさか自ら潜入して来るとは……むざむざ我に殺されに来たのか？」

「いいえ、俺達は貴方を打ち倒しに来ました。そこにいる彼女の無念を晴らす為にも、俺は貴方に勝たなければならない。魔王、覚悟を決めてくださいっ！」

舞桜の聖剣ウィルが姿を変え、巨大な大剣へと変化する。ケルヴィンとメルフィーナも今初めて目にしたこの形態が、舞桜が最も得意とする得物の形なのだろう。

「……魔王？　ククッ。そうか、そうだな。我の名はダファイ。奈落の地より地上に出でた我こそ、人間が畏怖する魔王と呼ぶに相応しいだろう。実際に驚いたものだったぞ？

地底世界に比べ、この地上に住まう者達の軟弱さには。如何に大国といえど、我が宰相と入れ替わっている事を知り得ない。貴様らがどうやって我の存在を知ったのかは分からぬが、滅してしまえばいつもと変わらぬ明日がまた来るだろう」

「滅する事ができれば、の話だけどな」

「フハハ、口だけは達者のようだな！　では――やってみるがいい！」

「「なら、遠慮なく」」

ケルヴィンとメルフィーナの言葉が重なった時、２人は既にダファイの眼前にまで迫っていた。

「……っ!?」

吸血鬼ダファイの上顎にあたる天蓋に剣と槍を振り下ろし、そのまま床へと叩き付ける。それぞれの得物は天蓋を突き破り、下顎のベッドをも突き破った。苦し気な呻き声を上げるダファイ。一方でベッドの大口が強制的に閉じられる直前、カッと赤い目を見開いた宰相の体が横へと転げ落ち、下敷きにされるのを回避していた。

「あら？　このベッド、もう瀕死ですね」

「やっぱこっちはただの配下か。舞桜、そっちの小太りが吸血鬼の本体だ！」

「任せてください！」

ベッドから転がり落ちたダファイ本体に、すかさず大剣ウィルを振るう舞桜。しかし、ダファイは見た目によらず俊敏であった。その体格ではまず無理であろう跳ね起きを容易に行い、鮮やかにバク転しながら窓を破り、外へと飛び出したのだ。この部屋は城の上層部。必然的に窓の外は、目を覆いたくなるほどに高い空中だ。ダファイは隠し持っていた翼を広げ、悠々と空を飛行し始めた。

「フハハハハ、予想以上にやりおる！　だがな、我の本来の戦場はこの大空の中よ！　そら、我について来れるか――」

――ズバン！

自身が飛び出した城の窓へと振り返ろうとしたダファイの片方の翼が、舞桜によって落とされる。舞桜は迷う事なくダファイを追い、空中へと飛翔（ひしょう）していた。そこに高所恐怖症を携えている気配は全くなく、彼はダファイのみを瞳に捉えている。

「ば、馬鹿なっ!?」

「馬鹿なじゃねぇよ。こんな事くらいで驚くな」

舞桜だけではない。ダファイの左右には、ケルヴィンとメルフィーナが城からの移動を終えており、いつでも攻撃できる体勢になっていた。

空を飛ぶ。それは人類にとって、確かに脅威な力であるといえよう。しかし、ケルヴィンと舞桜は『天歩』を保有して空を駆ける事ができるし、メルフィーナに至ってはそもそもが天使である。翼を顕在化しなくとも、飛行が可能なのだ。城壁を手探りで登って来たのは、余計に目立つのを嫌っての行為でしかなく、今更空に飛ばれようと、戦いにおいては何のアドバンテージにもなりはしない。

残念な事に、ケルヴィンの瞳にはもう落胆の気持ちが宿されている。既にダファイから興味を失っているようであった。

「舞桜、俺達は手を出さない。お前がその勘違い野郎に止めを刺してやれ」

「このっ、かくなる上は我の真の力を――」

「――何度も遮って申し訳ないです。もう、終わりました」

「ぶぇ……？」

舞桜の聖剣は剥き出しにした吸血鬼の牙ごとダファイをたたっ斬り、彼の体を口元から上下に分断させた。自らの戦場で呆気なく散ってしまった吸血鬼は特に見せ場もなく、自慢の翼をなびかせながら落下し、城の中庭へと墜落。不運にも中庭の剣を掲げる凛々しい騎士石像の上に落ちてしまったらしく、彼の亡骸には追いうちとばかりに石像の剣が貫通してしまう。暫くして、落下音を聞きつけた兵士達の喧騒が聞こえてきた。

◇　◇　◇

魔王ダファイは騎士石像に貫かれ、絶命した。体が未だピクピクと動いているが、それはただの痙攣のせい。赤き目が見開く顔の上半分も、兵士達が探せばそのうち発見してくれるだろう。まあ、そんな事はどうでも良い事だ。どちらにせよ、もう生きている気配はないのだから。

「ハァー……期待外れもいいとこだな。吸血鬼とか大層な種族だったから、もっとできるもんかと勝手に期待しちまった」

天歩で城の壁面にまで移動したケルヴィンが、そう愚痴をこぼす。どうやら、ダファイの実力はケルヴィンの期待に添えなかったらしい。

「ですが、これで俺の使命を果たす事ができました。ケルヴィンさん、メルフィーナさん、俺なんかの為に協力してくれて、本当にありがとうございました……！」

「何を言いますか。魔王を打ち果たしたのは、紛れもなく舞桜です。私達としてはほんのちょっとだけ、かなり残念ではありましたけど……美味しいご飯を食べられたので、十二分に許容範囲でしょう。これで勇者としての役目は終わりです。これからは、ご自分の身の振り方を考える時ですね」

「あ、そうか。元の世界に戻るか、それとも残るかを決めなきゃならないんでしたっけ？　俺は、ううーん……」

帰るか、残るか、舞桜は悩んでいるようだ。デラミスを出発した際にいた、あのメイドの事を気に掛けているのだろう。しかし、舞桜のいた世界にだって家族はいる。彼女の為にこの世界に残るといっても、安易には選択する事はできない。

「何だ、別に悩む必要なんてないだろ」

「え？」

「お前、十字大橋の上で話してたじゃないか。代々行方不明になる先祖がいて、暫くしてから嫁を連れて帰って来る事があるって。詰まりさ、そういう事だろ？」

「……ああ！」

天然なのか、はたまた抜けているだけなのか。舞桜は合点がいったようにポンと手を叩いて、とても感心しながら何度も頷くのであった。ケルヴィンはやれやれと肩をすくめ、メルフィーナがクスクスと笑う。どうやら彼の道は決まったようである。さあ、世界の平和は取り戻した。後はデラミスへと帰還し、祝福の中で凱旋するのみだ。

「ああ、そうそう。舞桜、帰る前にさ、ちょっとお願いがあるんだが……」

「何ですか？　俺にできる事なら、喜んでお手伝いしますよ？」

「お、マジか。助かるよ。それじゃあさ――」

舞桜が笑顔をケルヴィンに向ける。舞桜の視界にあったケルヴィンも、また笑顔であった。

「――ちょっと、俺と殺し合ってくれないか？」

口角を吊り上げた、戦闘狂の笑顔が瞳に映る。舞桜が振り返った瞬間に、鞘から抜かれるケルヴィンの長剣。舞桜はまだ聖剣ウィルを元の形態に戻していなかったので、紙一重で斬撃をいなす事ができた。しかし、ケルヴィンが狙ったのは明らかに首。舞桜の反応が少しでも遅れたら、今頃は吸血鬼ダファイと同じ末路を辿（たど）っていたかもしれない。

「なっ……！　ケ、ケルヴィンさん、何をっ!?」

　宰相の部屋へ窓から駆け込み、危機を脱する舞桜。窓の外にいるであろうケルヴィンに向かって、身構えながら叫ぶ。同時に中庭を見渡せる大きめの窓から、ケルヴィンの凶行に驚いているのは自分だけでなく、メルフィーナもまた同様である事を、彼女の表情から読み取る事ができた。

「あなた様!?」

「そんなに驚くなって、メル。最初から勇者とは戦う予定だっただろ？　このままじゃ、舞桜は元いた世界に帰ってしまう。戦うとすれば、チャンスは今くらいなものだぞ？」

「そ、それにしても行動が唐突過ぎます！　何も不意打ちで首を狙う必要はありませんし、舞桜が帰る前に模擬戦を申し込めば、舞桜なら喜んで引き受けるでしょう！　今からでも遅くありません。そのような無茶な真似（まね）は――」

「――違う、違うんだ、メルフィーナ。俺はただ舞桜と戦いたいんじゃない。模擬戦？　そんなもの、どちらかが不利になった時点で勝敗が付く、前戯みたいなものじゃないか。俺はさ、もうそれじゃあ満足できないんだよ。お互い死力を尽くして、腕が折れようが足が千切れようが、兎に角命を賭して相手を潰す、全力の殺し合いがしたいんだ。本当はもっと我慢するつもりだったんだけどさ、自称魔王があまりに不甲斐なくて悲しくて虚しくて……体の芯から暴れ出ようとする、この気持ちを抑え込むのもそろそろ限界なんだよ。メルフィーナ、メルフィーナ——お前なら、分かってくれるよな？」

「えっ、え……？」

ケルヴィンのものとは思えない台詞の数々に、メルフィーナは思わず言葉を詰まらせてしまう。それは舞桜も同じで、ただただ放心するしかなかった。

——チャラリ。

舞桜の首にかけていた、天麟結晶。さっきの拍子に出てしまったのか、舞桜の首元から自己主張をするように垂れ下がった。そして、舞桜は見てしまう。これまでにないほどに、ドス黒く染まった天麟結晶を。

「ば、馬鹿なっ！　魔王が、生きて——いや、違う。違うと思いたい！　けどっ……！」

「ああ、舞桜は察しが良いな。察しが良い奴は大好きだ。それだけ覚悟も早くに決めてくれる」

「舞桜、一体どういう事ですかっ!?」

窓外の宙に浮遊するメルフィーナが、やや乱暴に問い掛ける。ちょうど窓に手を掛けたケルヴィンは、答えてやれと嘲笑を思わせる視線を舞桜に送った。

「……先ほどの吸血鬼、魔王ダファイは魔王ではなかったんです。ただ魔王願望があっただけの、宰相に化けていた一介のモンスター。真の魔王は、その……ケルヴィンさん、なのかもしれません」

「う、嘘です！　あなた様は、ダファイに魔王の証である『天魔波旬』があると――」

途中まで言葉を繋げ、メルフィーナは自身が発した声で気付かされる。魔王固有のスキルがあると宣言したのは、鑑定眼のスキルを持つケルヴィンだった。メルフィーナや舞桜ではそれを確かめる術がなく、ダファイが魔王であったかの真偽はケルヴィンにしか分からない。あの時、もしケルヴィンが嘘を言っていたのだとすれば――

「――それでもっ！　あなた様と私達はパーティを組み、ステータスを共有していたではありませんか！　私はこの目で確認しました！　あなた様のステータスに、天魔波旬の文字はなかった！」

これまで行動をずっと共にしてきたメルフィーナはもちろんの事、舞桜だってケルヴィンのステータスには目を通していた。レベル90台とその強さに驚きはしたものだが、天魔波旬なんて固有スキルはなかった筈だ。

「確かに、確かに確かに、確かにっ！　メルは俺とずっと一緒だったし、舞桜とはデラミスを出発してからパーティを組むようになった。お互いにステータスも確認したよな？　信じてくれたよな？　仲間だもんな？……でもさ、俺が魔王として覚醒し始めたのって、実はつい最近の事なんだ。世の中ってのは無常なもんだよ、これ以上ないってタイミングでの覚醒だったんだ」

「……どういう事ですか？」

「メルフィーナさ、デラミスに来るまでの船路、殆ど船酔いで倒れていたよな？」

「え、あ……」

これまでの旅の中での、唯一の空白。それはデラミスへと至る為の船の中での事だ。この時に限って、メルフィーナはケルヴィンに戦闘を任せっきりにしていた。

「はじめの内はさ、俺も船酔いになったのかと疑ったよ。内側から理性が削り取られるみたいでさ、すげぇ気持ち悪かった。だけど、理屈抜きに溢れ出る悪意がそうだと確信させた。邪なる神からの贈り物なのか、その後に必要になるであろう『偽装』スキルについても知る事ができたよ。お蔭で、べったりとこの固有スキルを隠す事ができた」

パーティを組む2人に、ケルヴィンは自身のステータスを映し出す。そこには確かに天魔波旬と記され、ついでとばかりに種族が人間（魔王）に変異しているのが確認できた。また、それまではなかった『邪神の知識』という固有スキルまで備わっている。

「なあ、舞桜。もう良いだろ？　本当に、本気で、かなりきっついんだ。これ以上は俺が俺を抑える自信がない。だから、だから——全力で、殺しに来てくれ……！」

◇　◇　◇

　右手に長剣を携えたケルヴィンが、口端を吊り上げながら舞桜に迫る。聖剣にて斬撃を受ける舞桜、剣を交え、しかしそれでも勢いは止まらない。宰相の部屋の壁を崩し突き抜け、２人は鍔迫り合いのまま通路へと飛び出した。

「くうっ！　ケルヴィンさん、目を覚ましてください！　俺は、貴方と戦いたくないっ！」

「おいおいおいおいおい！　今更そんな甘ったれたことを吐くなよ、胸焼けしちゃうだろう？　短い付き合いだが、俺は知っているぞ？　舞桜はやればできる子だ。決して頭がお花畑なんかじゃない、現実を見据えられる良い勇者だ。実力も兼ね備えた魔王の好敵手！　そう、好敵手なんだ！　だから殺れっ！」

「こ、のっ……！」

「っ！」

　更に奥の通路の壁まで行き着いた時、舞桜は壁を背にしてケルヴィンの腹に鋭い蹴りを放った。反動でその壁も破壊してしまったが、一先ずはケルヴィンと距離を取る事に成功する。

「はぁ、はぁ……！　俺がデラミスで天麟結晶を確認した時、ケルヴィンがどれだけ近くにいようとも、結晶は黒く染まっていなかった！　反応を強く示したのは、あくまで西大陸に渡ってからの事です！　だから――」

「――だから、俺は魔王ではないと？　ハハッ！　俺が魔王である事に、そんなものは否定材料になり得ないっ！」

　ケルヴィンが長剣を横に一閃する。舞桜は身を低くする事で躱すも、刀身から放たれた飛ぶ斬撃は、フロアの半分ほどを引き裂いていく。また、そらこ中で気絶しているであろう兵士達に、倒壊した瓦礫が舞い落ちて、グシャリと肉の弾けるような嫌な音が舞桜の耳を刺激した。

「天麟結晶なんてものを当てにしている時点で、お前は俺に後れを取っていたんだよ。さっきも見せただろう？　俺には『邪神の知識』という固有スキルが備わっている。こいつは過去にいたであろう膨大な数の魔王達、そいつらの知識の一部を俺にインプットしてくれる、ありがたい能力なんだ」

　ケルヴィンは自身のこめかみを人差し指で指して、更にその指先をぐりぐりと押し当てながらアピールして見せた。

「どうやら、過去の魔王にはそいつで痛い目を見た奴がいたらしい。この知識の中には、見事に天麟結晶についても情報が保管してあったよ。屍を晒した先代達の教訓を経て、勇者の裏をかく。実に素晴らしい、思いやりに溢れたスキルじゃないか、ハハッ！」

「ぐっ……！」

今度の斬撃は天井から床にかけて、縦に放たれた。舞桜にとって、避ける事は容易いだろう。だが、下手に回避すれば城内にいるリゼアの人々に被害が及ぶ。舞桜は渾身の力で大剣を振るい、ケルヴィンの長剣ごと斬撃を弾く事でこれを防ごうとした。だが、ケルヴィンの剣筋は予想以上に鋭く、そして重い。攻撃を弾く行為には成功したが、舞桜自身が攻撃の余波でまた吹き飛ばされてしまう。ケルヴィンはまだまだ余力を残した様子だというのに、その力は確実に舞桜の上をいっていた。

「それじゃあ、次の疑問はこうかな？　たとえ天麟結晶の存在が知られていたとしても、魔王の気配を欺く事はできない筈だ……ハハッ。いやいや、できるよ、できちゃうだろ？　痛い目を見た魔王が、そいつに対策を講じないとでも思っていたのか？　天麟結晶は完全無欠じゃないし、そこに魔王がいたら絶対に反応するという、万能なマジックアイテムでもない。デラミスの奴らはそこら辺を妄信し過ぎて、どうも勘違いしてるんだよな。そいつが反応するのは、魔王の欲に対してだけだ」

「なん、ですって……？」

「魔王によって該当するのが支配欲だったり色欲だったり、個体によって違うんだけどな。俺の場合は――まあ、これまで一緒に旅をした舞桜には、言うまでもないだろ？」

「……戦いを、欲していたんですね？」

聖剣を再び構え、そう答える舞桜にケルヴィンは満足気に頷いた。

「デラミスを訪れる前、言うなれば船の上で、俺はこの欲求を少しでも抑える為に食い溜めをしていたんだ。授かった知識をフル活用して、凶悪なモンスターを船に誘き寄せ、倒しまくった。幸いな事に、俺達はモンスター討伐専門の冒険者だ。撒き餌やらの道具は所持品に揃っていたし、俺の収集癖のお蔭で消耗品が不足する事はなかったよ。船の上なら余計な介入をする奴もいない。メルフィーナは船酔いで、あいつの目を盗むのも実に容易かった。理想的な環境、ああ、ある意味であそこは俺の理想郷だったのかもな。ま、お前を目の前にして待てをするのは、かなり辛いものだったぜ？」

「……西大陸に渡って、天麟結晶に反応があったのは？」

「流石に我慢の限界だったんだよ。あれだけ時間が経てば、食い溜めで抑えていた欲求も出て来るさ。西大陸に渡ってからは、モンスターを狩りまくって何とか落ち着かせようともしたんだが、舞桜を目にした後じゃどうも食い足りなくて、やっぱり駄目だった。若い女の不審死が相次いでいた事件を辿って、ここの宰相に行き着いた時は期待していたんだけどさ。ほら、あんな有り様だったたし。だからもう、魔王の疑惑を擦り付ける当初の予定も止めて、ご馳走にありつく事にした」

予備動作なしで、ケルヴィンが舞桜の懐に入り込む。舞桜は油断する事なく、ケルヴィンを見据えて構えていたのだが、全く反応する事ができない。

「なっ!?」

「それでさ、いい加減覚悟は決まったか？　何の為に長ったらしく、こんなお喋りをしてやってると思ってんだ。早くしてくれ。なあ、頼むよ？」

ケルヴィンから拳による打撃を受け、更には腕を掴まれ片手で放り投げられる。投じられた先は宰相の部屋の更に奥、城外へと繋がる窓であった。舞桜の意識は既に朦朧としている。こんな状態で外に落とされては、天歩を使うのもままならない。

「舞桜！」

ぼやける意識の中、メルフィーナの声が舞桜の耳に届いた。正確には、白魔法による回復も一緒に。辺りを包み込んでいた霧が晴れていくように、舞桜の意識は覚醒していく。

「──っ！　ありがとうございます！」

空中に足場を作り、体勢を整える舞桜。その横へメルフィーナが飛んで来る。

「すみません、突然の事で呆けてしまいまして……」

「いえ、俺の方こそ……メルフィーナさん、落ち着いて聞いてください。ケルヴィンさんの話を聞く限り、魔王化は確実のようです」

「そんな……！」

「俺は覚悟を決めます。それがケルヴィンさんが求める事でもありますし、何よりも俺の、勇者の使命ですので」

「だ、駄目です！　そんなの、駄目ですっ！　魔王になったからといって、倒す以外にも方法はきっと――」

「――ないよ、メルフィーナ。この世界に魔王が誕生して以来、この病が治療された事は1度もない。だからもう、俺は魔王として生きていくしかないんだ。邪神の知識はそう言ってる」

瓦礫による粉塵が舞うフロアの中から、人間にしか見えないその姿を現すケルヴィン。不思議な事に、メルフィーナに向ける言葉はどこか柔らかいような……舞桜は微かに、そう感じた。

「あなた様……」

「ああ、舞桜の怪我を治してくれたのか。ありがとう、メル。これで負傷を理由に本気を出せない、なんて事にはならないだろう。だけど、今は下がっていてくれ。そこにいられちゃ、巻き込んでしまうかもしれない」

「メルフィーナさん、俺からもお願いします。ケルヴィンさんの妻である貴女に、一緒に戦ってくれなんて酷な事は言えません。せめて、被害の出ないところに退避を」

ケルヴィンと舞桜に避難するよう告げられ、メルフィーナは狼狽する。ケルヴィンが魔王に？　ケルヴィンと舞桜の戦いを黙って見ている？　仮にこの場を収めたとしても、ケルヴィンのこれからは――数多の思考が渦巻き、唐突に選択を迫られる彼女は混乱の中にいる。声を出そうにも唇は乾き、口の中はカラカラに涸れている。

「わ、私は――」

◇　◇　◇

――私には、どうする事もできませんでした。2人を止める事もできず、戦闘の邪魔にならないようにこの場から逃げる事もできなかった。唯一できた事といえば、頭の中でだけ無意味に思考を巡らせるだけ。考えては否定され、何かを導こうとしても足を踏み出せない。今日ほど己の無力さを痛感した日はありませんでした。

「良いぞ良いぞ！　少しずつだがギアが上がってきたじゃないか！　まだまだ行けるよな、なあ!?」

「俺の全てを、貴方にぶつけるっ！」

もう2人が剣を交えるのは何度目になるのか、地上で、空で、城内で――場所を選ぶ事なく繰り広げられる勇者と魔王の戦いは、徐々に徐々にと苛烈さを増していました。

「はあああ――――！」

「ハハッ、また速くなったな！」

舞桜（まお）は実力以上の力を発揮させて、一歩も退（ひ）かずにあなた様に食らい付きます。しかし、力の差は明らかでした。あなた様は舞桜の力を最大限まで引き出せるようにと、あらゆる手段を用い、そのピークの時を待っている。詰まりそれは、まだまだ余力がある事を示しているのです。

元々実力が拮抗していた筈の2人に、なぜこれほどの差が生じてしまったのか？　それは、あなた様に付与された魔王の証、天魔波旬が原因でしょう。魔王である者に例外なく与えられる、私達天使にとっての、幼き頃より教えられる負の象徴。この悪名高い固有スキルは単なる象徴ではなく、複数の効果を対象に発揮させます。

1つが人格の改変。その者がどのような者であれ、思考思想を悪意に塗れさせるというもの。これにより、あなた様が好まれていた戦いは善悪区別なく是とするものとなり、それまであった理性の箍が外されてしまいました。

2つ目がダメージの無効化。但し、これは異世界の勇者とそのパーティにのみ効果がなく、舞桜の攻撃による影響は受けてしまいます。今の状況には殆ど関係ないと言っても良いでしょう。

そして、3つ目。ステータスの異常なまでの底上げです。具体的な数字までは知識になかった私ですが、先ほどあなた様のステータスを見せられた時に驚愕致しました。その数、全ステータスに1000のプラス補正。とてもではありませんが、それまで同等の実力だった舞桜が敵う相手ではありません。

……そう、敵わないのです。だからこそ、神に仕える天使である私は、舞桜に逃げるよう促す必要がありました。魔王に勝てる存在は勇者だけ、言うなれば世界の希望なのです。今は逃げてでも後に備え、倒せるレベルになるまで待つ。そう助言するのが天使の責務。責務、なのですが――

「――いずれ、強くなった舞桜があなた様を殺しに来る。そんな未来は、嫌……」

私は何も選択する事ができないだけではなく、責務を果たす天使の矜持さえも放棄しました。世界の人々の未来を担う勇者よりも、愛する1人の魔王を選んでしまったのです。

「弓兵隊、魔導士隊、一斉掃射っ！」

不意に聞こえる勇ましい男性の声。辺りを見回せば、中庭や城壁にリゼアの兵達が展開していて、攻撃魔法や弓矢を放とうとしています。動揺していたせいか、長らしき者の号令が出されるまで、私は気付けませんでした。

「……!? 駄目ですっ！」

彼らが矛先を向けたのは勇者である舞桜と戦う相手、あなた様でした。この1週間リゼアの街に滞在して、舞桜の顔はそれなりに勇者として知れ渡っていたのでしょう。そんな舞桜が命を賭して戦っている。ならば、その相手は魔王に纏わる者なのでは？　これまで沈黙していたリゼアの手勢が、ここに来て舞桜を支援し始めたのには、そんな理由があるのかもしれません。歴史的にリゼアがデラミスと不仲である事を考慮すれば、この指揮官が下した助勢の指示は、英断だったと言っても差し支えないでしょう。

魔法や矢は、あなた様と舞桜が離れる一瞬の隙を狙って、周辺から一斉に放たれました。舞桜に被害が及ばぬよう、あなた様のみを狙った高火力の攻撃は確かに一線級、流石は西大陸の雄とされるリゼアの兵達だと言えます。

——但し、あなた様を攻撃の対象とするのならば、些か威力が軟弱、加えて魔王には普通の攻撃は通用しないのです。

「へえ、正義感からか愛国心からか、まあどちらにせよ攻撃をしたって事は、俺と戦ってくれるって事だな？　嬉しいなぁ。弱者とは言え、覚悟を決めた戦士だもんなぁ！」

リゼアの強者達が撃ち出した攻撃が、突如として巻き起こった暴風によって払われてしまいました。いえ、それはおかしい。あり得ません。あなた様は魔法が使えなかった筈なのに、あれは明らかに緑魔法によるもの。あの僅かな瞬間で、新たなスキルを会得した？　だとしても、触れた事もない強力な緑魔法を、ああも自在に操れる筈がありません。

「返すぞ」

「なっ……！」

暴風は攻撃を打ち払っただけではありませんでした。向かって来た威力をそのままに、矛先だけを反転させてリゼアの者達に返上したのです。魔法による炎が矢に引火し、それらが多方向に散らばります。その他の属性魔法も結果は同様。自らが放った魔法で城は破壊され、そこかしこで悲鳴が上がっています。この刹那にリゼアの者達は瓦解、周囲一帯は地獄絵図と化していました。

「な、なんて事を……」

「心外だな、舞桜。あいつらは俺に攻撃してきたんだぞ？　昔から言うじゃないか。人を殺して良い奴は、殺される覚悟がある奴だけだって。まあ、魔王になった俺を人間にカウントして良いものかは知らんが」

炎が中庭の木々や城へと次々に燃え移っていく中、地上へ降りた2人は互いを見据え、剣を構え——ここが山場なんだと、自ずと私は感じていました。

「メルも舞桜も、そんなに驚くなよ。邪神の知識を応用すれば、こんな使い方も可能なんだ。スキルを会得して発現の権利さえ得てしまえば、後は過去の魔王達が使い方を記憶の根源から教えてくれる。初めのうちは戦いに何の関係もないと思っていたんだが、このスキルも案外使えるもんだろ？」

「……ケルヴィンさん。そんな事よりも、今の魔法で——」

「——ああ、人が死んだぞ？　沢山死んだ。早く俺を止めないと、立ち向かう奴らがもっと死ぬ事になる。舞桜、勇者の責務を全うしろ。持ってる力だけじゃない、眠ってる力まで全部、ここで吐き出せ。できなければ、今度は『エミリ』を殺してやる」

「……っ！」

……何という、何という事でしょうか。舞桜が纏う魔力が更に膨れ上がり、上昇していくのが肌から伝わってきます。今の舞桜は、私の力を完全に上回っている。次の一振りに、己の全てを燃やすつもり……？　これでは、次の衝突でどちらかが――

――ズッ。

私が思考を巡らせるよりも早くに、決着はついていました。あなた様の剣が、舞桜の心を貫いていたのです。偶然か、それとも狙っての事なのか。舞桜の首に下げられていた天鱗結晶もまた、剣が貫通して砕け散っていました。

「が、あ……ぐ……」

「……ありがとな、舞桜。今のは最高の一撃だった。だが、あと一歩届かなかったな」

あなた様の左腕に舞桜の聖剣が入り、腕の半分ほどを通過したところで停止。出血が酷く、直ぐにでも処置しなければならない重傷ですが、致命傷には至っていませんでした。その光景を目にした私の心にあったのは、紛れもない安堵。リゼアの惨状を、舞桜の死ぬ間際を見ても、安堵してしまう。やはり、私が選ぶべき道は……

「デラミスに帰ったら、セシリアに伝えろ。あらゆる手段を講じて、俺を倒しに来いってな」

「っ……」

静かに息を引き取ろうとしていた舞桜の体が、不意に白く輝き出しました。あまりの眩さに手で輝きを遮ると、もう次の瞬間には光が消え去り、またそこにある筈の舞桜の死体もない。あったのは、砕けた天麟結晶の残骸だけです。

「これは、どういう……」

「舞桜の固有スキルが発動したんだ。『新たなる旅立ち』って言ってな、ＨＰが０になると設定した場所に死に戻るんだと。何とも便利な能力だよ」

「死に戻る……？　つ、詰まり、舞桜は死んでいないと？」

「その通り。やったな、メルフィーナ。もっと強くなった舞桜と、また戦う事ができるぞ。しかも、今度はデラミスが全面支援する形でだ！」

「……え、ええ？　も、もしや、舞桜にそんな力があるとご存じだったのですか!?」

「舞桜は案外慎重だからな。固有スキルの詳細までは語らなかったが、これがご存じだったんだよ。俺がってか、変な死に方をした過去の魔王の記憶か。いやー、あいつマジで伸びしろあるわ。参った参った」

「は、はぁ～……」

「お、おい、どうした？」

体中の緊張が一気に解けて、その場でへたり込んでしまいました。あなた様は、舞桜を殺していなかった。リゼアの人々を殺めてしまったのは確かですが、それは正当防衛。あくまで攻撃されたから、反撃したまでの事。あなた様が魔王になったのは確かなのでしょう。ですが、大切な部分は変わっていません。ええ、何も変わっていないのです。

思えば、これまでの行動は悪意に抗おうとしているようにも感じられました。これがまだ完全に魔王として染まっていない事を表すとすれば……ならば、まだ治療の余地はある。方法なんてものは見当もつきませんが、前例がないだけで希望はあるのです。

「あなた様、私と戦いたいと思いますか？」

「思うな。思うけど……それよりも、一緒にいたい。急にどうした？」

「いえ、聞いてみたかっただけです」

「……？　変な奴だなぁ。さ、脱出するぞ。もうこの国に用はないし、さっさと次の獲物を見つけに行こう。また旅に出よう。お前だけは俺に付いて来てくれるだろ、メルフィーナ」

照れ隠しなのか、ふいっと背を向けるあなた様。ふふっ、確信しました。あと、私が歩む道も確定です。私はあなた様の妻として、最後まで諦めません。たとえ完全に魔王として堕ちてしまったとしても、共に地獄へ行きましょう。決して1人にはさせません。決して——

勇者の死亡を確認。システム13 - 代行者権限を発動します。
最寄りの天使を選定中——確認。
天使個体名『メルフィーナ』を代行者へと承認。

命令系統を限定的に移行。
神器・聖槍（せいそう）ルミナリィの転送を開始――完了。
魔王の聖滅を開始してください。

――え？

眼前に、見慣れない表示が出ています。システム？　代行者権限？　聖槍？　全て知らない、意味不明な文字ばかり。ですが、直感的に不穏であると思われる単語も並んでいました。

――魔王の聖滅。まるで私に命令するかのように綴（つづ）られたそれは、酷く嫌悪感を覚えるものです。私は直ぐに、あなた様に声を掛けようとしました。ですが、動いたのは私の口ではなく、槍（やり）を持った腕の方。私の腕が持っていたものは、白翼の地（イスラヘブン）から持ち出した愛槍（あいそう）ではなく、神々しい白金の槍でした。それは視界に入っただけで、思わず見惚（みと）れてしまいそうになるほどの美しさ。触れているだけで、底知れない神聖な力を感じてしまいます。

……ですが、私はこんなものに見覚えがない。いつの間に持ったのかも分からない。見惚れ、高揚する裏で、私は恐怖していました。そして、私の意思は確かにここにあるのに、一切体が言う事を聞かない事に気付きます。いくらあなた様に声を届けようとしても、唇が開かない。ただただ生命を維持する為の呼吸を繰り返すだけで、指先の1本も私の命令を聞いてくれないのです。まるで、別の何物かに体を乗っ取られたような……視界の端に、青白い光が走ります。この魔力の流れ、いつの間にか天使の輪と翼も顕現して、でもなぜ？　なぜ、今……？　再び私は、魔王の聖滅という言葉を思い出しました。

「……」

聖槍の矛先が、徐々に徐々にと方向を定めていきます。それは非常にゆっくりとした動作。だけれども、それ以上に周りは緩慢に、時間が止まっているかのように微動だにしません。……いえ、違いますね。周りが遅いのではなく、私の体と思考が、恐ろしいまでに速く動いているのです。

先ほどの理解不能な文章が表示された効果なのか、実際にどうなのかは分かりません。ですが、なぜこのような光景を私の視界に、それも鮮明に理解できるよう映し出したのか。なぜ、このような仕打ちを受けなければならないのか、理解できません。理解したくありません。あの速さがあったのなら、今にだって対応できたでしょうに。何でこんな時には油断して、うっかり背中を晒しているのですか？　駄目、駄目駄目駄目。これは何かの間違い——

「が、あ……」

——あなた様の背を突き刺し、心を貫いた聖槍が、赤く、赤く染まっていました。私の体はあなた様を、魔王を殺す為に動いていたのです。喉奥から湧き上がる嗚咽。ですが、私の口から出て来たものは、全く違うものだったのです。

「聖滅する星の光」

恐ろしく静かな私の声は、刑を執行すべく聖槍に指示を下しました。命令を受諾した聖槍は回転を開始、そして猛烈な回転音と共に眩い青白い光を放ち、あなた様の体を、傷付け、穿ち、いぃ——

◇　◇　◇

「——そうして私は、あなた様を、殺してしまった……更には、あなた様から頂いた、ブラックダイヤの婚約指輪が……魔王が死んだ事を告げるように、黒の書へと姿を変えて、どこかに消えてしまい、ました……その後の事は、あなた様が夢の中で見た通り、顕現していた翼は黒く穢れ、堕天して……世界への、神への復讐を誓ったのです……」

大きく息を吐いたメルフィーナは、長い長い話を漸く終えた。俺は無意識のうちにメルフィーナを抱き締めていて、こいつの体に宿る震えを、可能な限り抑えようとしていた。

「語ってくれて、ありがとうな。よく頑張ったな」

「……はい」

メルの話は驚きの連続だった。日本にいた前世の、更に前世の俺がこの世界にいて、メルフィーナと知り合って、その上指輪を贈って夫婦になっていた。全く、完全に先を越されてしまっている。

そして、問題のラストだ。最後には俺が魔王となって、神の代行者となったメルに倒されてしまった。大切にしていた婚約指輪は、実は黒の書が化けた姿で、それさえも失って……ああ、辛くない筈がない。最悪最低の、反吐が出る気分だったろう。記憶を甦らせた今のメルフィーナの様子からも分かる事だが、心が壊れてしまっても仕方がない。自らの手で、最愛の人を殺すなんて考えたくもない。メルを抱き締める俺の腕が、意識せずとも強く力を加えてしまう。

ああ、そうだな。少なからず、俺もショックを受けている。だけどさ、そんなものはメルが受けてきた痛みや苦しみに比べれば、本当に些細なものなんだ。それに、話はこれで終わりではない。まだ、メルが神になった経緯が、復讐の道を歩み出した話の続きがある筈なんだ。

「大丈夫か？　それ以降のお前に、クロメルに関わる話はできそうか？　無理そうなら、日を改めよう」

「……いえ、お話ししたいです。あなた様がこの夢から覚める前に」

昼の震えは若干収まったのか、メルは話の続きを聞かせてくれた。その間にも背中をさすってやる。まずは、メルの体に起こった事について。

天使の翼が黒く染まる現象は堕天したというらしく、神へ反逆する天使に起こる稀有な現象なんだそうだ。長いこの世界の歴史においても、実際に起こった記録はない。それは、そもそも天使が白翼の地を離れる事自体が殆どなく、他種族と関わる事や外の世界を知らずに生きていく事に起因しているという。メルはこの堕天をする事で、何者かによる束縛から逃れたのだという。

「これは、私が神となって知った事でもあるのですが……私の体が別の何かに乗っ取られたあの現象は、万が一に勇者が魔王に倒された際に発動される、幾重にも張り巡らされた保護システムのうちの1つでした」

「システム？」

「ええ。魔王は勇者に倒される運命にあり、勇者は魔王に敗北した事がない。それがデラミスの歴史にある、勇者と魔王による戦いの記録です。ですが、実際には勇者が敗北する事もあったのです。あなた様が、舞桜を倒した時のように。それを防止するのが、神による間接的関与。今回は私という天使を媒介にして、勇者の代わりに魔王を打ち果たす形となったのです」

「詰まり、世界中に置かれた神柱みたいなものか……堕天して逃れられたって事は、その時の神様、言うなればエレアリスが、メルに関与できなくなったのか？」

「結果的にそうなりますね。天使とは神の代理人、もしくは次の神となる候補生のようなもの。だから、他種族よりも神との繋がりが濃いんです。私は神とこの世界を恨み、堕天する事でその繋がりから解放されました」

夢の中で見た、炎の中で俺を抱き抱えるメルの翼が黒くなり、クロメルの翼が漆黒であった理由が判明した。しかし、これだけでは新たな疑問が続いてしまう。堕天した筈のメルが、なぜ神になっているのか。そして、どうしてメルフィーナとクロメルに分かれたかという事だ。俺はこの疑問をメルに尋ねる。

「疑問に思われるのは当然でしょうね。あなた様を失い、世界に絶望した直後。私はあなた様の遺体を抱えて、リゼアの国から急いで逃走しました。せめて、あなた様の体だけは護り抜こうと……そして、その時に気が付いたんです。神の代行者となる際に転送された聖槍ルミナリィが、まだ私の手の中にある事を」

◇　◇　◇

「ルミナリィって言うと、お前が普段使っていた槍だよな？」

「ええ。元々はエレアリスが持つ聖槍イクリプスと対を成す神器だったのですが、私が彼女の代行者になった際、転送されたのがあの槍だったのです」

メルフィーナの説明を聞くに、メルが代行者の役目を終えた後、本来のシステムだとルミナリィは神の世界へ再び転送されるものだったらしい。だが、その転送は起こらなかった。メルが堕天する事で神の力が及ぶ管轄外となり、転送ができなくなったと考えるのが妥当だろう。その時のメルも、少し時間を置いてこの考えに至ったという。

「あなた様の遺体を丁重に埋葬した後、私はエレアリスの目から逃れる為に世界中を渡り歩きました。幸いな事に、堕天してからも翼や輪は消す事ができましたから、身を潜めるだけなら、そう苦労する事はありませんでした」

「確かにレベル90のメルなら、普通の兵士や冒険者に見つかる筈もないが……神だった時のエレアリスから、よく見つからなかったな？　ルミナリィが戻って来ないとなれば、それなりに必死になって探すもんじゃないのか？」

「転生神といっても、現世においては全能という訳でもないんです。義体を使用しないと現世に降りられないですし、魔王だって直接倒す事はできません。私を代行者として間接的に倒す方法だって、かなりの力を消耗する、所謂奥の手のようなもの。暫くは神託でデラミスの巫女を通じ、人手を使って探させる程度の事しかできなかった筈です」

「ああ、そういや神って難儀な存在だったもんな。メルの義体が優秀過ぎて、そんな感覚なかったよ」

「あの義体はエレアリスの体を素体としたものでしたからね。ええ、確かに優秀過ぎました……」

落ち込むな、落ち込むな。ギュッと抱き締める。

「それからどうしたんだ？」

「……まず考えたのが、復讐でした。エレアリスに対して、この世界に対して……それから数十年はルミナリィを抱えながら逃げて逃げて、少しずつ、表舞台に出ないようにしながら力を高めていきました。身のうちに黒い炎のみを灯して、あなた様の遺品だけを心の拠り所にして……」

「……」

「私も、魔王になってしまえば良いんだと思っていたんです。あなた様と同じ道を辿り、同じ魔王となってしまえば、こんな世界を蹂躙してエレアリスに報いる事ができるんじゃないかって……何よりも、あの婚約指輪がまた見られるかもって……でも、ある時に気が付いたんです。復讐なんて単なる自己満足に過ぎない。こんな事をしても、あなた様が生き返る訳じゃない。こんな事をしても、あなた様が喜ぶ筈がない。と……」

「なるほどな、それで堕天した状態から元に戻ったと？」

数十年という長い時間は、憎しみのどん底にいたメルに冷静さを与えてくれたらしい。

それで、世界の仕組みをより良くしようと、神を目指す形になったのか。

「あ、い、いえ……魔王になって壊すよりも、転生神になった方があなた様を生き返らせる事ができますし、あなた様が愛した強者との戦闘行為がもっと盛んに起こるような、そんな夢の世界が作れるんじゃないかと思い、あの、その……堕天からも戻ってませんでした……」

「……」

与えられた冷静さで、もっと凄い事を考え付いてしまったんだな、メルよ。いや、俺としては嬉しいんだけどさ。我が妻は想像以上にアクティブである。

「神になろうとした動機は分かった。ただ、神を目指したところで簡単になれるもんじゃないだろ？　俺も詳しくは全然知らないけど……」

「その通りです。如何に天使といえど、転生神とはなりたいと思ってなれるものではありません。神自身に問題が発生して、以降の継続が無理だろうと天使の長達が判断した際に、その座から退職した神に代わる転生神が決められるのです」

「退職ってのも言葉がおかしい気がするが……天使が神の退職を決定するのか？」

「あなた様と旅をする発端も有給休暇ですし。ええと、今風に言うと株主総会の決議で取締役が解任されるような、そんな感じでしょうか？」

天使は神の支配下にあり、同時に神の監視役をも担ってるって事か。

「尤も、天使の長となった者達は酷く機械的で、感情は一切持ち込まないんですけどね」

「……実は、本当に機械とか？」

「見た目は私のように人間とそう変わりありません。ただ、長となる時に感情が剝奪されるんです。いつでも正しい判断ができるように、身内びいきをしないようにする為に」

「天使の社会って、悪魔以上に厳しくない？」

「それでも、天使にとっては名誉な事なんです。私はそうではありませんでしたけど、望む者は喜んでそうなっていました」

何というブラック企業と社畜根性。天使、俺の想像とかけ離れ過ぎだろ……！

「エレアリスに転生神を辞めさせる為には、彼女に何かしらの問題を起こさせないといけない。そこで私は、彼女が新たにシステムとして世界に組み込んだ、神柱に目を向けたのです」

「神柱っていうと、セラが戦ったっていう神狼や、ガウンの神獣の？」

「はい。神柱は魔王を倒す為だけではなく、勇者の手が届かない場所の者達を、悪しきモンスターの手から護る為に設置されたものでもありました」

「悪しきモンスターの定義が曖昧だったけどな。セラが触れても作動してたし」

「えっと、それ、私のせいなんです……」

……はい？

「身を隠しつつ力を高める最中で、私はルミナリィの力の使い方を学びました。あなた様が知っての通り、この聖槍は悪しき心を断ち切って善とする力、そして悪しきものを直接的に聖滅する力があります。私が気付いてしまったのは、悪しき心を断ち切る力の応用。対象から邪悪を切り取る事ができるのなら、邪悪なそれらは何処に行ってしまうのか、分かりますか？」

「浄化したなら、消失してしまうんじゃないのか？」

「いいえ。邪悪な気は消失するのではなく、ルミナリィに封印されるのです。ルミナリィには『黒の書』のような浄化作用がありまして、時間をかけて少しずつ清めていくんです。少しずつ、少しずつ――私はルミナリィに内包されている、まだ浄化されていない邪気に着眼しました。……悪人から吸い取ったこのドス黒い気を、他の者に渡してしまう事はできないものかと」

以前にメルは、エレアリスが失脚した理由を神柱と関連付けて言っていた。もしや――

「私が考えた通り、それは可能でした。いえ、私が堕天していたからこそ、それが可能だったのかもしれません。私はそれから時間を掛けて神柱の場所を探り、この力で神柱に邪気を注入していきました。それから暫くして、神柱が各地で暴走するという事件が勃発。私が望んだ通り、神柱は善悪問わずに全てのものを襲うようになったのです。今でこそ神としての力が薄れ、その大部分を失った神柱達ではありますが、当時は正に神の代行者レベルの力を備えていました。非常時として大勢の天使達が動き、事態は直ぐに終息しましたが、各地の被害は甚大なものとなりました。そして、天使の長達は決断したのです。神柱というシステムを作ってしまったエレアリスを、神の座から降ろすべきではないかと……！」

エレアリスが転生神の座から降りる事となった理由。それは彼女自身が作った神柱を、メルが悪用しての事だった。ああ、分かってる。ここでこんな話を持ち出している場合じゃないってのは、十分に分かっているんだ。メルが恥を忍んで話してくれているんだ。今の俺は魔王なんかじゃなくて、理性ある戦闘狂。それくらいの事は、難なく理解して――

「――昔の神柱って、そんなに強かったのか？　どれくらい？　竜王以上？」

駄目でした。

◇　◇　◇

「すまん、自分を抑えられなかった……続けてくれ」

自ら反省するとは、やはり俺は理性的な戦闘狂。シリアスな空気をぶっ壊した感は否めないが、これもメルの緊張を解す為だと理解してほしい。そう、全て計算の上での行動なのだ。

「ええと……それで、天使長達はエレアリスを転生神の座から降ろす事を決定しまして……」

シリアスな空気は破壊できたが、メルを動揺させてしまったのは迂闊だった。いや、これは魔王化による後遺症なんだよ。たぶん、恐らく、自信ないけど。

「あー、だとしても、メルはまだ堕天した状態だったんだろ？　そんな状態から、どうやって次の神に指名されたんだ？」

「順を追ってお話し致しましょう。まず、次の神の選定方法について。これは先にもお話しした通り、白翼の地内の天使の中から選ばれます。心の清さ、素行の良さ、能力――そういった神という地位に慢心しない者を、天使長達が決定するのです」

「……」

「今、かなり沢山の疑問を思い浮かべませんでした？」

能力は問題ないだろう。しかし、憎しみを糧として生きていたメルの心が清いかと問われると、少し違和感があるかな。あと、それ以上に素行が問題か。寝相と寝起きの悪さ、生活習慣の矛盾、大食乙女。いや、うん。問題しかねぇや。

「問題ないな、続けてくれ」

「問題しかないと？　今、そう思いましたよね？」

だから、心を読むなと！

「いいから、黙って聞いていてください」

「黙って聞いていたんだが……」

「はい!?」

「すみませんでした！」

なぜか怒られてしまう。まあ、少しメルが元気になったと思えば良いか。

「コホン！　私が転生神を目指す上で、障害が2つありました」

……2つしかなかったのか？　あ、いえ、何でもないです。

「1つが、私が地上から白翼の地（イスラヘブン）に戻る事でした。白翼の地（イスラヘブン）は常に移動をしている浮遊大陸、そして施された大結界により、外界から視認する事ができません。それは天使である私にも同様の効果を発揮していました」

メルの話にもあったな。白翼の地（イスラヘブン）を出てしまう事は、故郷を捨てる事に繋（つな）がるって。

「なら、どうやって？」

「神柱を止めに来た天使達を利用したんです。緊急事態とはいえ、彼らとて白翼の地（イスラヘブン）を離れてしまえば戻る事ができなくなってしまう。そこで、この瞬間にのみエレアリスは大陸を覆っていた結界を解除したのです。天使達が暴れる神柱達の対応をしている間に、私は故郷へと戻りました」

お、おお……黒いメルフィーナ、吃驚するほど頭が冴えていたんだな。全ての行動に繋がりがある。今では考えられない事だ。

「あ・な・た・様？」

「痛い痛い！　耳を引っ張るなって！」

くそう。完全復活を果たしたよ、メルの奴。完璧に俺の心理を読んでるよ。

「2つ目、私が未だ堕天した身であり、心が黒く染まっていた事。これはある意味で、結界以上の障害でした」

「だろうな。天使長に選ばれる筈がないし、そもそも見つかるだけでもやばそうだ」

「そこで私が考え付いたのが、ルミナリィを使った方法です」

「ルミナリィを？」

「私の心には怨恨がある。ならば、ルミナリィでその悪しき心を切り取ってしまえば……そう思い至ったのです」

堕天使のままでは神にはなれない。だから、聖槍で邪悪を払って資格を得る。理屈は分かる。だが、それでは当初の神を目指していた目的までも、メルフィーナの中からなくなってしまうんじゃないのか？　それまでの原動力であった恨み辛みが綺麗になくなれば、エレアリスを陥れようとも考えないし、俺が望む世界を造ろうとはしないのだから。

「長以外の天使には感情があり、少なからず悪しき心もあります。エレアリスより尊い取ったこの力を使えば、一切の邪気をなくした純真な私に戻り、機械的に判断を下す長の指名を受ける第一歩として、大きく前進する事ができる。ひいては、神へと至る資格を得る事に繋がるのです。……あなた様の指摘のように、これは当時の私にとってある種の賭けでした。ですが、私はこうも考えたのです。白い私が神となり、黒い私はルミナリィの中で息を潜め、再び白い私がルミナリィを手に取った時、少しずつ侵食していけば、と。下手を切り取った黒き意識が、ルミナリィ内で保たれる保証はどこにもありませんでした。下手をすれば、浄化の名の下に淘汰(とうた)され、消えてなくなる可能性だってありました」

「だけど、クロメルはそれをやり切った。ルミナリィの中でお前が神となるまで自我を保ち続け、今となっては肉体まで得てしまった」

「仰(おつしや)る通りです……」

何とも気の遠くなる話である。そこまで緻密に計画していたのに、最後の最後で神頼みだ。いや、それをやり遂げる自信があったのかもな……こんなところで立ち止まる道理がない、そんなもので自我が消える筈がないという、圧倒的な自信が。

「私(クロメル)の目論見(もくろみ)通り、次の転生神には私(メルフィーナ)が指名されました。魔王を倒したという偉業と聖槍ルミナリィを持っての帰還、そしてルミナリィの力で取り払った穢(けが)れのない心が、天使長達にそうさせたんだと思います」

「そして聖槍ルミナリィ越しに、神としてのメルに関与していった、か？」

「はい。元々の体が同じだったせいか、そのような無理がまかり通ってしまった。今の私がクロメルの睡眠の時を利用しているように、クロメルも私を利用していた。私の知らぬところで封印されたエレアリスの魂を転生させ、アイリスという名の偽りの巫女に。あたかも最初からそこにあったように、エレアリスの体で義体を作り上げた。神として活動していた私は、その裏でクロメルの野望に加担してしまっていたのです……」

メルの話を簡単にまとめよう。ルミナリィから出る事のできないクロメルは、眠った状態のメルを利用した。

まず行ったのは、自らの代わりに行動する事ができる駒として、エレアリスをアイリスへと転生させる事だ。以後、転生術を持った彼女は使徒を着々と増やし、現世でのクロメルの手足として行動させていった。これが後のアンジェやセルジュに繋がる訳だ。

地盤が固まったところで、次は転生した『俺』を探したんだという。日本にいる事を突き止めたクロメルは、事故と偽って俺を殺害。ああ、殺されたそうだ、前世の俺。クロメルの心境を読み取ったメルが言うに、逢いたくて逢いたくて我慢できなくて、転生神としての全権を使って魂を呼び寄せていたそうだ。

これはなかなかにショックである。記憶がないから良いものの、下手に前世の記憶が残っていたら、もっと動揺していただろうな。俺が転生してメルと出会ったばかりの頃、こいつが言っていた手違いを起こした神ってのが、クロメルだったたって事だ。その記憶はクロメルの都合の良いように脚色されて、メル本人はそう思い込まされていた。

クロメルはもう、手段を選んでないんだろう。たとえ俺をその手で2度殺す事になったとしても、目的の為には躊躇いもなく実行に移す。それが切なくて悲しくて、だけれども嫌というほど愛を感じてしまう。メルとは全く別の形の、歪な愛だ。

……そして、最後の行動。現実世界で受肉できるよう、メルに特製の義体を使わせ、これを使徒達の根城に誘導する事で強奪。見た目は子供のそれだが、神の体で作った最高の肉体を手に入れてしまう。これが真相、これが真実だった。

「……あなた様、そろそろ時間のようです。クロメルが目を覚まします」

◇　◇　◇

クロメルが目を覚ます。夢の中だからこそできるメルフィーナとの会話も、一旦ここまでって事か。

「なら、この続きはまたクロメルが眠ったら――」

「――心苦しいのですが、こうやってあなた様とお話しするのは、そう何度もできる事ではないのです。私に気付かれぬようお話しできるタイミングが、一体いつになるのか……共有した記憶から得た残りの使徒の情報など、配下ネットワークにアップロードしておきました。直接説明するのが一番なのですが、時間がありませんのでそちらを参照してください」

「そうか……」

夢の中なら何度でも会えると思っていたんだが、そんなうまい話がポンと出てくる訳もない、か。

「そのような顔をなさらないでください。あなた様らしくないです。……いいですか？　私の目的はあなた様を楽しませる為の世界を創造し、地上に敵がいなくなったところで自身の手であなた様を屠る事です。そして再びあなた様を転生させ、新たな世界で同じ事を繰り返す。所謂あなた様の輪廻を完全に掌握し、神の世界であなた様にとっての最高の人生を謳歌させる事にあります」

「ははっ、至れり尽くせりだな。……それに、本当に馬鹿だ。どこまでも俺の事しか考えていない」

「ええ、本当に……」

夢が覚める前に、もう1度メルを抱き締める。

「だけどさ、メルをそうさせたのは俺のせいでもある。クロメルだってお前の側面なんだ。あいつを含めて愛してやるのが夫の器量ってもんだ。って事でさ、楽しませてくれる分楽しんで、その馬鹿な野望もぶっ壊してくるよ。妻の間違いを注意してやんのも、俺の務めだろ？　どんなに強くて権限のある恐妻だったとしてもさ」

「……私、良妻ですから」

「ああ、分かってる分かってる」

自分に嫉妬してしまったのか、少しだけ頬を膨らませるメル。頭を俺の胸にトスンと軽く置いて、その可愛らしい表情を見せてくれない。もったいないなぁ。

「そういやさ、舞桜はあの後どうなったんだ？」

「エレアリスより魔王討伐が完了したとの神託を受けたセシリアが、舞桜を使用人と一緒に元の世界へと転送しました」

「そうか、元の世界に帰ったか……って、ちゃっかり使用人の子も連れ帰ってんのか。あいつめぇ……」

俺自身は舞桜との面識はない。が、どこか舞桜の事を他人のように思えなかった。それはたぶん、舞桜の出自が関係しているんだろう。

「舞桜は最後まで、あなた様の事を心配していたようですよ。おかしいですよね、殺し合った仲だというのに」

「いいや、何も不思議じゃないさ。そいつはそういう奴だって、何となくだけどそう感じるんだ。あのさ、舞桜の事なんだが、佐伯って――」

「――あなた様、その質問はリオンに。一緒にいられる時間も残り僅かなんです。どうか、今はこのまま……」

「……そうだな」

好きな時に触れられない、語れないというのは、何とも歯痒いものだ。次にメルが目の前に現れてくれるのは、一体いつになるんだろうか？

「……時間か」

「そのようですね。あなた様、不甲斐ない私が言うのも何ですが、どうか私をお願いします」

この世界が歪み始める。どうやら本格的にクロメルが睡眠から覚めてしまうらしい。全く、メルフィーナと同じで、起床するだけで一喜一憂させてくれる困ったお姫様だ。

「戦慄ポエマー……」

「こ、心を読むなぁ！」

情緒的な挨拶もできないまま、俺はそんな叫びと共に夢から目を覚ましてしまった。

「……帰られましたか」

夢の世界からケルヴィンの姿が消え去り、この場にはメルフィーナだけが残った。美しい庭園は端から崩れ落ち、噴水に満たされていた水が蒸発していく。夢から覚めるとは、要は夢の世界の崩壊でもある。実体を持たないメルフィーナの意識だけはこの場所に残り、その他の景色は闇に帰す。光も音もない世界にて、ただ独りだけそこにいるのだ。

　メルフィーナは1つだけ、ケルヴィンに伝えていない事があった。それは、本当に彼女が危うい状態にあるという事だ。義体が奪われ、もう片方の人格であるクロメルが顕現した今、メルフィーナは酷く曖昧な存在になりつつあった。もしクロメルが白翼の地に至り、正式に転生神となりでもすれば、メルフィーナという存在は完全になくなってしまうかもしれない。

　だが、敢えてその事は伝えなかった。伝えてしまえば、ケルヴィンが命を投げ捨ててでも戦おうとすると、分かっていたから。今必要なのは自分を気にして攻撃を仕掛ける事ではなく、相応の準備を整える事。クロメルに対抗し得る戦力を揃える事なのだ。

　それと、これはメルフィーナの個人的な想いなのだが、ケルヴィンの邪魔をしたくないというのもあった。今のメルフィーナはクロメルと記憶を共有した事で、少なからず善悪その両方の影響を受けていた。ケルヴィンを幸せにしたい、楽しませたい、笑ってほしい。その想いは白も黒も同じであり、多くの犠牲を払って築き上げたこの状況に水を差したくなかったのだ。それはとても我が儘で、ケルヴィンに知られれば激怒されるものだろう。だから、伝える事はできなかった。……心の底から、愛しているから。

「まるで、私(クロメル)がルミナリィの中にいた時と逆の立場ですね。ですが、貴女(あなた)は耐え切ってみせた。この無の世界での孤独に。浄化されまいと、憎しみの心を燃やしながら……だから、私も頑張ってみたいと思います。憎しみではなく、あなた様が迎えに来てくれるという希望を心に宿して――」

その声が誰かに届く事はないだろう。メルフィーナは独り、闇の中へと沈んでいった。

あとがき

『黒の召喚士12　天穿の黒』をご購入くださり、誠にありがとうございます。インドア生活を謳歌している迷井豆腐です。WEB小説版から引き続き本書を手にとって頂いた読者の皆様は、いつもご購読ありがとうございます。昨今は色々と難しい時期ですので、本書を読んで少しでも楽しんで頂けたのであれば幸いです。

ケルヴィンの物語も本書で12巻、いよいよストーリーの核心を衝く内容も出て参りました。終盤に差し掛かっている感がありますね！　と、そんな前置きはさて置き、ジェラールですよ、ジェラール！　カバー裏のコメントでも叫ばせて頂きましたが、今回のカバーを飾ったジェラールが格好良いったらありゃしねぇ！　本書の前半部分の主役はジェラールと言っても、決して過言ではないですからね。そんな時に最高の仕事をして頂けました。いやあ、ほんまにありがとうございますと、イラストレーターのお二方に土下座外交で感謝したいほどです。それくらいに良かった！　豆腐は大変満足しております！……よし、プリティアちゃんの肉体美でも眺めて、一旦落ち着きましょう。このままではジェラールとしか言わない豆腐になってしまう。

次巻からは遂に、WEB小説版でいうところの『最終章』に突入致します。とはいえこの章がこれまでで最も長い為、何冊分か巻を重ねる事になると思いますが。ラストまでスムーズに行けたら良いなぁ……。よし、プリティアちゃんの肉体美を見ながら頑張るぞ！

最後に、本書『黒の召喚士』を製作するにあたって、超絶スタイリッシュなジェラールを描いてくださったイラストレーターの黒銀様とダイエクスト様、そして校正者様、忘れてはならない読者の皆様に感謝の意を申し上げます。

それでは、次巻でもお会いできることを祈りつつ、引き続き『黒の召喚士』をよろしくお願い致します。

迷井豆腐

作品のご感想、
ファンレターをお待ちしています

あて先
〒141-0031
東京都品川区西五反田 7-9-5 SGテラス 5階
オーバーラップ文庫編集部
「迷井豆腐」先生係／「ダイエクスト、黒銀（DIGS）」先生係